훈장의 헛기침

훈장의 헛기침

심재기 교수 수필선

明文堂

　참으로 놀라운 일입니다. 인생칠십고래희人生七十古來稀라고 하는데 저는 지금 팔십 고개를 넘고 있습니다. 황송하기 그지없습니다. 이 놀라운 축복을 어떻게 가만히 있겠습니까? 그래서 저는 그동안에 발표했던 글들을 모두 한데 묶어보기로 하였습니다.

　이 글들은 오늘날까지 저를 이끌어 주신 천지신명天地神明과 이 세상 모든 분들께 드리는 저의 보잘것없는 제수祭需요 선물膳物입니다. 참으로 하찮은 넋두리요, 아무리 나이 들어가도 끝내 풋내기 글방의 훈장티를 벗지 못하는 늙은이의 헛기침입니다. 그래도 이 헛기침에는 제가 이 세상을 제 나름으로는 성실하게 살려고 애썼다는 안간힘으로 알아주셨으면 좋겠다는 염치없는 소망이 담겨있습니다.

　여기에 실린 글은 모두 여덟 묶음으로 되어 있습니다. 첫째 묶음에서 셋째 묶음까지는 은혼銀婚을 맞아 「사랑과 은총의 세월」이라는 이름으로 발표했던 것이고, 넷째 묶음에서 일곱째 묶음까지는 막내딸을 시집보내면서 「막내딸의 혼인날」이라는 제목으로 세상에 내놓았던 것입니다. 여덟 번째 묶음은 중·고등시절과 대학원을 다니던 때를 회고한 자전적自傳的 고백告白입니다.

이 책에는 저의 최근 모습이 없습니다. 그래서 여기에 저의 근황近況을 몇 자 적습니다. 저는 두 해전에 수십 년 살던 서울살이를 청산하고 경기도 포천抱川 산골에 자그마한 집을 마련하여 제 서재書齋를 옮겼습니다. 이 집에서 10여 분 산으로 올라가면 부모님의 묘소墓所가 있습니다. 비록 늦기는 했으나 옛날 어른들처럼 시묘侍墓살이의 흉내라도 내보려는 작은 소망이 있었기 때문입니다.

여름 한 철이면 뻐꾸기 울음이 집 둘레를 떠나지 않고, 뒷마당에는 심심치 않게 수꿩이 현란한 날개 빛깔을 자랑하며 내려와 앉기도 합니다. 구름이 흘러가는 소리가 들리는 듯한 고요한 산골입니다.

저는 가끔 산에 올라가 부모님 무덤의 잡초도 뽑고, 나물도 캐고, 산길을 거닐며 잣나무 숲에서 나오는 신선한 공기를 즐깁니다. 동서남북 산 천체가 온통 잣나무 숲입니다. 가슴 속이 피톤치드의 향기로 가득할 때쯤 저는 산에서 내려옵니다. 제가 지고 다니는 빈 지게에는 저녁노을만 바람과 함께 비껴 내려앉습니다.

이러한 저의 모습을 그려보며 이 책을 읽으시면 20세기 후반 내내 국어 선생으로 살아온 제 삶을 애정 어린 눈빛으로 감싸주시지나 않을까 저는 또 염치없는 생각을 합니다.

이 책을 읽으실 분들의 장생안락長生安樂을 기원하며…

2017년 1월 22일
京畿道 抱川 三井里
柏洞別墅遠慕齋에서 지은이 씀

「사랑과 은총의 세월」

　머리터럭이 반백에 이르고 보니, 살아온 세월도 어느새 반백이 되어 버렸다. 그동안 우리말과 글을 가르친다는 인연으로 하여 이른 바 신변잡기라고 할 글 조각들을 몇 번 쓴 적이 있다. 청탁을 받고 마지못해 쓴 것이기는 하지만 그 글에는 대개 가난하고 고달픈 생활 속에서도 기쁨과 평화를 찾으려는 나의 소망이 담겨 있다.

　천성이 수줍다고 스스로 생각하는 나로서는 이런 글들을 묶어냄으로써 두 번씩 세상에 망신을 당한다는 것이 참아내기 힘든 일이다.

　그러나 나는 이 수모를 받기로 하였다. 복더위에 뜨거운 물을 마시면서 더위를 식히듯, 부끄러운 것을 터놓고 드러내 보이면 그 부끄러움이 없어지지 않을까 하는 생각이 그 첫째요, 철지난 옷을 빨아 챙기듯, 해묵은 글 조각들을 묶어 버리면 삶의 한고비를 분명하게 넘겼다는 확신을 가지게 되지나 않을까 하는 심사가 그 둘째다.

　그러니까 여기에 묶인 나의 글은 나를 모르는 사람에게보다는 나를 아는 사람에게 보내는 내 마음의 선물이다. 그들이 이 글을 읽고 나서 나의 앞날을 주의 깊게 지켜보며 격려하고 축원하기를 바라기 때문이리라.

이 얼마나 염치없는 기대인가!

지금 내가 이 글을 쓰는 책상 옆 벽에는 묵화 한 폭이 걸려 있다. 아무것도 가진 것 없는 늙은 스님 한 분이 나무처럼, 아니 바위처럼 웅크려 앉아 있고, 그 위에 고졸한 필체의 글씨가 얹혀 있다.

"밖으로는 세상 인연 사라져 없고,
안으로는 마음의 흐름 흔적이 끊겼네.
마음이 바람벽이요, 바람벽이 마음이니,
비로소 참 길에 들었다 하리로다."
(外息諸緣 內無心喘 心如墙壁 可以入道)

그리고 다시 창밖으로는 오클랜드 시내의 밤경치가 펼쳐져 있다. 전기가 남아도는 미국이라 밤이면 어디라 할 것 없이 더 찬란해지는데 왼쪽에 자리 잡은 메리트 호수 위에 줄지어 반사되는 가로등 불빛은 정녕 고향에 두고 온 그리운 얼굴들이다.

묵화는 내 가슴에 깃들고 창밖의 야경은 내 눈동자에 맴돈다. 철저한 이율배반이다.

이처럼 철저한 이율배반을 극복하기 위해서도 나는 서둘러 이 작은 책을 엮는다.

결혼 스물다섯 돌을 감사하며, 1986. 7. 26
미국에서 지아비 沈在箕 씀

「막내딸의 혼인날」

살다 보니 세월이 정녕 빠르다는 것을 알겠다. 지난해 복더위를 고비로 하여 우리 부부는 앞서거니 뒤서거니 환갑이라는 등성이를 넘었고, 겸하여 혼인해서 살아온 햇수도 서른여섯 해나 헤아리게 되었다. 이렇듯 우리 인생살이에도 황혼黃昏이 있다는 것은 얼마나 좋은 일인가. 이승에 살아 있을 날이 멀지 않았음을 일깨워 주기도 하려니와, 이승살이만이 삶의 전부가 아니라는 깨달음도 지닐 수 있게 되었으니 말이다.

어느 겨를에 여기까지 왔는지 놀랍고 신기하기만 하다. 이제까지 우리 부부의 삶을 이끌어 오신 친지신명이며 삼라만상, 육친권속이며 친구 이웃분들께 진실로 고맙고 황송하기 이를 데 없다. 무심하게 발부리에 채이는 돌덩이에도, 스쳐가는 바람 속 풀 향기에도 은혜로움을 표하고 싶다.

그래서 나는 나의 인생 좌판坐板에 벌려놓았던 잡화雜貨를 주섬주섬 거두어들이기로 하였다. 행여나 신세 진 이웃에 정표情表로 남길 것이 없겠는가 하는 심정에서였다. 짐을 추스르다 보니 살아오면서 여기저기에 마지못해 써 드렸던 글 조각들이 푸르르 흩어졌다. 거두어 보니 모두 합해 서른여섯 편. ― 이것은 어쩌면 같잖은 인생 풋내기의 헛기침이지만, 또 어찌 보면 거짓 없는 내 삶의 진솔한 표정이 아니겠는가. 이제 이것을 묶어 이웃 분들께 내 육십 평생의 빚을 갚는 시늉이라도 내보리라.

그런데 마침 막내딸 아이의 혼인날이 잡혔는지라 이 책의 제목을 〈막내딸의 혼인날〉이라고 붙였다. 그들의 혼인을 축복하고 기억해 주실 분들에게도 화답和答의 인사가 되지 않겠는가 하는 속셈 때문이었다.

어린 시절, 나의 스승은 늘 참다운 사람은 바보같이 보이는 법이라고 말씀하셨거니, 이제부터 나는 내가 앉았던 자리를 정돈하면서 바보 공부에나 마음 쏟아야 할까 보다. 이 서문을 쓰다가 고개를 드니, 그 스승께서 팔순 되시던 해에 써 주신 족자簇子 한 폭이 미연히 웃으며 나를 바라보고 있다.

좋은 장사치의 슬기로운 갈무리여   (良賈善藏)
곳간을 둘러보면 빈 것같이 허전하고   (其庫若虛)
아름다운 선비의 드높은 덕성이여   (君子盛德)
그 모습 뜯어봐야 영락없는 바보일세.   (其容如愚)

1998. 4.

舊基洞書室에서 沈在箕 識

10

■차례

山家素描
산 가 소 묘

峯巒白雲行聲聞
용 만 백 운 행 성 문

산봉우리 흰 구름 흐르는 소리 들리는 듯

柏洞淸香滿樹間
백 동 청 향 만 수 간

잣 동네의 맑은 향기 숲속에 가득한데

晝夜無時杜鵑鳴
주 야 무 시 두 견 명

밤낮도 안 가리고 뻐꾸기는 울어대고

鶡雉有情下探澗
갈 치 유 정 하 탐 간

짝을 찾나, 꿩들은 개울 찾아 내려오네.

棗栗梨梨都比苑
조 율 이 시 도 비 원

감·밤·배 대추나무 모두 뜰에 심겨있고

掌田蔬菜限資飯
장 전 소 채 한 자 반

손바닥만한 밭채소는 밥상에 넉넉하니

樵負老叟倚杖步
초 부 노 수 의 장 보

나뭇짐 진 늙은이 느긋하게 걸어오네

夕霞斜照空書案
석 하 사 조 공 서 안

석양에 빗긴 노을이 빈 서재에 비추는데.

1. 보이지 않는 눈동자

더 많이 울겠습니다.
예수님의 얼굴이 되기까지
보이지 않는 눈동자
끝없는 새출발
나도 나의 아버지처럼
나의 스승 오영석 선생님
행복의 보따리
천지신명이신 나의 하느님
내 아들은 잘못하지 않는다
지옥이 텅 비어야 천당엘 가지
귀신과 나무꾼

더 많이 울겠습니다

글씨를 처음 배우던 시절 나는 칭찬받는 모범생이었다. 다 쓴 공책은 선생님에게 보여드렸고, 그러면 공책 끝에는 반드시 빨간 잉크로 내 나이만큼의 동그라미가 나를 기쁘게 해주었다.

일곱 개 혹은 여덟 개의 동그라미가 아버지나 엄마에게 보여졌을 때 그것은 별사탕이 되기도 하고 사과 알이 되기도 했다. 공책 끝에 씌어진 선생님 말씀,

"참 잘 썼어요. 조금만 더 잘 쓰면 선생님보다 더 예쁜 글씨가 되겠어요."

이것은 새 공책의 첫 자를 쓸 때부터 또 정성 들여 글씨를 쓰게 하는 영약靈藥이었다.

이렇게 번번이 새 공책을 받으며 살아온 세월, 어느 틈엔가 내 공책 끝에는 빨간 잉크의 동그라미도 선생님의 격려 말씀도 사라져 보이지 않게 되었지만, 그러나 새 공책을 받으면 묵은 공책에

씌어진 것보다 더 곱고 아름다운 글씨를 쓰려고 애쓰게 되었고, 또 묵은 공책의 잘못 쓴 글자들을 확인해 보는 버릇에도 웬만큼은 익숙하게 되었다.

펼쳐 보니 묵은 공책 갈피에는 참으로 많은 눈물자국이 얼룩져 있다. 비바람에 삭아 버린 옛날 비석의 글씨처럼 이제는 잉크 빛도 바랜 낡은 공책 쪼가리에서 나는 본다.

일장기日章旗를 휘두르며 대동아 전쟁터로 끌려가서는 영영 돌아오지 않은 삼촌을 본다.

뒤뜰에 놋주발이랑 쇠붙이를 파묻다가 하늘 끝에 높이 떠가던 은빛 날개를 가리키며 그것이 미국 비행기 B29라고 알려 주시던 아버지, 그 아버지께서 그토록 고대하던 해방을 맞으시고도 그해 겨울 상여 위에 덩그마니 관으로 뉘어 실려 가시던 광경을 본다.

자고 나도, 자고 나도, 삼십 촉 어두운 전등불 밑에서 바느질을 하시던 어머님을 본다.

6·25가 지나간 뒤 폭격에 맞은 집터가 웅덩이로 패였던 것을 본다.

무릎까지 눈 속에 묻히며 이불 짐 하나를 지고 엄마랑 동생이랑 하루 종일 삼십 리도 못 가던 1·4후퇴 피난길을 본다.

문득 글씨가 사라지고 담배 목판을 메고 시장 바닥을 누비던 내 모습이 보인다. 양담배 몇 갑을 미군 헌병에게 빼앗기고 천지가 막막하여 울던 내 중학교 시절이 다가온다.

슬피 슬피 많이도 울었다. 분노와 서글픔이 한데 북받친 울음이었다.

그러나 울다 보니 나는 슬프고 화가 나서 우는 것이 아니라 고마워서 운다는 사실을 깨닫게 되었다.

보이지 않는 손길, 보이는 손들이 나를 뜨겁게 감싸고 있었다. 울음은 점점 깊어졌으나 울음소리는 점점 작아지더니 눈물은 겉으로 흐르는 것이 아니고 가슴속으로 마구 넘친다는 것을 느끼게 되었다.

나는 고등학생이 되고 대학생이 되었다.

그리고 또 어른이 되었다.

부지런히 남을 배우고 있었는데 돌아보니 나를 흉내 내는 젊은이가 많아졌다는 것도 알게 되었다. 내 표정은 조금은 점잖았고 조금은 거만하게 보일지도 모른다. 그러나 나는 그제보다도 어제, 어제보다도 오늘 더 많은 눈물을 가슴으로 흘리며 산다.

정성스러이 꽃밭을 가꾸는 원정圓丁이 있어서 하잘것없는 꽃씨 하나가 탐스러운 꽃을 피우게 되듯이 나를 꽃피우려는 원정들의 손길을 느끼면서 나는 철철철 눈물을 흘리며 산다.

오늘 내가 또 새 공책을 받으면 나는 첫머리를 또박또박 정성들여 이렇게 적어 나가겠다.

"하느님, 새해에는 더 많이 울겠습니다. 나를 아는 사람, 나와 인연 있는 모든 사람들은 모두 나를 사랑하는 줄 아옵고 그들 속에서 당신을 찾으며 고마움에 흐느껴 울겠습니다."

1976년 새해 아침에.

예수님의 얼굴이 되기까지

성령이 충만하신 어느 신부님께서 기도회 가르침을 하시는 중에 이런 질문을 던지셨습니다.

"사랑하는 형제자매 여러분, 여러분은 모두 예수 그리스도를 믿습니다. 그러므로 여러분은 어떤 사람이 여러분에게 '예수 그리스도를 보여 주십시오' 하면, 누구든지 '여기 예수 그리스도가 있습니다.' 하고 대답하실 수 있으리라 믿습니다. 여러분 어떻습니까. 예수님을 보여주실 수 있습니까."

그때에 몇 분의 형제자매가 대답을 했습니다. 자기 마음에 평화와 기쁨을 누릴 때라고도 했고, 이웃에게 사랑을 실천할 때라고도 대답했습니다. 그러니까 신부님은 그것은 예수님을 느끼는 것이지 어디 보는 것이냐고 반문했습니다.

그때 만일 나에게 대답을 요구하셨다면 나는 아마 이렇게 대답을 했을 것입니다.

"우리는 하느님을 세 가지 방향으로 깨닫습니다. 오직 한 분이신 하느님이시지만 지키시는 자리와 하시는 일에 따라 우리는 성부, 성자, 성령이라는 세 가지 이름을 하느님께 붙여 드립니다.

물론 성자는 예수 그리스도이신데, 우리는 예수님도 삼위일체의 방법을 따라 세 가지 형태로 뵈올 수 있다고 생각합니다.

첫째는 감실 안에 모셔져 있는 성체입니다. 영성체할 때마다 우러러뵈오니, 이것이 우리가 볼 수 있는 첫 번째 예수님입니다.

둘째는 사제들과 수도자들입니다. 예수님은 당신의 사업을 베드로 종도를 위시한 열두 사도에게 위탁하셨습니다. 그 뒤로 오늘날까지 무수히 많은 성직자, 수도자들이 예수님의 제자가 되어 예수님께서 지고 가신 십자가를 나누어지고 계십니다.

우리는 하려고만 하면 매일같이 신부님을 뵈올 수 있으니, 이분들이 우리가 볼 수 있는 두 번째 예수님입니다.

끝으로 우리는 사제를 도와 하느님 사업을 완성시키려고 애쓰는 많은 형제자매들이 있다는 것을 압니다. 그들이 없다면 사제들은 결코 하느님 사업을 추진해 나갈 수 없을 것입니다.

그러므로 성령 안에 사는 모든 평신도들, 바로 우리의 이웃이 우리가 볼 수 있는 세 번째 예수님이 아니겠습니까."

이런 식으로 생각하면 이 세상에는 참으로 많은 예수님이 있다는 것을 알게 됩니다. 그러나 아직 이 세상이 필요한 만큼, 눈에 보이는 예수님이 활동하신다고는 할 수 없을 것입니다. 따라서 우리는 우리 주위에 숨겨져 있는 예수님을 찾아내어 그들에게 감사하고 하느님께 영광 돌리는 일을 게을리해서는 안 될 것입니다. 그래야만 우리들 모두가 예수님의 일부가 되는 영광을 차지할 수 있을 것이기 때문입니다.

달포 전이었습니다.

캐나다에 사는 아내의 친구로부터 온 편지를 읽을 기회가 있었습니다. 나는 거기에서 살아 계신 예수님이 어떤 형태로 일하시는가를 똑똑히 볼 수가 있었습니다.

다음은 그 편지의 일부입니다.

"지난 일요일이었다.

내가 주일학교 교장을 맡고 있는 우리 한국인 연합교회에 백인 여자 한 분이 여덟 살 반쯤 되어 보이는 동양 아이 하나를 데리고 오지 않았겠니? 그래 내가 '어떻게 오셨습니까? 무엇을 도와드릴까요?' 하면서 가까이 갔더니 그 어린이에 대해 설명을 하더구나. 그 어린이는 두 살 반 때, 한국에서 데려온 양녀인데, 지금까지 육 년째 자기가 정붙여 기르고 있다는 거야. 그런데 자기가 한국말도 한국 풍습도 아는 것이 하나도 없으니까 곰곰 생각하다가 이 한인교회를 생각해 내고 찾아왔다는 거야. 그 어린이가 자랄수록 자기 자신이 누구인가를 바르게 알려주어야 하겠다는 것이지. 나는 그 순간 놀라움과 고마움으로 그 여인을 끌어안을 뻔하였단다.

우선 잘 찾아오셨다고 감사의 뜻을 전하고 이야기를 시작하였다. 그 양어머니는 제일 먼저 Bread(빵)를 한국말로 뭐라고 하느냐고 묻더구나. 그래서 '빵'이라고 했더니 자기가 그렇게 짐작은 했었대. 그러더니 Mother(어머니)를 한국말로 '엄마'라고 하느냐고 묻지 않겠니? 그렇다고 했지. 그랬더니 그다음엔 '만두'가 뭐냐고 물어 '빵'과 '엄마', '만두' 이 세 가지 낱말을 가끔 하는데 '빵' '엄마'는 짐작을 했으나 육 년을 키우면서 이 만두라는 것은 도무지 짐작을 할 수가 없었대.

나는 '만두'가 여기 중국 요리 집에서 파는 에그 롤(Egg rolls, 달걀말이) 비슷한 것이라고 일러주었지. 그리고 내가 만들면 갖다주겠다고 했더니 그렇게 좋아할 수가 없어.

'엄마'야 누구나 기억하고 찾는 끔찍하게 중요한 존재지만 음식이 이처럼 중요한 것인가 하고 새삼 느끼는 바가 많았다. 그런데 그 '빵'을 그 여자는 '빵'과 '밥'의 중간 발음을 했었거든. 내 생각에는 그 아이가 두 살 반에 서울서 왔으니까 분명 '밥'을 찾았을 거야. 끼니때마다 처음에는 이 아이가 '밥'을 찾았을 것이 틀림없어. 나는 여기 와서 십칠 년을 살았지만 지금도 매일같이 밥을 먹어야 하는데, 두 살 반이 되기까지 밥을 먹고 밥맛을 들인 아이가 왜 밥을 안 찾았겠니? 아마도 이 부인은 음식을 통해 그 아이의 근본, 그리고 조상을 알게 하려고 한 것이 아닌가 싶었다.

나는 지난 한 주일 동안 매일같이 식사 때마다 그 아이를 기억했다. 부모가 어떤 사정이었는지는 모르겠으나 여기까지 양녀로 왔을 초기에는 '엄마'와 '밥'을 얼마나 울면서 찾았겠니?

내일은 일요일. 나는 그 아이를 주려고 만두를 빚어 싸 놓고 이 편지를 쓴다."

여기까지 읽은 나는 잠시 눈을 감고 흘러나오려는 눈물을 삭여야만 했습니다.

세상에서 일하시는 예수님의 모습은 참으로 가지가지입니다. 한국의 소녀를 육 년째 기르는 캐나다 부인도 예수님이었고 일주일 내내 그 어린 소녀를 기억하면서 주일날 만두를 만들어 가지고 갈 준비를 한 아내의 친구 또한 예수님이 아니겠습니까.

나는 아내에게,

"당신 참 좋은 친구를 가졌구려. 그 친구가 바로 예수님이요, 예수님."

그랬더니 아내는,

"당신은 나와 그 친구 사이에 있었던 옛날이야기를 들으면 더 놀랄 거예요."

하는 것이었습니다. 다음은 아내의 말입니다.

"삼십 년 전 우리는 고등학교의 같은 반 친구였지요. 고아원에서 학교를 다녔던 내가 무슨 좋은 옷을 입었겠어요. 나는 밀가루 부대를 빨아서 표백한 것으로 여름 교복이라고 해 입고 다녔어요. 그렇지만 그 친구는 데드론으로 지은 좋은 교복을 입고 다니고요. 그런데 내가 학교 대표로 뽑혀서 웅변대회나 무슨 경시대회에 나간다던지 학교의 큰 행사가 있어서 여러 사람 앞에 나가야 할 일이 있을 때에는 꼭 그 친구가 아침 일찍 나와서 깨끗이 빨아 다림질한 그 친구의 데드론 교복과 나의 밀가루 부대 교복을 서로 바꾸어 입었어요. 내가 처음에는 사양했었지만 그 친구의 사랑이 너무도 순수해서 도저히 거절할 수가 없었어요. 한 반이라고는 해도 나보다 나이가 한둘 위였던 것 같은데, 나는 사실 그때 마음속으로 그 친구를 언니처럼 존경했어요. 한 번도 그런 말을 한 적은 없지만."

이 이야기를 들으면서 나는 더 이상 눈물을 감출 필요가 없다고 생각했습니다. 뻘겋게 충혈된 눈으로 나는 편지의 다음 구절을 더듬더듬 훑어 내려갔습니다.

"인복아. 정말 고맙고 자랑스럽다. 너는 학생 때부터도 학교의 자랑거리요, 친구들의 자랑이었는데 지금도 더 많은 일을 더 열심히 하고 있으니…, 네가 죽음 박사가 된 것은 필경 하느님의 뜻인 것 같다. 나는 서울서 영세를 받고 오기는 했으나 여기 온 후, 애들을 낳아 기를 때는, 일하면서 공부하는 남편을 뒷바라지하며 애들 키우느라고 주로 주말에 일을 더 했기 때문에 성당엘 자주 나갈 수 없었어. 십 년 전 어머니가 오신 뒤에도 나는 여전히 주말에 직장 일을 하느라 어머니는 한국인 연합교회에 애들을 데리고 다니셨어도 나는 못 나가고 있었어. 그러던 중 몇 해 전에 우리 딸 미라가 엄마가 안 가면 자기도 안 가겠다고 하도 떼를 써서 마지못해 이 연합교회에 나가기 시작하였단다. 그런데 또 교회에서는 주일학교 교장을 해달라지 않겠니? 그래서 거절을 못 하고 몇 해째 맡고 있단다. 믿음이 돈독한 것도 아니고 교리를 잘 알지도 못하면서 오십여 명이 되는 우리 한국 어린이들에게 한국말이나 알려주고자 하는 욕심으로 주일날이면 아이들과 어울려 한국말 반, 영어 반, 이렇게 잡탕으로 죽을 쑨단다. 우리가 한세상 살아간다는 것이 무엇이겠니? 아는 사람이건, 모르는 사람이건 인연이 닿아 만났을 때 서로 정을 나누는 것이 아니니? 그 정은 틀림없이 하늘나라에 향기로운 꽃으로 피어날 것이다. 하느님이 정원을 거닐다가 새로 핀 꽃송이를 보시며 이렇게 중얼거리실 거야. '인간 세상에 또 어느 작은 예수 그리스도가 사랑의 눈물을 흘렸구나!' 하고 말이다.

인복아, 우린 언제쯤 만날 수 있을까? 우리가 만나면 열흘 밤쯤은 꼬박 새도 우리들 이야기가 끝나지 않겠지? 그동안 우리 열심히 살자. 다시 한번 네가 쓴 책들을 받아들고 감사하면서 오늘은 여기서 줄인다. 늘 하느님 안에서 건강하길 빌며,

캐나다 위니팩에서,
1983년 1월 22일 인자 씀."

나는 이 편지를 읽은 후로, 이 글을 쓰는 오늘까지 매일같이 예수님의 얼굴 위에 그 캐나다 부인의 얼굴과 아내의 친구 인자씨

의 얼굴을 포개어 놓습니다.

그리스도의 얼굴은 하나일 수가 없습니다. 그러다가 문득 생각했습니다. 그러면 나는 누구인가? 나는 예수님이 될 수 없는가? 갑자기 얼굴이 화끈 달아오르고 두 주먹을 꼭 쥐는 자신을 깨달았습니다. 다시금 편지의 끝 구절이 내 귀에 이렇게 울리는 것이었습니다.

"예수님의 얼굴이 되기까지 우리 열심히 살자!"

보이지 않는 눈동자

아무리 생각해 봐도 우리 한국 사람들은 착하게 사는 것을 잘 사는 것으로 여긴 민족이 아닌가 싶다. '미운 놈 떡 하나 더 주라'고 하여 원수를 사랑하라는 그리스도의 가르침을 일찍부터 실천하고 있었으며 '매 맞은 사람은 발 뻗고 잔다'고 하여 남에게 피해를 입는 쪽이 마음의 평화를 얻을 수 있다는 교훈을 일찍부터 생활화하고 있었다. 그래서 나는 늘 한국 사람들이 아주 오랜 옛날부터 하느님을 성실하게 믿고 사랑해 온 민족이라고 생각하고 있다.

그러면 나는 교회에 다니기 전에 하느님을 알고 있었는가? 글쎄, 그것이 꼭 기독교적인 하느님의 개념과 일치하는지 모르지만 나는 분명히 하느님을 알고 공경하고 있었다.

그리고 교회를 다니기 시작한 지 삼십 년이 넘는 오늘에 와서도 교회의 교리가 가르치는 하느님보다는 어릴 적부터 귀에 익은 전통적인 관념으로서 착하게 살고 나쁜 일 안 하도록 내 마음을 지켜주는 보이지 않는 눈동자 같은 것으로 나의 하느님은 내 마음속에 살아 계신다고 믿는다. 그것을 '삼위일체'로 계시는 하느님의 자유로운 형상의 하나, 곧 성령이라고 한다면 어떨까 하고 생각해 보는 때가 있다.

그러니까 나에게 있어서 성령은, 인간의 생활 속에서 인과응보를 주재하는 무서운 힘처럼 보일 때도 있고 내가 생각하는 양심의 목소리 같은 것으로 들릴 때도 있다.

어린 시절에 〈명심보감明心寶鑑〉을 배우면서 내 나름의 성령을 배웠다고 말한다면 이상한 표현이 될까?

그 책 '천명天命' 편에는 다음과 같은 구절이 있다.

"하늘이 듣는 것은 고요하여 소리가 없으니 높고 푸른 하늘 끝 어디에서 그 소리를 듣는 주인을 찾을 것이냐? 그것은 높지도 않고 또 먼 곳에 있지도 아니하며 오직 사람의 마음에 있느니라."

(天聽이 寂無音하니 蒼蒼何處尋인가? 非高요 亦非遠이니 都只在人心이니라.)

또 이런 구절도 있다.

"사람들이 몰래 소곤거리는 말도 하늘이 들으실 때에는 우렛소리와 같고, 아무도 모르게 어두운 곳에서 남을 속이는 마음이 있을지라도 신령의 눈빛은 번개처럼 밝으니라."

(人間私語라도 天聽은 若雷하고 暗室欺心이라도 神目은
如電이니라.)

이러한 구절 속의 '하늘'과 '신령'은 다름 아닌 성령으로서 나
이 들어갈수록 내 가슴속의 주인이 되고, 어린 시절에는 대수롭
게 여기지 않던 그 구절들이 이제는 마치 천둥소리처럼 내 고막
을 울린다.

초등학교 5학년이었던 것으로 기억된다. 나의 반에는 몹시 연
약한데다가 집안이 가난한 석이라는 아이가 있었다. 그런데 석이
는 그림을 잘 그렸다.

그 무렵 우리 반은 미술특기 반으로 지정되어서 우리들은 집중
적으로 그림지도를 받고 있었다. 그래서 우리들은 늘 책상 속에
도화지를 두 세장씩 넣어두고 다녔었다. 그런데 가난한 석이는
가끔 도화지와 물감을 사 오지 못했기 때문에 옆 친구의 도화지
를 얻어서 그림을 그리는 때가 있었다.

그러던 어느 날 아침에, 전날 책상 속에 넣어둔 반 아이들의 도
화지가 몽땅 없어진 사건이 발생하였다. 선생님이 들어오시자 아
이들은 도화지 도난사건을 신이 나서 떠들어 대었다. 선생님은
묵묵히 아이들이 떠드는 소리를 듣고 계시더니 조용한 음성으로
이렇게 말씀하셨다.

"얘들아, 그렇게들 떠든다고 없어진 도화지가 하늘에서 떨어
지겠니? 모두들 제자리에 앉아서 눈을 감고 있어라."

선생님의 말씀이 어찌나 고요하고 엄숙했던지 우리는 모두 쥐 죽은 듯, 조용히 제자리에 앉아서 눈을 감고 있었다. 선생님은 말씀을 계속하였다.

"너희들은 지금 모두 눈을 감고 있다. 너희들 중에는 도화지를 가져간 사람이 있지만, 다른 친구들이 부끄러워 고백하지 못하는 사람이 있을 것이다. 그리고 너희들은 도화지 몇 장 잃어버린 것이 아까워서 슬픈 사람은 없을 것이다. 한 반에서 다정하게 지내는 친구를 믿을 수 없다는 슬픔이 더 크리라 생각한다. 그렇지만 도화지를 가져간 사람은 또 그만한 사정이 있을 것이다. 우리는 누구든지 한 번은 실수를 한다. 우리는 신이 아니고 사람이기 때문이다. 나도 어려서 친구의 연필을 훔쳐 쓴 적이 있다. 한두 번의 도둑질은 우리의 인생에서 누구나 경험하는 일이다. 우리들은 모두 도화지 가져간 사람을 용서하기로 하자. 자 모두들 그렇게 할 수 있겠지?"

우리들은 그때 눈을 감은 채 모두들 '네' 하고 큰소리로 대답하였다.

'그러면' 하고 선생님은 또 말씀을 이으셨다.

"모두 눈을 떠라. 그리고 내가 종이쪽지를 나누어 줄 터이니 거기에 자기 이름을 쓰고 도화지를 가져간 사람은 '+'를, 잃어버린 사람은 '-'를 쓰고 잃어버린 장수를 표시하여라."

그 다음날 아침, 우리가 교실에 들어가 우리들의 책상을 열었을 때 우리는 모두 깜짝 놀라지 않을 수 없었다. 우리들의 책상 속에는 잃어버린 도화지가 다시 곱게 놓여 있었기 때문이었다.

그날 조회시간에 선생님은 도화지 사건에 대해서 일체 말하지 않도록 당부하셨기 때문에 우리들은 다른 날과 마찬가지로 그림 지도를 받으면서 도화지 사건을 망각 속에 묻어 버렸다.

그리고 여러 날이 흘러갔다. 우리들의 그림 실력이 날로 좋아 진다고 선생님은 기뻐하셨고 그중에서도 석이의 그림은 항상 선 생님의 칭찬거리였다. 우리들은 자기가 그린 그림 가운데서 제일 잘 된 것을 골라 교내 미술대회에 출품하기로 하였다.

다시 또 여러 날이 흘러갔다. 교내 미술전람회가 열리는 날이 다가왔다. 그날은 우리 반의 미술 실력을 평가받는 날이기도 하 였다.

그러나 그날 아침 우리들은 기쁨과 슬픔을 반쪽씩 맛보아야 했 었다. 아니 어쩌면 기쁨은 슬픔 속에 가려서 보이지 않게 되었다 고 말해야 좋은 것인지도 모르겠다.

조회시간에 담임선생님은 이렇게 발표하셨다.

"오늘 열린 교내 미술대회에서 우리 반 석이가 특등을 차지했 다."

"야! 신난다."

우리들은 환호성을 쳤다.

"이놈들!"

그러나 선생님의 불호령은 내 고막을 무섭게 울려 왔다.

"그래, 너희들은 석이의 특등을 기뻐할 줄 알면서 석이가 오늘

결석을 했는지, 아니 했는지는 생각하지도 않니?"

그제야 우리는 석이의 자리를 바라보았었다. 그 자리는 텅 빈 채였다.

선생님은 또다시 말씀을 계속하였다.

"집안이 가난하고 몸이 아픈 석이는 병원에 갈 돈이 없었다. 그 애는 때로 도화지를 사 오지도 못했다. 지난번에 너희들이 잃어버렸던 도화지는 모두 석이가 가져갔던 것이다. 그런데 석이가 가져간 도화지는 쉰다섯 장이었고, 너희들이 잃어버린 도화지는 모두 일흔두 장이나 되었다. 석이는 일흔두 장을 너희에게 갚았다. 그러나 너희들은 석이의 회개하는 마음에서 열입곱 장의 도화지를 훔친 것이다."

그날 이후 석이의 모습은 다시는 교실에 나타나지 않았다. 그러나 삼십 년이 넘는 오늘날까지 석이의 환영은 내가 정직한 생활에서 벗어나려 할 때마다 내 가슴속에 살아나서 나의 영혼을 지키는 성령의 눈빛이 되어 있다.

끝없는 새출발

외투 깃을 올리고 두 손을 주머니에 푹 찌른 채 낙엽이 뒹구는 겨울 거리를 걷는다. 어느 전파상회에서인지 크리스마스 캐럴이 거리의 소음 사이로 아련하게 흘러나온다.

시계점 앞에서 시간을 살핀다. 약속 시간까지 한 시간은 실히 남았다. 천천히 걸어도 가야 할 다방까지 십 분이면 되겠다. 골목 길로 꺾어들면서 조금 더 걷기로 작정한다. 얼마 전에 남편을 잃은 제자를 만나려 가는 길이다. 위로해야 할 말 대신 나는 외투 주머니에 해묵은 성탄 카드 두어 장을 가지고 간다.

벌써 십여 년이 지난 옛날이다. 내가 난생처음 대학교수가 되어 부임한 곳은 광주의 신학대학이었다.

거기서 나는 지금 가지고 가는 성탄 카드의 주인공을 처음 만났었다. 가톨릭의 사제를 양성하는 곳이라 학생들은 엄격한 규율 아래 기숙사 생활을 해야 하였다. 그래서 기숙사 식당에는 영양

관리를 담당하는 영양사가 필요하였는데, 그녀는 바로 거기에서 영양사로 일하고 있었다. 약간 두툼한 입술, 치켜뜰 때에는 쌍꺼풀이지는 어글어글한 눈, 조금 심술이 있어 보이는 투실투실한 뺨, 그래서 전체적으로는 둥그스름하고 복스러운 얼굴의 아가씨였다.

그때나 지금이나 멋없이 근엄하기를 좋아하는 나였지만 그녀의 발랄한 화술에 끌려들어 농담을 하는 적도 있었다.

"선생님 좋은 신랑감 좀 소개해 주세요."

"글쎄, 내 주변머리에 어떻게….."

"아니요, 선생님 같은 사람이면 돼요."

"나 같은 사람? 설마 나를 말하는 것은 아니겠지?"

이러면서 우리는 어린애처럼 웃기도 했다. 그 뒤로 얼마 안 되어 그녀는 신랑감을 찾아 직장을 그만두었고, 나는 그녀에 대한 생각을 까맣게 잊고 살았다.

그리고 또 한 해 남짓 나는 그 대학에 재직하다가 서울로 자리를 옮기게 되어 이삿짐을 꾸리는 어느 날 저녁이었다.

복스럽던 얼굴의 반쪽은 어디로 날려 보내고 그야말로 반쪽이 된 초췌한 얼굴로 그녀가 우리 집 사립문을 들어섰다. 아직 새댁이라 차려입은 옷은 산뜻했지만, 어찌나 말랐는지 나무 꼬챙이에 걸친 치마저고리가 바람결에 횡횡 겉도는 것 같았다.

"서울로 영전하신다기에 축하도 드릴 겸 찾아왔어요."

이렇게 수인사를 끝내고 머뭇거리듯, 그러나 천성적인 명랑은 감추지 않으며 들려준 그녀의 이야기는 요컨대 씁쓸하기 짝이 없는 인생무상이었다.

결혼 후 한 달쯤 되어 홀연히 집을 나간 남편은 석 달 만인가 출장에서 돌아왔다고 집을 찾아들었고, 또 두어 주일 지나 집을 나가서는 일 년이 지난 지금까지 영영 소식이 없다는 것이었다.

"아니, 남편의 신원도 모르고 결혼을 했었단 말이에요?"

이야기를 듣던 아내의 질문이었다.

"어른들이 주선한 중매였는데, 외국 출장이 잦은 무역상사라고 해서 그런 줄만 알았지요. 친정과 시댁 어른들이 의논해서 이혼하기로 결정을 보았어요."

나중에 들은 이야기로는 그녀의 남편이 정보 계통의 일을 하는 군인이었다고 했다.

"그럼 앞으로 어떻게 할 계획이에요?"

아내는 어느새 눈물을 턱밑까지 흘려가며 그녀의 손목을 꼭 쥐고 있었다.

"사모님, 걱정은 마세요. 연애해서 재혼할래요. 그리고 행복하게 산다 싶으면 그때 다시 찾아뵙겠어요."

그녀의 말씨와 표정은 자신에 넘쳐 있었으나 사립문 밖으로 헐렁거리는 치마폭을 감싸면서 그녀가 사라질 때, 우리 내외는 그녀의 뒷모습에서 끝없는 절망과 수심의 그림자를 읽을 뿐이었다.

그리고 또 몇 년이 흘렀는가, 나와 아내는 가끔 불행한 여인의 이야기가 화제에 오를 적마다, 아직도 그녀가 안정된 삶을 찾지 못했는가 보다고 궁금해하였다.

그런데 삼 년 전 겨울, 아마 나는 학교 연구실에서 책을 읽다가 희뜩희뜩 눈발이 날리는 창밖을 내다보고 있었던 것 같다. 그때 사환 아이가 한 다발의 편지 뭉치를 전하고 갔다. 나는 거기에서 유달리 두툼한 성탄 카드 한 통을 발견하였다. 발신지는 미국 콜로라도 주, 발신인은 도널드 M. 비숍 대위 내외. 전혀 모르는 사람이었다. 피봉을 뜯었다. '아!' 그때 나는 나도 모르게 탄성을 질렀다. 카드에 인쇄된 사진에는 그녀가 미군 장교와 나란히 서서 웃고 있지 않은가?

"종종 선생님을 기억하면서도 소식 못 드렸습니다. 확신이 설 때까지 기다려 보자는 마음 때문이었습니다. 그러나 이제 제가 사는 하늘에는 잿빛 구름의 흔적조차 찾을 길이 없습니다. 그이는 여기 공군사관학교의 교관입니다. 이혼한 뒤에 광주에 있는 미군 부대에 취직하여 다니다가 그이를 만났어요."

이렇게 시작된 그녀의 사연은 모두 그녀가 그동안 어떻게 인생을 적극적으로 창조하여 왔는지 그래서 소위 행복이라는 추상적 개념을 어떻게 감각적이고 현실적인 실제로 붙잡아 왔는지를 말해 주고 있었다. 그 편지는, 아니 그 성탄 카드는 작년에 받은 이야기로 이어진다.

"1977년은 분명 제 생애의 가장 빛나는 추억의 한 해가 될 것입니다. 수평선 너머로 끝없이 펼쳐지는 기쁨과 희망의 해였습니다. 물론 금년의 최대 사건은 지난 4월 7일, 6파운드 8온스의 존

패드릭 비숍의 출생입니다. 그이는 지금 내 옆에서 아이를 들여다보며 이렇게 떠듭니다.

여보, 저놈의 웃음 좀 보아, 저 웃음 값을 치르려면 내가 지금까지 번 돈을 몽땅 바쳐도 모자라겠지?"

이제 며칠 있으면 그녀의 금년 치 성탄 카드가 또 도착할 것이다.

다방 문 앞에 와서 선다.

"선생님, 고국에 돌아가 뵈올 시간을 마련할 때까지 이렇게 글월만 띄웁니다."

라고 씌었던 지난번 카드의 마지막 사연을 외면서 나는 다방 문을 열고 들어선다. 지금 내가 기다리는 제자는 이제 겨우 스물일곱 살이다.

말없이 이 카드를 탁자에 놓아야지.

나는 빈자리에 앉으며 중얼거린다. 약속시간까지는 아직도 삼십 분이 더 남았다.

나도 나의 아버지처럼

"산 너머 저 산 너머 행복이 산다기에 나도 남과 같이 따라가 보았다가 눈물만 흘리고서 돌아왔어요. 눈물만 흘리고서 돌아왔어요."

칼 뷔쎄의 이 시구는 사람들이 행복을 찾는 방법을 제시한다. 즉 산 너머라는 어떤 공간에 행복이 숨어 있으리라는 가정을 세운다. 그러나 즉시 그 결과가 눈물뿐이었다고 말함으로써 뷔쎄는 공간과 결부된 행복의 탐구가 잘못되었음을 지적한다.

그러면 행복은 어디에 있을까? 그러나 시인의 말을 곧이곧대로 풀이하는 것도 바보짓이다. 그래서 나는 '산 너머'라는 말을 공간만이 아니라 시간까지도 들어 있는 복합적인 개념으로 바꿔 놓아 본다.

산도 넘고 세월도 넘는다. 기기는 세물포, 서울에서 백 리 길 안짝을 달리는 곳이니 그렇게 멀지도 않다. 세월로는 스물 두어 해쯤 뛰어 볼까? 아니지 조금만 더 뛰자. 서른 해 남짓 뛰어도 좋다.

"아버지 학교에 다녀왔습니다."

대문을 들어서자마자 사랑방에 계실 듯싶은 아버님을 향해 소리를 질러 인사를 드린다. 툇마루 건너 미닫이가 드르륵 열리고,

"오냐. 이제 오니?"

하시는 음성과 함께 돋보기안경 속 아버님의 안광이 눈부시다. 앞에 놓인 궤안에는 읽고 계시던 〈시경詩經〉이나 〈근사록近思錄〉 같은 서책이 펼쳐져 있겠지.

대문을 들어서면 사랑방은 우리 집 왼쪽 끝이다. 사랑방에 잇대어서 건넌방이 있고 그 앞에는 툇마루가 붙었다. 건넌방 오른쪽으로 두 칸 남짓한 큰 마루, 또 그 오른쪽으로 마루만 한 안방이 있다.

마루 앞이 부엌이고 부엌 앞이 광이다. 광 앞으로 사람 하나 다닐 만한 빈터가 앞집 담장과 나란히 뻗었는데, 그 샛길이 너무 좁아서 뒤뜰로 가려면 나는 으레 부엌을 건너질렀다. 모두 해야 스무 평이 될까 말까한 기역자 집.

아버님은 별로 외출이 없으셨다. 하지만 아버님을 찾는 손님은 끊이질 않았다.

어느 때는 손님과 바둑을 두셨고, 또 어떤 때는 앉혀 놓고 붓으로 글을 짓고 계셨다. 그것은 편지나 제문祭文, 그리고 비명碑銘

같은 것이었으리라.

"들어와 인사드려라."

아버님의 이런 말씀이 계시면 나는 지체 없이 사랑방으로 들어가 큰절을 해야 된다.

그때의 손님은 처음 뵙는 분이거나 아버님과 가까이 지내는 어른들이셨다.

"오늘은 먹을 갈라는 분부가 없으시겠구나. 그래 학교에 잘 다니구?"

이렇게 점잖은 말씀을 하시는 어른도 계셨고,

"이놈. 요새도 툇마루 끝에서 오줌 누느냐?"

이렇게 짓궂은 말씀을 주시는 어른도 계셨다.

사실 나는 학교에 다니기 전까지만 해도 큰 마루와 건넌방 툇마루가 이어지는 자리쯤에서 마당에다 대고 오줌을 누는 버릇이 있었다. 바로 그 마루 끝에 기둥이 서 있다. 한 손으로는 기둥을 붙들고 한 손으로는 그놈을 붙들고 대문을 향하여 얼마쯤 뻗어가는지를 시험해 보는 일은 키 자라는 것을 확인하는 것처럼 즐거운 일이었다.

그 기둥의 내 손이 닿는 자리에는 눈깔사탕만 한 옹이 무늬가 하나 있었다. 나는 그 자리에만 서면 그 무늬를 살살 쓰다듬으며 매끈거리는 감촉을 즐겼다. 그러고 보니 그 기둥은 아무것도 칠하지 않았던 것 같다.

사랑방 툇마루 앞은 꽃밭이었다.

몇 개의 돌멩이, 또 돌멩이 사이로 난초 두어 포기, 옥잠화 두어 포기가 생각난다. 으승화와 모란도 있었던 것 같다.

그러나 그 손바닥만 한 화단의 명물은 뭐니 뭐니 해도 한 그루 파초였다. 가을이면 캐내서 광 속으로 피난시키고, 또 봄이면 제자리에 다시 심었다. 이 일은 반드시 아버님이 책력을 보시고 날짜를 결정하신 뒤에 손수 옮기시는 연중행사였다.

이처럼 책 읽고 글 짓고 꽃을 가꾸시는 아버님, 그리고 나에게는 특별히 엄격하신 것도 없으신 아버님을 나는 웬일인지 점점 어려워하게 되었었다.

학교에서 통지표를 갖고 온 어느 여름날이던가? 석차 난에 쓰인 '1'이란 숫자에 신이 나서,

"아버지 성적표 받아왔어요."

이렇게 사랑방을 향해 외치며 들어섰다. 아버님은 뒤뜰 채마밭에서 일을 하고 계시다가

"오냐, 문갑 위에 놔두어라."

이렇게 무심히 대답하시며 밭일을 계속하시는 것이 아닌가? 나는 몹시 섭섭하였다.

〈원, 아들이 일등을 하고 와서 칭찬을 듣고 싶어 하는 것도 모르고 채마밭 일이 그렇게도 소중하담. 아차, 뒤뜰 채마밭에는 양귀비꽃이 피었겠다? 아니지, 벌써 꽃은 다 시들고 열매가 많이 여물었을걸. 하기는 그 꽃이 기막히게 야들거리고 예쁘거든. 아니야, 양귀비꽃이 아무리 아름답고 그 열매가 소중하기로 늙마에

얻은 아들보다 더 귀할라구….〉

나는 속이 상해 견딜 수가 없었다.

뒤뜰 우물에서 두레박질을 하여 손을 씻고 사랑방으로 들어가
신 후에도 아버님은 나를 부르지 않으셨다. 여느 날 같으면,

"애, 거기 큰놈 있느냐? 들어와 먹 좀 갈지 않으련."

하시는 것이 보통이었건만 그날은 먹 갈라는 분부도 없으셨다.

나는 애꿎은 벌집만 들쑤시며 뒤뜰을 왔다 갔다 하였다.

원래 우리 집은 밤나무골의 밤나무 숲을 지키던 초막이었다고
한다. 아버님은 집터가 명당이라고 이 집을 사 오신 뒤로 앞쪽은
수리를 하여 말쑥하게 고쳤지만 북쪽에 있던 뒷벽은 옛날 초막시
절에 쌓은 토담을 그대로 찌(높이)만 높여 중수重修한 것이었다.
그래서 자 가웃이 넘는다는 그 토담 벽에는 꿀도 치지 않는 벌들
이 여기저기 구멍을 뚫어 살 수 있었던 모양이었다.

나는 속이 상하는 일만 있으면 뒤뜰로 들어와서 나무 꼬챙이로
벌집 구멍을 뭉개 버리면서 분풀이를 하였다.

그날 저녁밥을 먹을 때에도 아버님은 일상적인 이야기만 하실
뿐 끝내 성적에 대해서는 시치미를 떼셨다. 저녁을 드신 후에 아
버님은 다시 사랑으로 건너가 계셨고, 어머님은 안방에서 바느질
을 하시는 눈치였다.

나는 안방으로 가서 성적표에 대한 자초지종을 늘어놓으며 아
버님이 너무 냉정하다고 푸념을 하였다.

허허 그러나, 참으로 그러나, 아버님의 의중이 더 크고 깊다는

것을 어린 내 소견이 짐작이나 하였으랴. 그날 밤 막 잠이 들려고 하는데, 내 잠자리 옆에서 아버님과 어머님이 나누시는 말씀이 꿈결처럼 두런두런 들려 왔다.

"아니 저 애가 일등을 했다는 데도 그래 당신은 한마디 말씀이 없으셔요?"

"허허, 모르는 소리, 누가 자식을 앞에서 귀여워한단 말이오. 칭찬은 뒤로하는 법이라오."

그러시더니 내가 덮은 이불 위로 내 엉덩이를 툭툭 두드리시며 말씀을 이으셨다.

"두고 보시오. 이놈이 커서 큰일 하리다. 얘 태어나기 전날 밤에 내 꿈이 심상치 않았거든. 북극성의 서기가 내 방으로 훤히 비쳐들었단 말이야."

"또 그 꿈 말씀이세요? 그 이야긴 천 번도 더 들었어요. 어쨌거나 아이를 격려해야 않겠어요?"

"아니라니까. 면전에서 칭찬하면 자만하거나 경망해지기 쉬운 법이라오. 모름지기 대장부는 희로애락을 안으로 삭여야지."

그해 겨울, 아버님은 막 철이 드는 나를 남겨 두시고 영원한 추억의 존재로 바뀌시었다.

그러고 보면 뷔쎄의 시는 전혀 거짓말도 아니다. 큰일을 하리라던 아들은 단지 이름 없는 대학교수가 되었을 뿐, 어린 시절을 회상할 적마다 눈물을 감추느라 애쓰느니. 허나 그때마다 번번이 느긋한 행복감을 느끼는 것은 무슨 까닭인가?

그렇다면 정말로 뷔쎄의 눈물은 행복의 눈물로 풀이하지 않을
수 없다.

며칠 있으면 아이들이 성적표를 받아오는 날이다. 나의 아이
들이 지난 학기보다 높아진 성적표를 들고 와서,

"아버지 성적표 받아왔어요."

하면 나도 그 애들의 할아버지처럼,

"오냐. 서재 책상에 놓아두어라."

이렇게 대답을 하고 천천히 뒤뜰로 돌아가 낙엽이나 쓸어 모을
까?

나의 스승 오영석 선생님

"그렇지만 미리엘 신부님은 반가운 친구를 다시 만난 것처럼 장발장에게 다가서시면서 이렇게 말씀을 하시는 것이었어. '잘 오셨습니다. 또 만나 뵙게 되었군요. 그런데 당신은 은촛대는 안 가지고 가셨더군요. 그것도 분명히 당신에게 드린 것인데요.' 그러니까 장발장은 어리둥절해 가지고 신부님을 멍하니 바라보고만 있었단 말이야."

지금부터 꼭 삼십 칠 년 전인 1946년 여름, 인천 창영초등학교 3학년 4반의 점심시간. 선생님은 상글상글 웃으시는 눈매로 우리들에게 이렇게 빅토르 위고의 〈레미제라블〉을 얘기해 나가시는 것이었다.

일제 통치로부터 해방이 된 지 일 년도 안 된 당시 우리는 정말 형편없는 교육환경에서 공부랍시고 시작했던 것으로 기억된다.

교과서는 거무튀튀한 색깔의 얇은 마분지에 인쇄되었는데 활자가 찍힌 부분보다는 잡티와 뚫린 구멍이 더 많은 듯했고, 연필은 글씨를 쓰는 데보다는 공책을 찢어먹는 데 더 능란했다. 게다가 우리 학생들은 가난에 쪼그라들 대로 쪼그라든 모습이었다.

도시락은커녕 교과서 한두 권에 공책 두어 권. 그것도 백지를 접어 만든 것, 그리고 필통을 보자기에 두르르 말아 어깨에 걸쳐 등에 메고 십 리 밖에서 걸어오는 아이들이 있었고, 또 대개 그들의 고무신은 언제나 구멍이 뚫려 있어서 비가 온 뒤에 진창길을 걷고 나면 발등 위로 뽀그락뽀그락 물거품이 일곤 하였다. 이런 형편에서 교과과정인들 짜임새가 있었을 리가 없다.

그래서인지 그때 우리 반 담임이 되신 오영석吳榮錫 선생님은 당신이 창안하신 특유의 교과과정을 진행하신 듯싶다. 그것이 바로 점심시간만 되면 풀어 놓으신 세계명작 해설이었다. 메마른 육체와 정신을 한꺼번에 살지게 하는 그 점심시간은 감격에 겨워 목이 메거나 격한 감동으로 울음바다가 되기 일쑤였지만 우리들은 그 점심시간이 있기 때문에 학교에 다니는 기분이었다.

명작의 내용도 내용이거니와 약간 허스키의 다정스런 선생님의 음성과 무엇보다도 항상 웃고 계신 듯한 선생님의 표정에서 우리는 모두 개별적인 사랑을 받고 있다는 느낌을 가질 수가 있었다.

특히 나는 그해 정월에 아버님이 돌아가셨기 때문에 깊은 상실감을 맛본 후였고, 그러한 정신적 충격이 나를 몸져눕게 하여 그해 봄철을 내내 병상에서 앓다가 걸음마까지 새로 익히듯이 배워

가면서 학교를 다니던 무렵이었다. 그래서 선생님은 특별히 나에게 온정을 베풀어 주셨는지도 모르겠다.

그러나 워낙 어린 시절이라 나는 나이 들면서 오 선생님에 대한 짙은 인상을 서서히 잊어 가고 있었다.

그러면서 어느 날이던가, 그것이 정확히 몇 년 전 또 어느 계절인지도 기억할 수가 없다. 분명 십 년도 더 전인 듯싶다. 라디오에서 불행을 딛고 일어선 사람의 실화가 드라마로 엮어져 방송되고 있었다.

6·25의 피난길에서 어린 딸을 잃어버리고 수복 후에 그 딸을 찾아 전국의 고아원을 찾아다니는 부정父情 이야기.

아버지는 자기 딸 또래의 어린 소녀만 보면 가슴이 철렁 내려앉는다. 다가가 자세히 보면 자기 딸은 아니다. 그러다가 문득 깨닫는다. 내 핏줄을 이은 아이만이 내 자식인가. 이 전쟁에서 얼마나 많은 고아가 거리를 방황하는가. 그 아버지는 드디어 결심한다. 십여 년 봉직하던 직장을 사임한다. 몇 푼 안 되는 퇴직금과 가산을 정리하여 서부전선에서 멀지 않은 경기도 파주군 광탄면에 소녀만을 수용하는 고아원을 경영한다. 손수 흙벽돌을 찍어 한 장 한 장을 쌓아 올려 사랑의 보금자리를 꾸려나간다. 먹고 살기만 해도 고달픈 나날이었다. 그러나 그들에게 노래를 가르쳐 오늘날 이렇게 세계 방방곡곡에 사랑의 메아리를 퍼뜨리는 평화의 사도, 무궁화 어린이합창단을 운영하기에 이르렀다.

"이제 그 주인공 오영석씨와 몇 말씀 나누어 보겠습니다."

뭐? 오영석! 나는 귀가 번쩍 뜨여서 라디오의 볼륨을 높였다. 거기에서는 내 어린 시절, 마드렌 시장, 그리고 포슈르방 할아버지로 변신한 장발장의 허스키 음성이 몇십 년의 세월을 거슬러 울려 나오고 있었다.

나는 그저,

"아! 선생님. 오영석 선생님!"

이렇게 중얼거릴 뿐이었다.

재작년인가 친구 몇이서 광탄에 있는 '사랑의 집'을 찾아갔을 때는 마치 어린애처럼 좋아하시더니 금년 봄 선생님은 갑자기 병을 얻어 한창이신 연세에 세상을 떠나셨다.

그러나 선생님은 내가 나의 어린 딸에게 장발장을 이야기해줄 때마다 내 가슴속에서 언제나 허스키의 음성으로 살아나신다.

행복의 보따리

세상을 착하게 잘 살기 위해서는 '마음먹기' 하나로 대뜸 행복해질 수도 있지만 '마음먹기' 만 좋아 가지고는 살아갈 수 없는 것이 삶의 조건이기도 하다.

우리나라 옛 설화에 나막신 장사를 하는 큰딸과 짚신 장사를 하는 작은딸을 둔 어머니의 고민 이야기가 있다.

이 이야기에서는 '마음먹기' 하나로 행복을 얻는 비결을 말해 준다. 즉 비 오는 날에는 나막신 장사를 하는 큰딸을 생각함으로써, 맑은 날에는 짚신 장사를 하는 작은딸을 생각함으로써 마음의 평화를 얻도록 하고 있다.

이것은 어두운 쪽을 보는 습성으로부터 밝은 쪽을 보는 습성으로 바꾸게 하여 어두운 쪽을 망각하자는 일종의 자기 속임수이지 어두움이 없어진 것은 아니라고 생각된다.

옛날 우리 조상의 슬기가 고작 이런 것이라면, 이것은 현상유지에 급급한 미봉책이지 값비싼 슬기는 아니지 않는가? 그래서 나는 이 얘기를 이렇게 고쳐 보고 싶다.

첫째, 큰딸과 작은딸이 한집에서 장사를 하고 한솥의 밥을 먹는 같은 식구로 만든다. 그러면 사람들은 이렇게 말하리라.

"흥 어림없는 소리. 각 불 붙던 사람은 따로 살아야지. 각각 남의 가문에 시집간 사람을 어떻게 한 지붕에 모을 수가 있담."

콧방귀가 내 귀에 징징 울리는 것 같다.

바로 이 문제가 현대 세계가 처한 고민이다. 그래서 어떤 나라에서는 잉여농산물이 썩어 가는데 어떤 나라에서는 굶어 죽는 백성이 있게 된다. 그래서 검둥이와 흰둥이는 같은 버스를 타지도 못하고 같은 식당에서는 밥을 먹지도 못하는 지역이 있다. 그래서 경상도 사람은 전라도 며느리를 얻지 않으려 하고 함경도 사람은 평안도 사위를 안 보려 한다.

나는 뒤통수를 북북 긁으며 속으로 이렇게 중얼거릴 수밖에 없다.

"글쎄올시다. 코스모폴리타니즘(四海同胞主義)이 인류의 꿈인 줄을 알기는 하면서도 내셔널리즘(民族主義, 國家主義)을 벗어날 수 없는 것이 바로 현재, 우리 인간이 처한 한계인 걸 누가 모르나요, 뭐?"

그리고 나서 나는 두 번째 해결책을 생각해 본다.

둘째, 큰딸 네에서는 짚신 장사를 겸하고, 작은딸 네에서는 나막신 장사를 겸하도록 한다. 만들 수가 없으면 서로서로 생산가로 넘겨주면 될 것 아닌가? 문제는 큰딸 네, 작은딸 네가 서로 돕기 위하여 자주 왕래하는 것이다.

어머니는 시집간 딸을 앉아서 걱정만 할 것이 아니라, 큰딸 네 나막신을 작은딸 네 좌판에 벌여 놓고, 작은딸 네 짚신을 큰딸 네 좌판에 진열하는 나들이를 하셔야 한다.

아, 그러면 좋겠다. 그때 친정어머니의 보따리 속에는 비가 오는 날이거나 맑은 날이거나 큰딸, 작은딸이 모두 항상 장사가 잘 되는 전천후全天候의 행복이 들어 있는 것이다.

그 친정어머니의 보따리에는 경상도 며느리와 전라도 사위의 웃음이 들어 있는 것이다. 그리고 그 친정어머니의 보따리에는 검둥이도 흰둥이도 다 같이 들어가는 음식점의 식권도 들어 있을 것이다.

그리고 또 내셔널리즘과 코스모폴리타니즘이 등식으로 묶일 수 있는 신비로운 수학책도 들어 있을 것이다.

가만있자. 생각만 할 것이 아니라, 등불을 밝히고 문 밖으로 나서야 하지는 않을 것인가?

천지신명이신 나의 하느님

　초등학교를 졸업할 때까지만 하여도 나는 일주일이 멀다 하고 병원과 약방을 찾아다니던 허약한 체질의 어린아이였다. 어린 시절의 추억은 그래서 병치레하던 경험과 함께 있다.

　아홉 살이 되던 봄철이었던가. 그해 음력 정월에 아버님이 돌아가셨다. 맏아들이었던 나는 약골의 어린아이로 얼떨결에 상주喪主가 치러야 하는 모든 행사를 마치기는 했으나, 결국은 덜컥 병이 나고야 말았다.

　나중에는 물 한 모금도 제대로 마시지 못하고 앓기 한 달, 드디어 동네에서는 아버지가 아들마저 데려갔다는 소문이 나돌게 되었었다.

　개나리, 진달래가 한창일 때 앓아누웠었는데 몸이 조금 회복되었을 때에 뒤뜰 울타리 밖에 있던 복숭아나무는 진홍색과 연분홍이 어울린 예쁜 꽃송이들을 거의 다 떨어뜨리고 있었다.

나는 쓰디쓴 탕약을 아침저녁으로 먹으면서 새로 걸음마를 배웠다. 식음을 전폐하고 원기가 떨어져서 무엇을 붙들어야만 걸을 수가 있었던 때문이다. 대청마루를 기어 나와 섬돌을 내려서면 마루전을 붙들고 부엌문 앞까지 갔다. 부엌에서는 부뚜막을 의지해서 걸었다.

부엌 뒷문을 벗어나면 바로 뒤뜰이었다.

나는 볕 바른 양지에 놓인 나무의자에 겨우 걸터앉을 수가 있었다.

아! 그때 내 시야에 살아 움직이던 생물의 이름들을 나는 지금도 잊을 수가 없다. 밭이랑 위를 날던 노랑나비며 벌통의 주위를 윙윙거리던 꿀벌들, 그리고 유난스럽게도 싱싱하게 윤이 흐르던 옥잠화의 너부죽한 잎사귀, 양귀비꽃은 봉오리를 보이기 시작했는가 싶었고, 햇볕이 너무 눈부시다고 생각했었다.

그리고 나는 또 정신을 잃고 말았다. 늦봄의 땡볕을 너무 오래 쪼인 것이 탈이 되었었다.

정신이 들고 보니 내가 누워 있는 머리맡에는 어머님과 이모님의 얼굴이 근심에 겨운 표정으로 나를 내려다보고 있었다.

이모님은 그때 갓 시집을 간 처지였는데 아마 내 병문안 차 찾아오셨던 모양이었다. 하지만 그날부터 나는 그 이모님과 꼭 여드레를 같이 지낸 기억을 갖고 있다. 시댁에는 홀로 되신 언니도 위로할 겸 조카의 병간호도 할 겸 며칠을 묵겠다고 연락을 취하였던 것 같았다.

커다란 눈망울을 굴려 근심과 기쁨을 나타내는 외에는 말수가 극히 적었던 이모님이시지만 나하고 단둘이만 있으면 약간 더듬는 듯한 말씨로도 오군조군 얘기가 많았다. 그 얘기 속에는 이모님이 여드레나 내 옆에 있어 주는 이유가 무엇인가도 들어 있었다.

옛날 어머님 소싯적에 외삼촌도 나처럼이나 병약하였다고 한다.

한 번은 외삼촌이 몹시 앓자 외할머니는 점쟁이를 찾아 무꾸리를 하셨다. 거기에서, 식구 중에 누구든지 아무도 떠가지 않은 첫 새벽 샘물을 길어다가 정안수로 떠놓고 앓는 아이를 위해 백일 동안 북두경北斗經을 외우면 병이 나으리라는 방술을 얻어 오셨다. 마침 삼동의 추운 겨울이었는데도, 어머님은 외삼촌을 위해 그 일을 자진해서 맡아 해내셨다고 한다.

요컨대 이모님의 말씀은 형제가 아플 때에 희생적으로 봉사하는 것은 집안(나에게는 외갓집이지만)의 전통이요 가풍이니까 당신이 나를 위해 말동무 되어주고 홀로 되신 어머님을 위로하는 일이 대단한 것이 아니라는 것이었으리라. 이 얘기는 어린 나에게 무척 큰 감동을 주었었다.

그러나 정말로 큰 감동과 충격을 나에게 주었던 사건은 이모님이 시댁으로 떠나기 전날에 있었던 이모님과의 기묘한 의식이었다.

내일이면 떠난다고 하던 날 밤, 이모님은 나를 뒤뜰로 데리고 나오셔서, 내가 정신을 잃었던 바로 그 자리에 동쪽을 향하여 나를 세우셨다. 그리고는 절간에서 부처님을 향해 합장하여 절하듯 절하시면서 이렇게 세 번을 외라고 하셨다.

"천지신명이시여! 뜻을 받아 태어난 몸이오니 튼튼하게 일하도록 굽어살피소서."

나는 이모님을 따라 이 기도문을 외며 동쪽을 향해 세 번 절을 하였다.

"너 매일 밤 자기 전에 꼭 이렇게 해야 한다. 그리고 말이야, 이걸 꼭 가지고 다녀."

하시면서 이모님은 내 손가락만 한 뼈마디를 하나 내어주셨다.

"그게 뭔데요?"

"이건 말이야, 호랑이 꼬리뼈인데 어제 이모부가 너 주라고 갖고 오셨어. 이것을 가지고 있으면 호랑이처럼 몸이 튼튼해지는 거야."

나는 그 후로 여러 해 동안 그 기도를 했던 것 같다. 물론 호랑이 뼈도 꼭 몸에 지니고 다녔었다.

수십 년 세월이 흘러 지금은 그 호랑이 뼈도 잃어버린 지 오래고 기도문도 아련한 추억으로만 남아 있지만 천지신명만은 여전히 내 건강을 지켜주고 계신다.

가톨릭을 모르던 어린 시절의 천지신명이 바로 지금 나의 하느님이 아니겠는가?

내 아들은 잘못하지 않는다

내가 오늘날까지 세상 사람들에게 양심을 강조할 수 있을 만큼, 하느님께 큰 죄를 짓지 않고 살아올 수 있었던 힘의 원천은 무엇인가?

지나온 모든 세월을 꼼꼼 거슬러 생각해 본다. 학교 선생님, 이웃집 어른들, 어릴 적부터의 그 많은 친구들, 그리고 내가 살아온 환경 등. 어느 것 하나 소중하지 않은 것이 없지만 그 많은 것 가운데서 군이 알맹이가 되었던 한 가지를 고르라면 나는 아버님의 말씀 한마디를 택하고 싶다.

나의 아버님은 내 나이 아홉 살 되던 해에 돌아가셨다. 유산이라고는 우리가 살던 오두막집 한 채가 전부였다.

나를 맏이로 하고 일곱 살짜리 누이와 네 살짜리 아우 이렇게 삼 남매를 거느리고 과부가 되신 어머님은 그때로부터 우리 자식들이 장성하여 제 밥벌이를 하기까지 별의별 고초를 겪으며 우리를 키우셨다.

군이 어머님의 직업을 밝히자면 한복전문의 삯바느질이셨으나 6·25가 터지고 세상이 변하면서 어머님의 바느질 기술은 조만간 무용지물이 되어버렸다. 할 수 없이 막노동과 행상 같은 것으로 직업전환을 하셨고, 나는 책가방 대신 담배 목판과 신문 뭉치를 더 많이 끼고 살았다.

이러한 생활 속에서 어머님이 보여주신 삶의 자세는 천 년 묵은 느티나무 같은 것이었다. 나는 그 느티나무를 통하여 세상을 사는 슬기를 키우면서도 그 원천적인 힘이 아버님으로부터 시작되었다는 것을 까맣게 모르고 살아왔다.

어머님은 옛날 부녀자의 삼종지도三從之道를 지키시는 듯, 나의 의견을 하늘같이 존중하셨다. 언제나 큰아들의 말에는 귀 기울이셨고 내 뜻을 따라 일을 결정하셨다.

그러나 돌이켜보면 그와 같은 전폭적인 신뢰의 전통은 일찍이 아버님께서 확립하신 것이었다.

내 나이 대여섯 살쯤, 나는 동네의 말썽꾸러기 개구쟁이었다. 아버님과 함께 산책을 나가면 마을 사람들은 누구나 아버님께 허리를 굽혀 인사를 하였고, 아버님은 웃음으로 답례하시며 다정한 말씀을 건네셨다. 아버님 앞에서는 모두 몸가짐을 바르게 고치며 조심하였다.

어린 내 소견으로, 그때 이 세상에서 가장 위대한 분은 오로지 나의 아버님뿐이었다. 그것이 어린 내 마음에 자만심을 키워 주었는지, 나는 동네에서 안하무인이었다.

나보다 나이가 한두 살 위인 아이들에게도 공연히 시비를 걸어 먼저 때리고는 도망쳐 버리는 일이 한두 번이 아니었다.

그 대부분의 사건이 아버님의 후광으로 유야무야되었지만 간혹 표면화되면 번번이 잘못을 저지른 범인은 '나' 라는 것이 밝혀졌었다.

그러나 그럴 적마다 아버님은 동네에 나가서서 '우리 집 아이는 절대로 잘못이 없다.' 는 대전제로 사건을 수습하려 하셨다.

아버님이 돌아가시고도 여러 해 지난 뒤에 들은 얘기지만, 동네 사람들은 아버님을 가리켜 '아드님 역성드는 것만 빼놓으면 틀림없는 성인군자이신데…' 하면서 숨은 뒷공론을 하였다는 것이다.

그렇다면 나는 과연 아버님으로부터 오두막집 한 채만 유산으로 물려받았다고 할 수 있는가?

나도 어느새 네 명의 딸을 둔 아비가 되었다. 대학에 하나, 고등 둘, 그리고 막내는 중학교를 들어갔다.

그러면 나는 이 딸아이들에게 무엇을 넘겨줄 것인가? 내가 나의 아버님으로부터 받은 가장 값진 보물이 '우리 집 아이는 절대로 잘못이 없다.' 는 말씀이었으니, 나도 이 말씀을 유산으로 삼을 수밖에 없다.

내가 만일 나의 남은 생애를 하느님과 세상 사람에게 죄짓지 않고 살아간다면 그 힘은 분명 아버님께서 지금도 저 세상에서 외칠 한마디 말씀 때문일 것이다.

"내 아들은 절대로 잘못하지 않는다."

그러나 나는 아직 나의 네 명 딸들에게 '내 딸은 절대로 잘못이 없다'는 신념도 심어 주지 못했고, 그러한 신뢰도 가져보지 못했으니, 그렇다면 나는 얼마나 못난 아들이며, 또 얼마나 못난 아비인가?

지옥이 텅 비어야 천당엘 가지

햇딸기가 나오는 철이면 생각나는 친척 어른 한 분이 계시다.

이제는 고인이 된 지도 스무 해가 넘었으나, 내가 이 어른을 회상하는 딸기철만 되면 나는 고등학교 시절의 어린아이가 되고, 이 어른은 환갑을 바라보는 중후한 노신사가 되어 내 앞에 다가서신다.

이름하여 딸기코 아저씨. 친척 어른들 가운데서 가장 명랑하고 활달하실 뿐 아니라 집안 대소사에 축의금도 항상 듬뿍 내셨기 때문에 인기가 높은 어른이셨다.

한편 나에게는 나와 더불어 이야기를 즐기시고 기회만 있으면 장기 두기를 좋아하시는 아저씨, 그리고 학비에 보태 쓰라고 슬쩍 돈을 주시는 고마운 어른이셨다.

흠이 있다면 그 별호의 원인이 된 약주 드시는 버릇이라고나 할까?

약주에 취해 있지 않은 때가 거의 없을 지경이었으므로 항상 코끝이 빨갛게 주독으로 물들어 있었다.

아버님 제삿날이었던 것으로 기억한다. 딸기코 아저씨는 이른 저녁 시간에 예의 딸기코가 더욱 빨갛게 되어 가지고 우리 집을 찾아오셨다.

그 무렵 나는 한창 예수님께 정신을 빼앗겨 지내던 터이라 장기판을 마주하고 기독교에 관한 논쟁이 벌어졌다.

"아저씨! 예수님에 대해서 어떻게 생각하세요? 하느님의 아들, 아니 하느님이라고 생각지 않으세요? 만일에 예수님이 하느님이라면 우리는 그분을 믿어야 되겠죠?"

나는 대답하실 틈도 드리지 않고 질문 공세를 폈다. 그러나 아저씨는 장기판을 들여다 보신 채 말씀하셨다.

"응? 예수님? 아 그분 좋으신 분이지. 옛날 유다 사람들에게 하느님이 분명히 계시다는 것을 일깨워 준 분이서. 그래, 너 예수 믿니?"

"네, 한참 됐어요. 뭐. 그러니까 아저씨도 예수님을 믿으시는 게 옳지 않습니까."

"그래, 그래. 네 말이 맞을지도 모르지. 그렇지만 나는 조상 대대로 불도佛道를 닦아 왔으니 나는 나대로 부처님 제자 노릇이나 제대로 해볼란다. 너 시이불견視而不見이요, 청이불문聽而不聞이란 말이 무언지 아니?"

"모르겠는데요."

64

"그것도 모르면서 뭘 예수님을 믿는다고 그래. 그것이 다 성서에 있는 말씀인데. '보아도 알지 못하고 들어도 깨닫지 못한다.'는 말 생각나지? 성서 속에 내가 불만을 품는 구절이 바로 그건데, …아무튼 나는 부처님의 말씀에서 기쁨을 찾을란다. 자! 장 받아!"

나는 고집을 꺾기가 싫어 또 대들었다.

"아저씨, 세상에 하느님이 두 분일 수는 없지 않습니까. 그러니까 종교는 하나이어야지요. 멍군입니다. 아저씨."

"그건 참 어려운 문제다. 네 말대로 종교는 하나이어야 한다. 그런데 내가 말하는 종교는 기독교, 불교 같은 기성 종교의 명칭을 말하는 것이 아니라 '종교'라는 낱말의 본래 뜻이다. 즉 이 세상에서 가장 으뜸 되는 가르침 곧 '말씀'이라고 할 수 있어. 이 '말씀'은 기독교나 불교가 조금도 다르지 않거든. 그 바탕은 결국 이웃사랑이니까 말이야. 서양의 체스와 동양의 장기가 비슷한 것처럼 말이야."

그때 나는 이미 이 딸기코 아저씨가 나보다 기독교에 대해 더 많이 더 깊이 알고 있음을 깨달았다.

그런데 나는 불교에 대해 무엇을 알고 있었는가? 단지 법당 안의 음습한 분위기, 독특한 향내음, 그리고 독경할 때의 유장한 멜로디, 그것이 내가 아는 불교의 전부가 아니었던가!

그날 밤 아버님 제사를 전통적인 유교 방식으로 끝마친 뒤에 아저씨는 나에게 이런 말씀을 들려 주셨던 것으로 기억된다.

65

"너희들 시대는 예수님 사상이 일할 때다. 예수님 잘 믿어라. 옛날에 지장보살이 이런 발원을 했어. '지옥이 텅 비어 아무도 고생하는 영혼이 없어야만 나는 천당에 들어가겠다.' 우리는 모두 이 지상보살의 발원대로 살아야 할 것이다."

"아저씨! 보살은 술에 취해 있으면서도 맑은 정신으로 세상을 바라보겠지요?"

"맞다, 맞다. 바로 그거다!"

아저씨는 내가 아저씨를 놀리느라 하는 말인 줄을 뻔히 아시면서도 호탕하게 웃으시며 바보처럼 기분이 좋아하시다가 코를 드르렁드르렁 고는 것이었다.

이제 딸기코 아저씨가 돌아가신 지 이십 년. 신학도 많이 발전하여 '교회 밖에서는 구원이 없다' 는 15세기 피렌체 공의회의 주장이 재검토되고 '익명의 그리스도인' 이란 개념이 강조되기에 이르렀다. 그렇다면 딸기코 아저씨야말로 익명의 그리스도인이 아닌가!

지금쯤 딸기코 아저씨는 천당이라는 곳에서 예수님을 찾아가

"예수님, 장기 한판 둡시다!"

이렇게 농담을 건네실 것 같은 환상을 그리며 나는 이 글을 쓴다.

귀신과 나무꾼

옛날 우리 조상들은 어떤 방법으로 하느님을 받들고 공경하였을까? 내가 기독교 신앙에 관심을 가지면 가질수록 이 문제는 나의 뇌리를 떠나지 않는 명상 제목의 하나이다.

그러나 이러한 의문이 생길 때마다 동시에 떠오르는 추억이 있다. 지금은 빌딩 숲으로 변모해 버린 애우개(아현) 마루터기에 있던 외갓집, 외할머니, 그리고 외할머니의 옛날이야기이다.

나의 외할머님은 구한말에 권문세가로 위세가 당당하던 안동 김씨 집안의 따님이셨다. 어렸을 때, 독선생을 앉히고 공부를 하셨다고 하니, 나의 외가의 외가는 정말 상당한 권력과 재물을 누린 집안이었던 것 같다.

그러한 외할머니였으니 외할아버지에게 시집을 와서도 집안 살림과 자녀교육에 남다른 점이 있었으리라 짐작된다.

하지만 그 모든 것은 웃대에 있었던 일이고, 다만 내가 기억하는 것은 조금은 퉁퉁하고 작달막한 키에 익살스런 말씀을 잘하시던 외할머니의 모습, 그리고 언젠가 외갓집 잔치에 갔을 때 꼬맹이 손자들을 앉혀 놓으시고 들려주신 옛날이야기 한 토막뿐이다.

어느 고을에 아주 부지런하고 착한 나무꾼이 살고 있었다. 이 나무꾼이 하루는 산에 가서 나무를 해오고 그 다음날은 그것을 장에 내어다 파는 것이 직업이었다. 어찌나 부지런하고 성실한지 온 동네가 모두 칭찬하는 사람이었다.

이 나무꾼이 하루에 해올 수 있는 나무는 열 단이었다. 그렇지만 여러 해를 나무만 하다 보니 기술이 늘어 열 단을 하는 시간이 짧아졌다. 그래서 그 나무꾼은 내가 조금만 더 부지런을 피우면 한 단쯤은 쉽게 더 만들 수 있겠다. 그러면 나는 한 단 값을 더 벌 수 있지 않은가? 이렇게 생각하고 그날부터는 열한 단의 나무를 했다.

그런데 참으로 이상한 일이 생겼다. 그 다음날 아침 열한 단의 나무를 지게에 지고 장으로 나가려고 마당에 나와 보니 나뭇단은 열 단뿐이었다. 분명히 그 전날 열한 단을 해왔는데 참으로 귀신이 곡할 노릇이었다. 할 수 없이 열 단만 장에 내다 팔고, 다음날 또다시 열한 단을 해서 마당에 쌓았다. 다음날 아침에 나가 나뭇단을 세어 보니 여전히 열 단뿐이었다. 화도 나고 이상한 생각이 들어 세 번째 열한 단을 마당에 쌓은 나무꾼은, 이번엔 아예 나뭇단을 지키면서 밤을 새기로 하였다.

새벽녘이 되어 나무꾼이 깜빡 졸고 있는데 정말 이상한 일이 벌어졌다. 나뭇단 하나가 갑자기 부스럭 소리를 내더니 하늘 위로 둥둥 떠 올라가는 것이 아닌가. 깜짝 놀라 깬 나무꾼은 화가 나서 소리를 질렀다.

"이놈! 어떤 놈이 남의 애써 해놓은 나뭇단을 훔쳐 가느냐?"

그랬더니 하늘로 떠오른 나뭇단에서 사람의 말소리가 들려왔다.

"나는 고만이라는 귀신이다. 나는 사람들의 분수를 조절하는 귀신이니라. 너는 열 단의 나무만 가지면 풍족하게 살 수 있으니 고만 욕심을 내어라. 이 한 단은 다른 사람 몫으로 돌려야겠다."

이런 소리와 함께 하늘로 올라간 나뭇단은 눈깜짝할 사이에 종적이 묘연하게 사라져 버렸다.

'고만' 이란 귀신 이야기는 그 후로도 재탕 삼탕 들어왔지만 그때마다 귀신의 소행이 괘씸하게만 여겨졌었다.

그러나 언제부터인지 이 이야기야말로 우리 민족이 그리스도의 사랑을 가르치는 한국식 표현이라는 깨우침을 갖게 되었다. 남을 조금도 해치지 않으면서 자기의 발전을 꾀하고 돈을 벌어 부자가 되는 것은 당연히 권장되어야 할 일이다.

그러나 그것이 자기나 자기 가족이 호사스러운 생활에만 도움이 되는 것이라면 굳이 그렇게 부자가 될 필요가 어디에 있을 것인가?

내가 이 '고만' 이라는 귀신 이야기를 우리 집 막내에게 해주었더니 즉시 이런 반응이 나왔다.

"아빠, 나무 한 단을 더 하지 말고 낮잠이나 자면 좋을 걸 그랬다. 그렇지?"

나는 조금은 슬픈 표정을 지으며 이렇게 대답했다.

"글쎄, 물론 그렇게 생각할 수도 있지. 그렇지만 그 나무꾼이 이렇게 사정을 했다면 어떻게 되었을까?"

"어떻게요?"

"'고만' 귀신님, 그 한 단을 돌려주세요. 그 한 단 값은 윗마을 할머니의 약값을 보태 드리려고 합니다."

막내딸 스콜라스티카의 얼굴이 부끄러운 듯 빨개지는 것이었다.

2. 쟁반같이 둥근 달

쟁반같이 둥근 달

나는 친구들에게 이런 질문을 해본다.

"여보게, 기분이 울적하고 답답하면 자네는 무엇을 하나?"

친구들은 신짐코 대답한다.

"글쎄? 담배 한 대 피워 물고 술 마실 궁리를 하지, 갑자기 그건 왜 물어?"

나는 싱긋이 웃는다.

"그냥 물어본 거지 뭐."

이 나이에 어제오늘, 새삼스럽게 세상이 살기 힘들고 답답한 것을 깨달았기 때문에 그런 질문을 해본 것은 아니다.

하기는 점점 더 삶의 고귀함과 어려움을 깨닫는 것도 사실이지만 요즘은 웬일인지 자주 우울하다.

그런데 마침 나는 그 우울증을 달래기 위해 내 딴에는 제법 신묘한 방법을 창안해 냈던 것이다. 그래서 내 친구들 가운데 혹시

내가 쓰는 방법을 이미 사용하고 있는지를 알아보고 싶은 충동이 있기 때문이다.

"싱거운 사람 같으니… 현대인으로서 스트레스 없는 사람이 어디 있어? 아 뭐 운동을 한다든가, 등산을 한다든가 방법은 많지 않아?"

나는 친구의 구박을 받으면서 그냥 그대로 빙그레 웃는다. 친구가 제시하는 해결책 가운데는 다행스럽게도 내가 쓰는 방법이 없어 보인다.

나는 동생들 몰래 맛있는 과자를 감춰 두고 먹던 어린 시절처럼, 장난기 어린 쾌감이 생긴다.

그러면 우울할 때 나는 무엇을 하는가?

동요를 부른다. 될수록 아무도 모르게 속으로 부른다. 혼자 있을 때는 소리 내어 부르기도 한다.

동요의 세계에는 근심 걱정이 없다. 온 세상은 도무지 아름답고 화려해 보인다. 알고 있는 것은 경이로우니까 찬양해야 하고, 모르는 것은 한없이 신비로우니까 또 찬양해야 한다.

동요의 세계에는 언제나 꽃이 피고 있고, 언제 보아도 맑고 푸른 하늘을 닮은 시냇물이 흐른다. 요컨대 그것은 꿈의 세계다. 그 꿈이 동요에는 들어 있는 것이다. 나는 잠시 주춤한다.

"이런 심리상태를 심리학에서는 무어라고 한다더라? 아무래도 진취적일 수 없는 퇴영적 성향은 아닌가?"

그렇지만 나는 동요를 부르면 마음이 가벼워진다. 파란 콩 먹으면 파랗게 되는 새처럼 나는 동요를 부르면 어린이가 된다.

며칠 전만 해도 무언가 울적한 기분 때문에 서재를 나와 마당가에서 달을 쳐다보고 있었나.

"달, 달, 무슨 달, 쟁반같이 둥근 달."

이렇게 노래를 부르는데, 할머니 손을 잡고 옆집에 마을갔던 세 돌 지난 딸아이가 내 옆으로 다가왔다.

"아빠 뭐해?"

"응, 달구경 해."

"달구경 나도 해 아빠."

"그래 같이 보자 참 밝지? 동그랗게 잘도 생겼구."

"그래 아빠 참 예쁘지? 가졌으면 좋겠다. 아빠 저 달 나 줘. 먹고 싶은데…."

나는 깜짝 놀랐다.

'달'을 가질 수 있는 것이라고 생각하는 딸아이의 특권도 부러웠지만 그것을 과자처럼 먹을 수도 있겠다는 그 엄청난 상상력이 부러웠다.

그것은 딸아이에게 있어서, 상상력이 아니라 바로 그의 현실 세계일 것이다. 자기가 잠재운 인형이 잠을 깬다고 아빠더러 조용히 하라는 명령에 나는 가끔 인형 옆에서 발걸음을 죽이던 것을 생각하며 이렇게 말했다.

"그래그래. 엄마하고 언니들 모두 귀국하면 다 같이 나눠 먹자. 저 달을…."

영악한 어른이 되어, 사리판단이 명쾌하고 분명하다는 것은 얼마나 서글픈 일인가? 늘 보는 친구, 늘 만나는 이웃끼리도 자그마한 이해가 얽혔을 때에는 웃음 한 번 더 웃고 눈길 한 번 더 주는 계산된 분위기에서 해도 달도 별도 마음대로 가지고 먹을 수 있는 어린이의 마음은 얼마나 밝고 청신한 것인가?

나는 딸아이를 안고 동요를 불렀다.

"달, 달, 무슨 달, 쟁반같이 둥근 달."

꼽추와 신신

어린 시절 우리 마을에는 꼽추 거지가 한 사람 있었다. 뒷동산에 움막을 치고 살았는데 지금 생각하니 거지라기보다는 가난한 풍류객이었는지도 모르겠다.

동리에 잔치가 있는 날이면 으레 이 거지는 자기 나름의 말쑥한 옷을 차려입고 잔칫집에 나타나서는 여느 손님들과 똑같이 어울려서 음식 대접을 받았다. 술이 한잔 들어가고 기분이 좋으면 코끝이 빨개 가지고 어깨를 으쓱대며 춤을 추는 것이었는데, 제물에 꼽추 춤이 되니까 그 구경거리란 참으로 볼 만한 것이었다.

동리 사람들은 아무도 그 꼽추를 놀려 주거나 구박하지 않았는데 어린 내 소견에도 그 꼽추를 그냥 거지로 취급하기에는 너무도 품위가 있어 보였다.

한번은 내가 편도선염이 있었던지 목구멍이 잔뜩 부어서 밥을 못 먹고 쩔쩔맨 일이 있었다.

그 소식을 들은 꼽추는 자기가 아는 약방에서 얻어 왔다고 하면서 앞뒤 구멍이 뚫린 붓 뚜껑과 약 한 봉지를 가져다주었다. 붓 뚜껑 한쪽에 약 가루를 밀어 넣고, 그것을 부은 목구멍에 가까이 댄 다음 엄마보고 훅 불어 주라고 하였다. 한참 있다가 소금물로 양치질을 시키라고도 했다.

엄마와 나는 시키는 대로 했는데, 신기하게도 하룻밤 지나고 나니까 목구멍에 부은 것이 씻은 듯이 나아 버렸다.

꼽추는 내가 목구멍이 나았다고 좋아하던 날 저녁에 우리 집을 찾아와서 엄마를 보더니 대뜸,

"아주머니, 애기 목이 다 나았지요? 나 오늘부터 닷새만 저녁 먹으러 오겠수. 좀 있다 들를 터이니 차려 주시오."

이렇게 말하고는 황급히 대문 밖으로 사라졌다. 그 꼽추는 구걸을 해도 매사 이런 식이어서 사실은 공짜로 그냥 먹는 법이란 전혀 없었다.

뒤에 들은 얘기지만 그 꼽추는 머리가 좀 돌았다고 했다. 주역周易인가 뭔가 하는 책을 삼천 번이나 읽고 그만 공부에 미쳤다는 것이었다.

나는 동리 꼬마들과 어울려서 뒷동산으로 매미를 잡으러 갔다가 꼽추가 자기 집 움막 앞 나무 그늘에서 한문책을 펴놓고 웅얼웅얼 소리 내어 읊조리는 것을 여러 번 본 일이 있었다.

"얘들아, 매미 잡으러 왔니?"

"예, 아저씨, 좀 잡아 주실래요?"

숫기 좋은 내 친구 녀석들이 글 읽는 꼽추의 멍석자리 곁으로 삥 둘러섰다. 꼽추는 일어나 봤자 그때의 우리들 키보다 별로 크지도 않은 키로 발돋움을 해가며 자기 집 움막 지붕을 막대기로 쿡쿡 헤집더니 그때의 내 엄지손가락만 한 굼벵이를 집어내는 것이 아닌가?

"자! 여기 잘 생긴 매미가 있다."

"에이, 그게 어디 굼벵이지 매미예요?"

우리들은 합창이나 하듯이 꼽추에게 대들었다.

"이놈들. 이 굼벵이가 여러 해 만에 도道를 닦아서 매미가 되는 거야."

"헤, 아저씨 거짓말이야 엉터리다."

우리들은 제각기 지껄여대며 꼽추를 떠나 매미 우는 밤나무로 몰려갔었다.

그런 일이 있은 몇 해 뒤에야 나는 꼽추의 말이 진실이었고 배추벌레가 노랑나비로 된다는 사실도 알게 되었다. 지금 생각해 보면 그때 그 꼽추는 우리 꼬마들에게 이렇게 소리쳤던 것 같다.

"이놈들! 이 꼽추가 여러 해 만에 도를 닦아서 신선神仙이 되는 거야!"

신선이 사는 세계가 있다면 지금 그 꼽추는 분명히 거기에 살고 있을 것이다.

石花 장수 오던 무렵

지금은 세월이 좋아져서 골목마다 가게가 있고 마을마다 시장이 가깝다. 웬만한 집이면 냉장고까지 있어서 매일같이 장을 나가지 않고도 싱싱한 야채나 생선요리를 즐길 수 있다.

그러나 냉장고도 없고 골목 가게도 시원치 않고 시장도 멀 뿐 아니라 마을이 궁벽해서 닷새장을 기다려 소금에 절인 고등어 한 손을 사오고도 크게 기뻐하던 시절이 있었다.

이제는 며느리보고 손자 보신 나의 어머니께서 새색시로 시집살이하시던 수십 년 전 옛날이다. 그렇지만 그때는 인구 사오십만의 작은 도시에서도 가만히 앉아서 시장을 볼 수 있는 여유와 운치가 있었다.

우선 새벽에는 두부 장수와 콩나물 장수가 골목을 누비며 지나갔고 아침나절에는 무, 배추 장수가 김치 거리를 가지고 동리 꼬마들의 숨바꼭질 놀이에 끼어들었다.

김치를 담그고 난 한나절 칭얼대는 아가를 젖 물려 한잠 재우고 나면 오이, 수박, 토마토 장수가 잠시 조용하던 골목길을 왁자하니 떠들고 지나갔다. 수박은 우물에 채워 두고 오이와 토마토는 찬광 안, 바람 채는 땅바닥에 빈 쌀섬을 깔고 놓아두는 게 보통이었다.

이때쯤이면 초등학교에 갔던 내가 대문을 박차고 들어오는 시간이었다.

"엄마! 학교에 다녀왔습니다."

앞마당을 건너질러 대청마루로 오는 것도 뛰기 때문에 빈 도시락이 가방 속에서 쩔렁쩔렁 젓가락 소리를 낸다. 그것은 엄마의 귀에 내 배가 출출하다는 신호처럼 들린다.

안방 다락에서 유과油菓를 내다주며,

"손발 씻고 이거 먹고, 그리고 숙제 다 한 뒤에 밖에 나가 놀아라."

이렇게 이르는데 골목에 또 그 청승맞은 굴 장수가 목청을 뽑는다.

"석화 사려! 새우젓!"

이 굴 장수가 동네에 처음 찾아왔을 때는 동네 아낙네들은 아무도 석화가 굴이라는 것을 몰랐었다. '굴'이란 말보다 '돌꽃'이라는 뜻의 석화가 더 멋진 이름이라고 남이야 알아듣건 말건 석화 사라고 외친다는 풍류의 굴 장수, 비쩍 마르고 볼품없이 못생긴, 내가 쪼르르 따라 나가도,

"그놈 참 잘생겼다. 몇 살 먹었니?"

이렇게 얼레 발을 치는 통에 굴 퍼 담는 사발이 골춤해도 더 달라는 소리도 못 하고 엄마는 기분이 좋아서 돌아서곤 하였다.

굴 사발을 찬장에 넣어두고 부엌을 나오는 엄마 앞에 낯익은 단골 기름 장수가 오랜만에 찾아오는 모습도 가끔 볼 수 있었다. 그 기름 장수는 기름은 팔지도 않고 그냥 얘기만 하다가 밥 한술 얻어먹고 돌아가기도 했다.

그때의 장사꾼들은 모두 이렇게 훌륭한 배달꾼이요, 정이 흐르는 이웃이었다.

그런데 언제부터인가? 저녁마다 장바구니를 들고 주부들이 혹은 식모들이 종종걸음을 치기 시작한 것은….

'참기름' 장수가 '진짜 참기름' 장수로 되더니 '순 진짜 참기름' 장수로 바뀌고, 다시 '정말 참기름' 장수로 바뀌고, 다시 '정말 순 진짜 참기름' 장수로 변할 무렵이었는가? 아니면 참깨를 사 가지고 기름 가게로 직접 짜러 가는 풍습이 생긴 때부터인가? 아니면 텔레비전 냉장고 세탁기가 집안에 들어오기 시작한 때부터인가?

아니다. 과자 이름은 서양말로 붙이고 미녀대회에서 서양 맵시의 처녀들이 벌거벗고 무대 위에서 교태를 짓던 때부터일 것이다. 아니다. 아니다. 그것은 내가 아버님께, 어머님께 세배드리기가 쑥스러워 쭈뼛거리던 때부터인 것이다.

그렇지만 나는 다짐한다. 석화 장수가 다시 우리 집골목에 나타나 그 구성진 목청을 뽑아 대면 나는 허옇게 세어 가는 머리털도 아랑곳하지 않은 채 색동저고리를 만들어 입고 아버님, 어머님 앞에 공손히 세배를 드리겠다고.

내가 무서워하는 노인네들

나는 노인들을 존경한다. 노인들은 나를 실망시킨 일이 없기 때문이다.

내 생애에서 첫 번째로 외경의 대상이 되셨던 노인은 나의 외할아버님이었다.

그분의 인상은 꼭 월남月南 이상제李商在 선생님처럼, 하관이 빠르고 가름한 얼굴에 턱밑으로만 수염이 길게 뻗어 있었다.

무척 겁이 많으셨던 모양으로 기미년 3·1운동 때에는 중문 안에서부터 '대한독립만세'를 부르며 뛰어나가셨다가 동구 앞에서 주재소 순사에게 붙들리고 마셨는데, 주재소에 끌려가셔서는,

"절대로 독립만세를 부르지 않고 그냥 태극기를 들고 뛰어나갔다."

라고만 말씀을 하셔서 아흐레 만인가 매를 맞아 엉덩이가 퍼렇게 멍이 들어 가지고 풀려나오신 경력을 갖고 계셨다. 어머님의 형

제분들은 이 얘기를 하면서 외할아버님이 겁쟁이 어른이셨다고 한 바탕씩 웃곤 한다.

그렇지만 내 기억에는 이 외할아버님이 언제고 기세당당한 어른으로 남아 있다.

내 나이 대여섯쯤이었을까? 서대문 밖 애우개에 외갓집이 있었다. 가을이었던지 길 건너 중국인의 꽃밭에서 과꽃을 따다가 그만 주인에게 들키고 말았다.

함께 있던 누이동생과 나는 걸음아 날 살려라 하고 외갓집 대문 안으로 뛰어들어와서는 무얼 잘했다고 주인이 잡으러 온다고 외할아버님께 일러바쳤다.

외할아버지는 큰기침을 두어 번 하시더니 대문 밖으로 나가셔서 꽃밭 주인을 웃으며 맞으셨다.

"당신네 꼬마들이 우리 꽃밭 망쳐놔 했어! 이거 장사 꽃이야. 손해가 많아 해!"

아마 이런 정도의 푸념을 하였었겠지. 그런데 외할아버지는 놀랍게도 호통을 치듯 꾸짖으시는 게 아닌가!

그렇지만 그것은 내가 알아들을 수 없는 중국말이었다. 서슬이 푸르던 주인은 외할아버님 말씀이 길어질수록 기가 죽더니 급기야 두 손을 마주 비비며 돌아가 버렸다. 잠시 후에 과꽃과 국화꽃 한 아름이 선물로 배달되어 온 것은 오히려 당연한 일처럼 여겨졌었다.

나는 외할아버님이 무어라고 꾸짖으셨는지 지금도 궁금하다.

"남의 나라에 와서 꽃 농사하는 것을 우선 한국 사람에게 고맙게 여겨라. 어린애들의 꽃을 좋아하는 마음 때문에 네가 꽃 장사가 잘 되는 것이 아니냐? 그러니까 저 애들에게 감사해야지 야단을 칠 수 있느냐?"

이렇게 억설로 둘러대셨을까? 아무튼 그때부터 나에게는 노인들이란 무어든지 해내는 신비롭고 슬기로운 도사처럼 보이는 것이었다.

나의 어머님도 가끔 나를 놀라게 하신다. 고추 스무 관을 심심풀이 삼아 꼭지를 다 따신 뒤에, 금년 고추는 한 개에 꼭 십 원이 먹혔구나!

이렇게 계산을 해내신다. 며칠 전만 해도 꽃밭을 손질하시던 어머님은 말씀하셨다.

"애 아범아! 금년에는 붉은 장미가 작년보다 훨씬 많이 피는데…."

"늘 그렇지요 뭘, 금년이라고 더 많으려고요?"

"아냐 작년엔 추위에 꽃봉오리가 피려다 말고 얼어 죽은 것까지 백열다섯 송이밖에 안 피었는데 금년엔 벌써 백마흔 송이를 넘어 피는걸."

나는 그제서야 어머님이 꽃송이를 계산해 오셨음을 알게 되었다.

나는 노인들이 점점 무서워진다. 길거리에서 만나는 시골 노인들 얼굴은 검게 그을었고 살갗은 까실하여 볼품이 없는 분들,

차간에 휘어진 무명 두루마기는 풀이 죽어 구겨졌고 동정에는 때가 묻어 있는 시골 노인들, 그러나 한마디만 얘기를 나누면 나는 또 그분들의 어떤 슬기에 감탄을 하게 될 것인지 도무지 예측할 수가 없기 때문이다.

훌륭한 사윗감

옛날 어느 마을에 딸만 기르는 늙은 부부가 앞뒷집에 살고 있었다.

먼저 앞집 이야기―― 사위를 고르는 이 집 늙은 부부는 요평계 조트집으로 선을 볼 때마다 퇴짜를 놓으며 세월을 보내고 있었다. 외동딸이라 아무 데나 시집을 보낼 수 없다는 것이 이들 부부의 주장이다.

그러는 동안에 그 귀여운 따님은 달을 넘기고 해를 넘겨 노처녀가 되었다. 하루는 그 따님이 꾀를 내었다.

"아버지, 어머니 이렇게 화창한 날씨에 집안에 계시느니 어디 산 좋고 물 좋고 경치 좋은 곳에 놀러 나가서서 점심이나 잡숫고 돌아오세요."

"그것참 좋은 생각이다."

"그런데 꼭 산이 높고 물이 맑고 경치가 좋은 곳이 아니면 이

음식은 잡수시지 마세요!"

그래서 늙은 부부는 외동딸이 마련해 준 도시락을 싸 들고 산 높고 물 맑고 경치 좋은 곳을 찾아 길을 나섰다. 해가 중천에 높이 떠올랐다가 어느새 서녘으로 기울기 시작했다. 몇 마장이나 걸었을까 다리가 몹시 아팠다.

그러나 산이 높으면 물이 없고 물이 맑으면 산이 없었다. 썩 좋은 경치가 눈에 뜨이지 않았다. 늙은 부부는 딸이 싸준 도시락을 풀어 보지도 못하고 허둥지둥 발길을 돌려 집으로 돌아왔다.

"점심 맛있게 잡수셨어요?"

따님은 부모님을 반겨 맞았다. 그러나 늙은 부부는 마루 끝에 털썩 주저앉으며 힘없이 중얼거렸다.

"점심 도시락은 풀어 보지도 못했다. 산이 높으면 물이 없고 물이 맑으면 산이 신통치 않더라."

"그렇지요? 가문은 좋지만 빈곤하구요. 재산이 많으면 인물이 못났구요. 인물이 출중하면 양반이 아니지요."

그제서야 그들 부부는 황연히 깨달아 딸의 뜻에 맞는 인물 본위의 사위를 골랐다고 한다.

이제는 뒷집 이야기-- 이 집은 딸이 둘이다. 자매를 기르는 이 집 부부도 역시 자기 딸 예쁜 것만 생각해서 훌륭한 사윗감을 고르느라고 여러 해를 노심초사하며 선을 보러 다녔다.

그러다가 드디어 훌륭한 사윗감이라고 생각되는 후보자가 나서게 되었다. 신랑 될 사람이 온다는 날 아침에 큰딸은 괴나리봇짐을 싸놓고 식구들을 불렀다.

잔치 기분에 들떠 있던 식구들은 영문을 모르고 큰딸 앞에 모였다.

큰딸은 마당 가에 꽃이 탐스럽게 피어 있는 봉선화 한 그루를 덥석 뽑더니 빈 화분에 옮겨 심었다. 그러더니 동생을 보며 말했다.

"얘야, 다 자라서 꽃이 핀 봉선화를 옮겨 심으면 살 수 있겠니? 모종은 어린 때에 해야지? 나는 이제 너무 나이가 들어서 시집을 가도 신랑의 마음에 맞는 신부가 될 수 없을 것 같다. 오늘 오시는 신랑에게는 네가 시집을 가거라. 나는 내 고집대로 살아가는 길을 찾으련다."

이렇게 말하고는 괴나리봇짐을 이고 절간을 찾아 길을 떠났다고 한다.

앞집의 외동딸, 뒷집의 큰딸 그들이 부모에게 취한 행동을 반드시 옳다고 말할 수는 없을는지 모른다. 그렇지만 그들의 지혜는 무엇이 자기 분수에 맞는 것인가를 알고 애썼음을 보여준다.

나는 두려워진다. 나에게도 혹시 '훌륭한 사윗감'을 가지고 싶은 지나친 허욕은 없었는지. 구십구만 원을 가지고 있으면서 백만 원을 채우기 위하여 도무지 일 만원밖에 없는 사람의 주머니를 엿보는 마음은 없었는지 곰곰 생각해 봐야겠다.

하얀 옥양목 치마저고리

쪽찐 머리에 하얀 옥양목 치마저고리, 그리고 흰 고무신을 신은 중년의 여인이 내 앞을 스쳐갔다. 어느 시절의 옥양목인가? 문득 나는, 내가 흰빛을 유난히 좋아한다는 사실을 깨닫는다.

그것은 생각하는 빛이다. 봄철을 연분홍 색깔이라면 여름은 물빛 고운 청록색이거나 붉은색일 터이고 가을은 노란색일까? 담갈색일까? 이렇게 따져 보면 겨울철은 별 수 없는 흰빛이다.

백설이 펑펑 쏟아져 내리는 날, 창가에 앉아 본 사람들은 누구나 다 알리라. 젊은 날의 철없던 실수와 고뇌들이 어떻게 그 맑은 명상 속에서 새로운 의미를 지니고 의식 속으로 침전되어 가는지를.

그것은 노인의 빛이다. 연분홍색 아련한 어린 시절부터 담청색의 사춘기, 그리고 붉은빛 정열의 청춘을 지나 탐욕과 경쟁의 황색 연령을 거쳐 다분히 안정을 얻는 담갈색의 장년기를 넘어서면 드디어 흰빛으로 눈부신 노년에 이른다.

공자님은 이것을 마음 내키는 대로 해도 법도에 어그러지는 일이 없다고 했다. 흰빛은 실수가 없다.

북극 하늘에 찬란하게 펼쳐진다는 오로라가 아무리 아름답기로 내 마음이 찾아가는 이 흰빛만은 못할 것이다. 그것은 인간의 감정이 극한에 달하여 경악하는 순간, 얼굴에도 나타나는 빛이다.

그것은 놀라움 가운데서도 가장 놀라운 진실이 우리의 모든 감정을 통째로 사로잡았을 때의 빛이다. 차라리 고통의 빛이요, 괴로움의 빛이다. 그러나 진실은 괴로움과 가깝게 있지 즐거움과 가깝지는 않다. 괴로움 가운데서 질병만큼 우리 인간에게 보편적인 것이 또 있을까.

그리하여 병원은 흰빛으로 장식된다. 의사도 간호사도 그래서 흰옷을 입는 것일 게다. 흰빛은 죽음 바로 앞에 있는 빛이다. 죽음 앞에서는 지나온 생애가 아름다웠거나 부끄러웠거나 그것은 도무지 잊어버려야 할 티끌. 지나온 생애가 찬란했으면 찬란한 그만큼 더욱 덧없고 저주받을 인생이었대도 어차피 거품같이 잊어버려야 할 뜬구름. 그래서 죽음 앞에서는 누구나 하얀 마음이 된다.

그것은 모든 것에 초연하여 기다리는 빛이다. 분노와 저주와 흥분으로 얼룩진 전쟁도 흰 깃발 하나로 종결이 되고 산천에 낭자하던 선혈이 말끔히 가시어진다.

흰빛은 화해의 빛깔이요, 이해하는 빛깔이다. 아무도 흰 빛깔, 고운 바탕에는 섣불리 채색을 입히지 못한다.

그렇듯 옥양목 치마저고리 같은 그릇이라야 제대로 된 그릇이다. 적갈색의 진흙으로부터 그릇을 만들어내기 시작한 인류의 문명은 그 그릇들의 빛깔을 어떻게 변모시켜 왔는가?

잿빛의 토기, 둔중한 듯 날카로운 청동기, 그러다가 다시 흙으로부터 뽑아낸 저 비취옥빛 푸른 청자, 그러나 그다음 우리 조상은 푸른 듯 희고 다시 누른 듯 흰 빛깔의 백자를 만들어냈다. 모든 빛깔을 두루 편력하고 난 다음에 마지막으로 돌아온 가장 완전한 색깔, 그것이 조선 왕조의 백자임을 아는 사람은 모두 안다.

그리고 보니 우리 민족이 흰옷을 좋아한다는 사실도 범연한 것은 아니다. 백설같이 고결하겠다는 지극히 조촐한 염원으로 흰옷을 입었을 것이다. 격정을 식히고 명상하는 심정으로, 임종을 앞둔 환자의 기다림 같은 자세로 사랑과 이해의 손길을 뻗기 전에 그 마음을 옷 빛으로 표상한 것이었을 게다.

나는 멀어져 가는 여인의 뒷모습을 본다. 한 번쯤 힐끔 돌아서 주지 않을까? 그러면 그의 웃음이 꼭 하얀 국화꽃 향기를 닮았는지 확인해 볼 터인데….

세 가지 즐거움

맹자는 지금부터 이천 삼백여 년 전에 중국 '추' 땅에 태어나 높은 이상을 품고 밝은 나라를 꾸며 보려 하였던 신념의 어른이었다. '제' 나라에 찾아갔으나 선왕이란 임금이 써주지 않았고 '양' 나라에 찾아갔으나 혜왕이란 임금은 맹자의 말을 곧이듣지 않았다.

온 중국 천하가 여러 쪽으로 갈라져 서로 싸우던 그 전국시대에 양심에 돌아가 왕 노릇하면 평화가 온다고 외쳐 댔으니 그것은 마치 소 귀에 경 읽는 것이나 다름이 없었다.

맹자는 울화통이 터져 견딜 수 없었지만 세상을 등지고 제자들을 거느려 공자님의 말씀을 가르치고 후세에 남길 책이나 쓰는 도리밖에 없었다. 그가 지었다고 전하는 〈맹자〉라는 책에서 그는 군자의 즐거움에 세 가지가 있다고 말하여 자기의 일생을 다음과 같이 요약하고 있다.

"부모님이 모두 살아 계시고 형제들이 무고하니 그것이 첫째 즐거움이요, 우러러 하늘에 부끄러움이 없고 굽어보아 사람에게 부끄럽지 않으니 그것이 두 번째 즐거움이요, 온 천하의 재주꾼을 얻어 그들을 가르쳤으니 그것이 세 번째 즐거움이다. 천하를 호령하는 임금도 이런 즐거움은 없을걸."

이렇게 말하면서 그는 스스로 만족해하였다.

그러나 만일에 맹자가 제선왕이나 양혜왕 같은 이에게 발탁되어 자기의 신념대로 이상 사회를 이룩하였다면 그의 즐거움 세 가지는 훨씬 달라졌을 것이다. 즉,

"위로는 훌륭한 임금이 계시고 아래로는 착한 백성이 있으니 그것이 첫째 즐거움이요, 나라 안에는 문물이 흥성하고 나라 밖에는 오랑캐들이 잠잠하니 그것이 두 번째 즐거움이요, 하늘 뜻에 맞는 나라를 이룩하여 청사에 빛나는 재상이 되었으니 그것이 세 번째 즐거움이다."

라고 바꾸었을 것이다.

그러니 즐거움이란 찾으려고만 들면 어디에나 퍼져 있는 햇살처럼 온 천하에 가득 차 있다.

옛날 어느 선비는 문을 닫으면 글을 읽는 즐거움이 있고, 문을 열면 친구 맞이하는 즐거움이 있으며, 문 밖으로 나서면 자연 경치 감상하는 즐거움이 있다고 하였다.

또 옛날 순임금은 밭갈이할 때에는 영락없는 농부 모습이더니 임금이 되어 두 아내를 거느리고 호강을 하고 지내니까 그 모습

은 타고날 적부터 그랬던 양 자연스러웠다고 한다. 거지가 되면 거지 노릇에서 즐거움을 찾고, 부자가 되면 또 거기에 맞는 즐거움을 누리는 것이 삶의 참뜻이라고 맹자는 가르친다.

벌써 여러 해 전 일이다.

어스름 해가 지는 종로 네거리 종각 앞에서 술 취한 거지 하나가 노래를 부르며 흥겨워하였다. 지나가던 행인이 야유하듯 물었다.

"이놈아, 그 주제에 뭐가 좋아 노래를 다 부르니?"

거지는 노래를 뚝 그치고 그 신사를 뚫어져라 쳐다보더니 뱉듯이 이렇게 중얼거렸다.

"홍! 당신은 나만도 못한 신세로구려!"

"……"

신사는 어이가 없었다.

"이래 봬도 나는 맹자님이 가르친 세 가지 즐거움을 가지고 있다오."

"그래 그것이 뭐냐?"

"한번 읊어 볼까요? 밝은 세상 천지 간에 남자로 태어났으니 첫째 즐거움, 팔도강산 경계 중에 서울 복판에 살아가니 둘째 즐거움, 생존경쟁 어려움 중에 오늘 저녁, 술에 밥에 이렇게 배부르니 셋째 즐거움이 아니오? 하하하……."

이 거지의 호쾌한 웃음은 인왕산에 빗긴 저녁노을을 타고 하늘 끝으로 윙윙 울리고 있었다.

땅바닥에서 드린 큰절

　하룻밤 자고 나면 달라지는 세상에서 팔십 평생을 외곬으로 살아온 분을 뵈면 우선 그 신념에 찬 삶에 대하여 찬사를 아니 드릴 수 없다.

　지난 여름방학에 나는 한문 몇 줄을 읽으려고 경상남도 산청山淸에 사시는 노유老儒 중재重齋 김황金璜 선생을 찾아뵈었었다.

　비록 모시옷이기는 할망정 삼복 중에도 두루마기를 벗지 않고 하루 종일 앉아 계셨다. 운동이라고는 아침저녁으로 서당을 한 바퀴 도시는 것이 고작이었다. 해가 설핏해야 두루마기를 벗으시고 동저고리 바람에 부채질을 하였다.

　서고書庫가 있는 마루방을 사이에 두고 선생님 방과 우리들의 공부방이 마주 보고 있었는데, 여러 사람이 목청을 높여 글을 읽어도 누가 토를 잘못 붙이고 소리의 장단이 틀리는지 기억하셨다가 식사시간 같은 때에 자연스럽게 지적하며 고쳐 주셨다.

하루는 몸이 불편하시다기에 누우신 채로 말씀을 하시라고 여쭈었더니,

"성현의 말씀을 누워서 얘기해?"

하시면서 굳이 일어나 앉으셔서 강의를 하시는데 눈을 감으시고도 글자 한 자 빠짐이 없으셨다. 원문原文과 대주大註는 말할 것도 없고 깨알같이 박혀 있는 세주細註까지도 한 글자도 틀림이 없이 시냇물이 흐르듯 촬촬 따라 외우셨다.

어느 부분이 미심하여 다시 여쭈어 보면 꼭 같은 말씀을 그대로 반복하여 외우신 다음에야 비근한 예를 들어 알기 쉽게 풀이를 하셨다.

한평생 이사 한번 해 본 일이 없는 같은 마을, 같은 집, 같은 서재 안에서 신문학의 물결이 그렇게 밀려들어도 옛 모습 그대로 살아오시는 중재 선생님, 우리가 물건을 너무 헤프게 쓴다고 꾸짖으시는 선생님은 시 한 수를 지으셔도 꼭 담뱃갑 안쪽 같은 데에 초를 잡으셨다가 다시 큰 종이에 옮겨 쓰시었다.

날이 어두워 모기향을 피워 놓고 지나온 세월의 회고담을 듣는 것은 글 배우는 것 못지않은 즐거움이었다.

"일제치하에서 지조를 잃지 않고 살아온 사람이 많이 있지만 공부한 학자로 위당爲堂 정인보鄭寅普 선생만한 분이 또 있을까?"

이렇게 선생님이 말씀을 꺼내니까 그날 저녁은 그만 위당 인물론이 되고 말았다.

반일운동에 앞장을 섰던 어느 사학자가 조선총독부에 협조하

는 기미를 보이자 친구의 훼절에 통분을 이기지 못한 위당 선생은 그 친구의 집으로 찾아가 대문 앞에 거적을 깔고 옛날에 내 친구는 죽어 없어졌다고 하며 조상弔喪하는 곡哭을 하셨다는 위당이니만큼 그가 남긴 일화들은 무척 괴팍하고 별스러웠을 것이다.

그날은 다음과 같은 얘기로 위당론의 마지막 꽃을 피웠다.

초라한 행색의 갓을 쓴 시골 노인 한 분이 남대문동을 지나가고 있었다. 마침 이른 봄이라 얼었던 땅이 막 풀리기 시작하여 길을 걷기에 불편할 정도로 질척이었다. 노인의 맞은편에는 말쑥하게 차린 신사 한 분이 걸어오다가 그 시골 노인을 바라보더니 반색을 하면서 인사를 드린다.

"아니, 선생님 아니십니까?"

놀라운 사실은 그다음에 벌어졌다. 신사는 노인이 서 계신 앞자리, 그 질척이는 땅바닥에 무릎을 꿇어 공손히 큰절을 올리는 것이 아닌가? 그 신사는 바로 위당 선생이시었다.

이 진풍경 한 토막은 우리나라 선비들의 입에서 입으로 옮겨지며 수십 년이 지난 오늘날까지 스승을 모시는 한 제자의 충직한 몸가짐의 표본으로 일컬어지고 있다.

내가 산청을 떠나올 때 대문 밖까지 배웅을 나오신 선생님께 그 골목길에서 위당처럼 큰절을 했음은 두말할 필요도 없다.

벌을 받을 바엔

촌수로는 멀지만 나에게는 아저씨뻘이 되는 올해 갓 일흔의 친척 어른이 한 분 계시다. 젊어 한때는 세상이 쩌렁쩌렁 울리도록 잘 사셨다. 요즘 규모로 보면 별것이 아닐지 모르지만 종로 한복판에 이층집이 두 채나 있었고, 이것저것 손대는 사업이 많아서 우리 친척들이 모이기만 하면,

"아무개 아저씨는 직업이 열 가지는 될 거야. 명함을 찍으면 이름 쓸 자리가 없겠지?"

하면서 부러워들 하였다.

그러나 가끔 부인 되시는 아주머님을 울리는 것이 그 아저씨의 큰 흠이었다. 심심치 않게 첩치가를 하여 살림을 차리고 한 달이고 두 달이고 집에는 그림자도 비치지 않으셨다. 그러면 그 아주머님은 울며불며 집안 친척 집으로 찾아다니면서 해결책을 묻는 것이었다.

그렇게 여자관계가 복잡하고 보니까 여기저기서 태어난 아이들이 여럿 있어서 결국은 아주머니를 생모로 하여 호적에 올리고 보니 나이 사십이 된 부인 앞으로 매년 한 명씩 출생신고를 해야 되는 기현상이 생기기도 했었다.

그러면서도 사업은 번창하였고 아저씨의 풍류는 변함이 없었다. 게다가 본집 소생의 자녀들도 모두 출중한 편이어서 현재 나와 동갑인 그 집 둘째 아들은 미국에서 의사로 잘살고 있고 그 밑의 자녀도 둘이나 미국에 유학하고 있을 정도로 다복했다.

이렇듯 복 많으신 아저씨에게 몇 해 전에 청천벽력이 떨어지고 말았다. 고혈압으로 쓰러지시고 만 것이었다. 돌아가시는 줄 알았으나 급히 손을 써서 목숨은 건졌는데 불행하게도 중풍이 드셔서 오른쪽 수족을 쓰시지 못하게 되었다.

성품이 원래 호탕하고 괄괄하시던 분이라 처음에는 사람만 보면 눈물을 흘리시더니 한번은 수면제를 한꺼번에 여러 알을 구해 잡수시고 사흘간이나 혼수상태에 빠지는 자살소동을 피우시기도 하였다.

그러는 동안 그 많던 재산의 상당량이 없어졌지만 그것보다도 가장 서글픈 사실은 그 아저씨가 완전히 스스로 폐인 행세를 하고 비감하고 비굴해 하시는 일이었다.

그러던 아저씨의 생신이 엊그제 있었다. 나는 몹시 불안한 심정으로 아저씨를 뵈러 갔었다. 그런데 이게 웬일인가?

대문을 들어서니 그 아저씨의 호방한 웃음이 온 집안에 가득

퍼진다.

"어! 심 교수 오랜만이야. 그래 그동안 왜 한 번도 안 들러?"

그 웃음, 그 목소리는 이삼십 년 전 아주머니 속을 푹푹 썩히실 때의 그 웃음이요, 그 목소리였다. 어떻게 위로의 말씀을 드릴까 걱정하던 나는 의외의 상황에 당황하면서도 우선 마음이 흔쾌하여지는 것은 숨길 수 없었다.

"요즘은 건강이 어떠십니까?"

"응! 많이 좋아졌어! 내가 매일 오릿길 이상 산보할거야. 일 킬로쯤 떨어진 약수터를 매일 새벽 단장 짚고 걸어갔다 오니까…."

그러시면서 드문드문 들려주시는 말씀은 당신의 사업이 다시 많아졌다는 것이었다. 난초 가꾸기, 마당 쓸기, 노인청의 회장일 등 이것저것 손꼽는 것이 여러 개가 되었다.

그러나 손가락을 접었다 피시며 헤아리는 사업보다도 내 손목을 꼭 잡으시며 들려주신 마지막 말씀 속에서 이 아저씨가 어떻게 다시 기운을 얻으셨는지를 나는 깨닫게 되었다.

"내가 벌을 받는 거야. 지옥이 따로 있나? 이승에서 다 갚고 가야 돼. 기왕에 벌을 받을 바엔 즐거운 마음으로 받아야 하지 않겠어? 허허."

왼손으로는 연신 내 어깨를 두드리며 아저씨는 나에게 술을 권하셨다.

두 번째의 아더메치

　스무 해 가까운 세월. 외국에 머물다가 돌아온 친구를 위해 며칠 전 조촐한 환영의 자리를 마련했었다. 주인공을 향해 여섯 명의 옛날 친구들. 이야기는 자연히 어린 시절의 학창 생활로 돌아갔다.

　"그 공자님은 아직도 학교에 계시나?"

　귀국의 주인공이 우리들에게 물었다. 아마 옛날 고등학교 시절이었다면,

　"야! 그 공자가 말야, 우리 반에서도 율곡의 십만양병설을 얘기하면서 흥분하던데…, 서애西涯 유성룡도 이해를 못했다면서 말이야…."

　이렇게 경어법도 쓰지 않고 마구 지껄였을 것이다.

　그 공자님이란 분은 우리의 역사 선생님이셨는데 지금은 시골 학교의 교장으로 계신다.

"그야 여부가 있나? 문교부 장학관 오래 하셨지. 그런데 학교에 감사차 출장을 나가면 의례적으로 베풀 수 있는 저녁 한 끼조차 대접받기를 거절하시는 성미여서 조금이라도 잘못이 있는 학교 측에서는 그 장학관만 걸렸다 하면 아예 처음부터 비위 사실은 고백하고 나왔다는 거야. 백 리 밖 시골집에서 꼭 도시락을 싸 들고 출근을 하셨던 유명한 장학관이셨지."

"인걸은 의구한데 산천만 간데 없다로구면."

주인공은 변죽을 치며 감탄하였다.

"그뿐인 줄 알아? 어느 시골의 교장 시절에는 교장 부임 한 해만에 그 학교를 상상할 수 없을 만큼 훌륭한 학교로 만들었다는 거야."

"그럴 법한 분이지."

우리들은 모두 그 선생님의 인품을 알고 있었으므로 은사에 대한 그리움에 잠시 경건한 감회에 젖어 있었다.

"아더메치의 시절 아더메치의 교사들 가운데서 정말 공자였지, 공자였어."

이렇게 한 친구가 다시금 탄복을 하는데 또 그 귀국의 주인공은 고개를 갸우뚱하더니,

"아더메치라니? 그게 어느 나라 말인가?"

하고 묻는다.

"아니? 아더메치도 몰라?"

이렇게 핀잔을 주다가 가만히 생각해 보니 우리들의 대학 시절

에는 아직 그런 은어가 유행하지 않았었고, 그 친구는 대학을 졸업하자마자 해외로 유학을 갔으니까 하기는 모를 수도 있을 것이라는 데 생각이 미쳤다.

"이 사람 한국인 자격을 잃었구먼!"

이렇게 놀리면서 우리는 20세기 중반기에 한국어로 잠시 유행했던 그 기묘한 조어법의 단어를 설명하였다.

"아니꼽고, 더럽고, 메스껍고, 치사해?"

그 친구는 이 불명예스런 단어의 집합을 몇 번이고 곱씹어 뇌까리더니,

"그야 그럴 수밖에. 아더메치 속에서 아더메치가 나온 것이니까."

하며 껄껄 웃는다.

"그건 또 무슨 소리야?"

"자네들 한국에 살면서도 한국말을 나보다 잘못 알아듣나? 아니꼽고 더럽고 메스껍고 치사한 세상일수록 인격의 아름다움은 더욱 메아리치는 법이다. 이걸세."

우리는 그 친구의 재치에 한바탕 크게 웃고 마음이 유쾌해져서 공자님을 함께 방문할 계획을 세운 뒤에 그날의 환영연을 끝마쳤다.

집으로 돌아오는 나의 발걸음은 구름처럼 가벼웠다. 그 친구는 결국 첫 번째의 아더메치를 두 번째 아더메치로 바꾸기 위해 외국의 좋은 직장을 버리고 어떤 이들은 이민을 떠난다는 고국으

로 다시 찾아왔구나 하는 생각이 내 머리에 가득 차 있었기 때문
이었다.

눈 한번 바꾸어 뜨면 어두운 하늘도 얼마나 아름답게 보이는
것인가!

3. 내가 아내를 사랑하는 까닭은

큰딸 로사에게
하느님도 테레사와 함께
내가 아내를 사랑하는 까닭은
아내의 책에 바치는 나의 서문

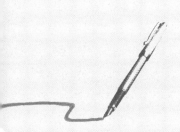

큰딸 로사에게

영아! 지금은 새벽 두 시. 나는, 시험공부를 하다가 책상에 엎드려 잠이 든 네 옆에서 이 글을 쓴다.

영아! 우리는 서로들 자기 일에 바빠서 며칠에 한 번 저녁식사 때 자리를 같이하는 일 외에, 마주 앉아 얘기해 볼 기회가 없지 않았니? 그래서 오늘은 큰마음 먹고 너의 시험공부하는 것을 지켜보기로 했었다. 그런데, 지금 네 방에 와 보니, 너는 책을 펴놓은 채 잠이 들어 버렸구나.

영아, 나는 늘 너에게 미안한 마음을 가지고 있단다. 중학교 졸업반인 너에게 내가 과연 합당한 부모 노릇을 하고 있는지 의심스럽기 때문이다.

중학생이면 벌써 세상 물정에 눈이 뜰 나이, 그래서 학교 선생님들의 수업태도를 정확하게 채점할 수도 있고, 아무리 말은 하지 않을지라도 부모의 잘잘못도 가슴에 새겨두는 나이가 아니겠니? 그렇게 어른스러워지는 나이는 또한 미래에 대한 꿈도 무지개처럼 아름다운 시절이란다.

그러나, 그 꿈을 바르게 키우고 꿈과 현실을 훌륭하게 조화시키려면 무엇보다도 인생을 앞서 살아온 어른들과의 대화가 필요한 법이란다.

그런데 너는 언니도 오빠도 없지 않니? 그래서 너의 엄마나 내가 너의 친구가 되어 네가 생각하는 문제를 같이 생각하고 네가 사는 세계 속에 함께 살아야 하는 것인데 너는 늘 혼자였구나.

그동안 너는 사실 칭찬을 받으며 지내오기는 했지만, 가슴속에는 하고 싶은 많은 얘기를 감추고 있을 것이다. 그리고 미래에 대한 희망에 넘친 계획도 있을 것이고….

영아! 아빠는 네 나이에 너보다 더 어려운 환경에서 고생하였다는 얘기는 절대로 하니 하기로 약속하마, 아빠의 시대가 너의 시대는 아니라는 것을 명심하겠다. 이렇게 약속을 해놓고도 또 내가

"나의 중학생 적에는…."

하고 이야기를 시작하거든,

"네, 아빠. 6·25사변이 터져서 고생이 많으셨죠?"

하고 슬쩍 말머리를 돌려다오. 그러면 나는 즉시 현재의 네 문제를 너의 처지에서 생각하기로 하마.

그리고 또 한 가지 약속을 할까? 일요일이면 꼭 가까운 산으로 등산을 하기로 말이다. 친구들하고 가겠다고 나를 따돌리지 말아

라. 이제는 나도 너의 친구일 뿐 아니라. 적어도 한 주일에 한 번쯤은 같이 행동하고 같이 생각하며 같이 즐기는 가족이 되어야 하겠다.

영아, 밤이 깊었구나, 잠이 깨거든 공부는 그만하고 침대에서 편히 자도록 하여라.

(1978)

하느님도 테레사와 함께

하늘이 잿빛 구름으로 찌푸린 늦가을 저녁이었다. 역시 잿빛으로 칠해 놓은 아파트 단지 안의 건물들은 막 켜지기 시작한 가로등의 불빛을 받아 묘석墓石같은 살풍경을 드러내고 있었다. 은행잎이라고는 하여도 매연에 찌들어 누렇게 퇴색한 낙엽들이 바람에 밀려 아파트의 마당을 맴돌았다.

나는 벌써 한 시간이 넘도록 큰 길이 바라보이는 벤치에 앉아서 귀가시간이 늦어지는 둘째 딸 테레사를 기다리고 있었다.

그날 아침, 그놈은 초등학교 학생의 저금으로서는 어울리지 않게 오천 원이나 되는 많은 돈을 받아 가지고 나갔는데 그때까지 돌아오지 않았었다.

외국에서 귀국한 지 얼마 안 되어 우리나라의 실정도 잘 모르는 터에 학교에서 저금하라고 하니까 돈 많은 집 아이들이 오천 원, 만 원씩 저금을 한다고 그 기준에 맞추어 최소한 오천 원을 저축해야 한다고 아침 등교 때 한바탕 고집을 부리더니 이제는 귀가시간까지 늦어 속을 썩이는 것이었다.

가로등이 훨씬 밝게 보이고 지나가는 사람들의 얼굴은 점차 알아볼 수 없게 되었다.

발밑을 내려다보니 담배꽁초 네댓 개가 너저분하게 버려져있다. 아내는 벌써 열 번도 더 골목 깊숙이 삼층에 있는 우리 아파트에서 내가 앉아 있는 벤치 사이를 오르락내리락하였다.

마지막 청소당번이 청소를 마치고 돌아간 지 한 시간이 되었다는 전화 연락을 받은 지도 또 한 시간이 지나갔다.

그리고 다시 담배 한 대가 꽁초가 될 무렵, 테레사는 껑충하게 큰 키에 어깨를 축 늘어뜨리고 골목 입구에 나타났다. 반갑기는 하였으나 아침부터 고집을 부리고 심술을 피운 것이 괘씸하던 차에 호통을 치고 싶은 충동을 억지로 참고, 집 안으로 들어왔다.

"테레사! 이리 와 앉아!"

제 엄마는 아이의 등 뒤에서 눈을 끔벅이며 너무 심하게 나무라지 말라는 신호를 보내고 있었다.

나는 못 본척하고 다그쳤다.

"도대체 왜 이렇게 늦었니?"

"학교에서 청소하고 오느라고 늦었어요."

"거짓말 말아! 청소 끝난 지가 두 시간이 더 지났어. 엄마가 학교에 전화를 걸어 보았단 말이야. 학교에서 십오 분이면 집에 오지 않니?"

"아빠. 용서해 주세요. 사실은 저금할 돈 오천 원을 잃어버려서…."

"뭐야? 그 돈을 잃어버려?"

"오늘 안 가져온 애들이 많아서 내일 걷는다고 선생님이 말씀…."

"그것 봐라. 내 뭐라 했니? 학생저축은 학생들의 분수에 맞는 저축을 하는 것이 옳다고 얘기했지 않아. 연필 사고 공책 사는 돈에서 남은 돈은 군것질하지 않고 모았다가 이백 원이고 삼백 원이고 저축을 하는 것이지, 그렇게 많은 돈을 엄마한테 타다가 저금하는 것이 너희들의 저금이냐고 타일렀었지? 그러더니 그 돈을 잃어버려?"

여기까지 소리를 질러 호령을 하던 나는 그만 이성을 잃고 테레사의 뺨을 호되게 한 번 갈기고 말았다. 잃어버린 돈 때문에 집에도 못 오고 근심을 하다가 늦어진 테레사는 더 이상 변명도 못하고 울음을 터뜨렸다.

"잘못한 줄 알았으면 울음을 그쳐! 그리고 밖에 나가서 회초리를 찾아와!"

그리고는 테레사의 어깨를 잡아끌어다가 현관문 밖으로 밀어내고 문을 꽝 닫아 버렸다. 그렇게 내쫓은 것은 사실 격한 내 감정을 삭이기 위한 수단이었다. 그러나 나는 그러한 내 행동이 더 큰 사건의 발단이 될 줄은 몰랐었다.

삼층에서 내려다보니, 테레사는 흐느껴 울면서 아파트 건물을 돌아 사라졌다. '길가의 버드나무 가지 하나쯤 꺾어오겠지' 하는 생각을 하면서 나는 벌써 손찌검한 것을 후회하기 시작하였다.

그로부터 그 다음날 아침 열 시. 테레사의 소재가 확인되기까지 나는 내 생애의 가장 긴 하룻밤을 경험하여야 했다.

십여 분은 그런대로 집 안에 앉아 기다리다가 저녁밥도 먹지 않고 내쫓았다는 데에 생각이 미쳤다. 온 식구가 모두 나서서 아파트단지를 샅샅이 뒤졌다. 아는 친구네 집은 모조리 찾아가 보았다. 그러나 테레사의 종적은 묘연할 뿐이었다.

아내는 나에게 원망을 하기는커녕, 겁에 질려 요상스런 환상 속에서 몸을 가누지 못하는 내 눈치를 보기에 여념이 없는 듯하였다. 자정이 지났다. 통행금지 시간이 되었으니 그날 밤으로는 돌아오지 못하리란 것이 확실하게 되었다.

나는 마루에 불을 밝히고 술상을 차렸다. 몇 잔의 위스키를 안주도 없이 들이마셨다. 조용하고 차분하게 움직이는 행동이었으나 내 가슴에는 무서운 폭풍이 일렁이고 있었다. 나는 몽롱하게 흐려지는 눈을 들어 정면 벽에 걸려 있는 예수님을 응시하였다. 그리고 입을 열었다.

"하느님. 제가 잘못했습니다. 용서하여 주십시오. 열두 살밖에 안 된 어린아이는 이 애비의 참마음을 아직 모르는 것 같습니다. 아니, 아닙니다. 제가 테레사의 당황한 마음을 바로잡아주지 못했으니 제가 어린 딸보다 더 못난 놈입니다. 하지만 저는 돈 잃은 것이 아까워서 딸아이를 내쫓지는 않았습니다.

하느님. 테레사를 보호하여 주십시오. 날이 밝으면 테레사가 무사히 돌아오도록 지켜 주십시오. 하느님, 만일 테레사가 돌아오지 않는다면 나는 아마 당신의 존재를 부정할 것입니다."

나는 이러한 내용의 술주정을 날이 새도록 계속하였다. 그러면서도 그 무디어진 의식으로 앞으로는 어떻게 어린 딸아이를 가르칠 것인지를 생각하였다. 그러나 그때의 심정으로는 정말이지 테레사 없는 하느님을 생각할 수가 없었다.

아침이 되었다. 나는 여전히 빈 술잔과 십자가를 바라보고 있었고 아내는 학교로 담임선생님을 만나러 나갔다.

어제와 똑같은 아침 햇살이 내 술잔에 채워졌다, 그러나 거기에는 눈물 자국에 얼룩진 테레사의 얼굴이 나타났다가는 사라지고 또 사라졌다가는 다시 일렁이는 것이었다.

그때쯤이었던가? 친구네 집에 숨어 있는 테레사의 소식을 받은 것은?

어제의 햇살과 오늘의 햇살이 그제야 같은 빛으로 보이기 시작했다.

그날 이후로 나는 아이들에게 손찌검을 하지 않는다.

그날 이후로 테레사는 고집을 부리지 않는다.

그날 이후로 나는 십자가 앞에서 주정을 부리지 않는다.

물론 그날 이후로 나는 자식을 나무라는 일이 무척 부끄러워졌다.

(1976)

내가 아내를 사랑하는 까닭은

　나이 마흔을 넘기고 보니까 가끔 친구들로부터 '그까짓 마누라 아무려면 어때' 하면서 짐짓 허풍을 떠는 소리를 듣게 된다. 그럴 때마다 나는 깜짝깜짝 놀란다.

　젊고 어려서 아내에 대하여 너무나 무심하고 미련했던 내 과거의 태도 때문에 늘 미안한 마음을 갖고 있는 나에게는 '얼마나 아내에게 잘해 주었으면 저럴까?' 하는 의아심이 생기기 때문이다.

　나는 결혼 초부터 아내에게 일방적인 희생을 강요하면서 살아왔다. 그것은 참으로 묘한 운명이었다. 결혼의 전제가 별거생활이라니…. 세상에 이별하기 위해서 갖는 결혼식이 있을까?

　그러나 나는 결혼식을 한 날로부터 꼭 닷새 후에 아내의 곁을 떠나서 남북으로 동서로, 심지어는 나라와 나라를 격해 살기를 최근까지 계속하여 왔다. 그 첫 번째의 별거가 바로 결혼식을 갖게 된 동기였다.

대학을 갓 졸업하고 서울에서 고등학교 교사생활을 시작한 나는 어릴 때부터 동네친구였던 지금의 내 아내에게 열렬히 연애편지를 쓰고 있었다. 그 당시 그녀는 서울에서 이백여 리 떨어진 시골에서 역시 고등학교 교사생활을 하고 있었다.

　고루한 시골 하숙집 주인이나 동네 사람에게 처녀 여선생이 연애한다는 인상을 주면 좋지 않다는 그녀의 깜찍한 배려 때문에 우리는 주말이 되면 늘 서울의 고궁이나 극장, 그리고 다방을 뱅뱅 돌면서 소위 데이트를 하였다.

　우리들의 대화는 대개 우리가 얼마나 어수룩한 촌놈이었는가를 자랑하며 과거를 회상하는 일이었다.

　가령 나의 자랑은 종로 5가에서 동숭동에 자리 잡은 서울대학교 문리과대학을 다섯 번이나 길을 물으며 찾아갔었다든가, 처음으로 서울에 올라와 자동전화기의 다이얼을 돌렸을 때 상대방의 말소리가 잘 안 들리면 어쩌나 하고 가슴을 두근거리며 근심을 했었다는 얘기였으며, 그녀는 눈이 내리는 겨울에 정류장도 아닌 서울역 광장 앞에서 한없이 손을 들어 전차를 세우려 하였다는 이야기 같은 것이었다.

　그때가 1960년 가을쯤이었으니까 우리들의 대화는 항상 1960년대를 왔다 갔다 하고 있었던 셈이다.

　이렇듯 촌티 묻은 순박성을 내보임으로써 우리들은 서로가 얼마나 신뢰하며 살아갈 수 있는 사이인가를 확인하는 것이었다. 그렇다고 우리는 피차에 언제쯤 결혼을 하자든가 약혼을 하자는 따위의 실제적인 계획을 말해 본 적은 한 번도 없었다.

우리 두 사람은 그때 대학 4년간을 고학으로 끝내고 서로기 자기 집안의 가장으로서 겨우 집안 식구들의 생활비를 마련하는 정도의 풋내기 월급쟁이 들이었기 때문에 장래의 계획을 구체적으로 의논할 엄두가 나지 않았었다. 다만 피차에 평생을 의탁해야 할 이 세상의 유일한 사람이라는 감정만이 우리들의 믿음으로 굳어 갈 뿐이었다.

그녀에게는 내 명의 여동생과 홀어머님이 계셨고 나에게는 막 대학공부를 시작한 동생과 역시 어머님이 계셨다. 이런 처지에서 결혼이란 사실 사치스러운 꿈일 수밖에 없었다.

그러나 한국의 현대사가 나에게 결단을 요구하였다. 1961년 초여름, 5·16혁명이 일어났고 나는 병역 미필자로 직장을 잃는 신세가 되었다. 그때 나는 병역 미필자의 딱지를 붙이고 평생을 비실비실 살아가느니보다 떳떳하게 군대복무를 마쳐야 하겠다고 결심하였다.

그러나 그 결심은 제대 이후에도 여전히 단간 셋방에서 고생을 면할 수 없으리라는 암담한 장래를 의미하는 것이었고, 더구나 그녀에게는 생활기반이 닦이지 않은 나를 적어도 오륙 년 동안 더 기다리며 나이 삼십을 넘겨야 하는 고달픈 상황을 의미하는 것이었다.

그래서 나는 실로 엄청난 배짱을 부려 보기로 작정하였다. 실직을 한 날, 나는 퇴직금 육천 환을 털어서 산 실반지 하나를 들고 그녀가 사는 시골로 직행하였다.

그녀를 만나 나는 대뜸 이렇게 능청을 부렸다.

"학교에서 결혼선물을 주더군. 하지만 이제는 당신이 나를 먹여 살려야 해요."

그녀의 당황은 짐작하고도 남음이 있었다. 그러나 그녀는 조금도 당황하는 기색을 보이지 않았다.

그날 저녁 우리는 어차피 사오 년 뒤에 결혼을 해도 마찬가지로 준비 없는 결혼이 될 터인즉, 차라리 혼배성사를 올리고 입대하는 것이 좋겠다고 합의하였다. 그리하여 우리의 혼배성사는 별거를 예정으로 하고 치러졌던 것이다.

앞길이 빤히 바라보이는 고생길을 그렇게 묵묵히 따라와 준 여인이 또 있을까?

그래서 나는 아내를 옛날 설화에 나오는 날개 잃은 천사처럼 생각하며 살아온다.

남편을 맞이하되 의지하고 보호를 받으며 생활비를 버는 부담에서 벗어나기 위하여서가 아니라, 오히려 더 많은 경제적 부담을 걸머지면서 허약해지는 남편의 의지를 북돋우어 주고 격려하기 위해서 결혼한 사람.

그것이 나의 아내이다.

제대하기까지 만 삼 년 동안 직장생활로 고달픈 아내에게 내가 준 선물은 오직 우리의 첫째 딸 로사뿐이었다.

육군 졸병의 아내, 친정과 시집의 생계를 꾸려나가야 하는 학교 선생님. 그리고 갓난아기를 키워야 하는 엄마로서 그녀는 얼마나 고되고 힘이 들었을까만, 아내는 단 한 번도 자신이 어려움을 나에게 하소연하지 않았다.

아내는 참으로 말 잘하는 이야기꾼이다. 그녀는 초등학교 때부터 고등학교를 졸업하기까지 이야기대회나 웅변대회에서 이등이란 것을 별로 해본 적이 없는 화술話術의 재주꾼이다. 직장에서 일어난 일이며 영화나 소설의 이야기를 할 때에, 나는 그녀의 말솜씨에 끌려 나도 모르게 눈물을 흘린 적이 한두 번이 아니다. 그러한 말솜씨로 자신의 어려움을 낱낱이 나에게 보고하였다면 나는 아마 군대생활 삼 년에 서른 번은 더 탈영을 했을 것이다.

그러나 휴가를 나왔다가 귀대하는 날, 아내는 항상 말 없는 눈빛으로 나를 전송하였다. 나는 그 눈빛에서 그녀가 나에게 보내는 격려와 위로의 웅변을 읽을 수가 있었다. 내가 군대생활을 하는 동안에 석사학위 논문을 쓸 수 있었던 것은 분명코 그 말 없는 격려의 눈빛 때문이었다고 생각한다.

제대를 하고 내가 서울에서 직장을 얻었으나 우리 부부는 여전히 떨어져 살 수밖에 없었다. 우리의 형편이 아직은 모여 살 수 있는 재정적 여건이 갖추어지지 않은 때문이었다.

그렇게 또 두 해가 흘러갔다. 그 뒤에 나는 광주의 대건신학대학으로 자리를 옮기게 되었다.

나는 하숙을 하면서 한 달에 한두 번 아내를 만나기 위해 기차를 탔다. 이렇게 하여 숨바꼭질 같은 우리 부부의 결혼생활이 연이어 갔다.

그러나 그 별거의 문제로 아내는 눈살 찡그리며 불평 한번 말해 보는 법이 없었다.

직장을 옮기면 나는 책가방 하나를 들고 훌쩍 떠나 버렸고, 아내는 말없이 뒷일을 수습하고 나를 따라왔다. 그러는 동안 아내는 네 명의 자식을 거느린 어머니가 되었으나 여전히 직장을 다니고 집안을 경영하면서 대학을 졸업한 지 십 년이 지난 뒤, 대학원에 입학하더니 드디어 박사학위를 받고 교수가 되기까지 노력하며 살아왔다.

이제 가만히 헤아려 보니 결혼생활이 만 십오 년인데 헤어져 산 햇수가 십년이 넘는다.

그동안 나는 집안 살림이 어떻게 돌아가는지를 까맣게 모르고 산다. 쥐꼬리만 한 월급봉투를 내놓으면 내 임무는 그것으로 끝이다. 항상 적자 가계부인 것을 뻔히 알기 때문에 감히 물어볼 염치가 없다.

그래도 이제는 마흔 평이 넘는 집 한 칸을 가졌으니 기적이랄 수밖에 없다. 그것은 순전히 아내의 성실과 노력에 대한 하느님의 보답임을 나는 안다.

한국의 아내들은 모두 훌륭하였다. 옛날 백제의 열녀 도미의 아내로부터 일제시대의 이름 없는 독립투사들의 부인에 이르기까지 한국의 아내들이 누구 하나 훌륭하지 않은 여인이 있으랴. 그래서 우리나라는 예로부터 아내 자랑을 팔불출이라 하여 사나

이 입에 오르내리는 것을 금기로 하였는지 모른다.

그러나 이제 내가 못난 남편임을 자초하면서도 이렇게 몇 마디 아내의 미덕을 기리는 것은 — 비록 그것이 아내가 지닌 덕성의 백 분의 하나도 아니 되지마는 — 내가 앞으로 행여 아내에게 섭섭한 행위가 있을지라도 어김없이 그 부족을 메워주리라는 무한한 신뢰와 사랑을 전제해 두기 위해서이다.

(1976)

아내의 책에 바치는 나의 서문

나는 내가 누리는 삶이 도무지 분에 넘친다는 느낌 때문에 매사에 황송하고 감격한 마음을 갖고 있다. 아내의 평론집에 서문을 쓴다는 일도 나에게는 역시 분에 넘치는 기쁨이다. 이분 외의 기쁨을, 나는 〈아내를 공부시키는 남편의 이야기〉 같은 것으로 대신해 보려고 한다.

아이 셋을 낳고, 큰아이가 유치원을 다닐 무렵, 내 아내는 대학을 졸업한 지 여덟 해를 넘기려 하고 있었다.

그때 내가 근무하던 시골 대학의 내 연구실은 우리 집에서 한 길을 건너 정면으로 마주 보였었다.

우리 집은 언덕배기에 있었고 내 연구실은 이층이었기 때문에 간혹 밤늦도록 연구실에서 책을 읽는 내 모습은 우리 집 안방에서도 볼 수 있었다.

내 아내는 그때 중학교 교사였다. 하루 종일 학교 일에 시달리고 저녁에 집에 돌아와 아이들 시중에 정신을 못 차리다가 겨우 아이들이 잠든 밤 아홉 시나 열 시쯤 제정신이 나서 피곤했던 하루를 위로받고 싶어 남편의 따뜻한 음성이 기다려지는 시간, 나는 아직 연구실에 남아 있는 것이 보통이었다.

그러던 어느 날이던가 아내는 매우 차분한 표정으로 말을 했다. '아내의 섬세한 감정의 변화도 파악 못하고 가정생활의 멋도 모르는 사람은 학자가 될 자격이 없다' 는 이야기였다.

나는 감히 내 스스로 공부를 열심히 하는 '학자' 라고는 전혀 생각지 않고 있었을 뿐 아니라, 사실 그때까지 가정생활을 어떻게 아름답게 꾸밀 것인가 하는 문제를 깊이 생각해 본 적이 없었기 때문에 그러한 아내의 판단은 나에게 몹시 큰 정신적 압력이 아닐 수 없었다.

아내의 추궁은 내가 가정에도 학문에도 모두 충실치 못한 무능력자임을 선언하는 셈이었다.

아이들을 세 명이나 낳았다고는 하지만 여러 해의 군대생활 등으로 늘 별거 상태에 있다가 결혼한 지 칠 년 만에 겨우 열 평짜리 집 한 칸을 마련하여 식구가 처음으로 한집에 모였던 당시의 나로서는 아내가 내 옆에 있어 주는 것만이 더할 수 없는 행복이었고, 나는 그저 책이나 읽고 열심히 학생을 가르치는 것으로 내 인생이 다 되는 것이라고 생각했던 터였다.

그런데 아내의 불평은 나의 의식을 무서운 당황과 혼돈으로 몰아넣은 것이었다. 나는 여러 날을 깊은 우울과 고민으로 지새었다.

그 뒤 우리 부부가 얻은 결론은 '부부는 평생토록 생활의 모든 부분에서 반려이어야 한다'는 것이었다.

그리고 또 우리는 서로서로 상대방의 관심사에 대하여 깊이 간섭할 수 있는 자격을 갖도록 노력하자는 데까지 의견의 일치를 보았었다.

그리하여 나는 아내에게 '평범한 가정부인으로만 지내기에는 당신의 의식과 재능이 아깝다'고 아내의 학문적 욕구를 자극하였고, 아내는 나에게 '전공에만 열심히 하는 고삽苦澁한 학자이기보다는 다양하고 원만한 신사이면서 남편이고 아버지로서의 풍모를 지니라'고 종용하였다.

그 후로 아내는 대학원에 들어가 문학 공부를 계속하게 되었고 간간이 내가 공부하는 분야에 대해서도 흥미 있는 질문을 하여 관심을 보였다. 나도 가끔 문학에 대하여 아는 체를 하였다.

아내는 자기가 해야 할 공부가 산더미처럼 많은 것을 차츰 느끼기 시작하면서부터 전날에 내가 밤늦게 공부하는 것을 시비했던 일이 자꾸 부끄럽다고 말했다.

그러나 나는 학문이 제대로 익지도 않은 초학이 '공부합네'하고 아내의 일과 가정일을 돌아보지 않던 지난날의 풋내기 남편 노릇이 더 부끄러운 일이었다고 도리어 사과하였다.

이렇게 해서 아내가 다시 공부를 시작한 지 또 만 여덟 해가 흘러갔다. 그동안 아내는 몇 편의 문학평론을 써서 세상에 그 이름을 선보였었다.

그리고 한동안 해외에 나가 통산하여 다섯 해를 살게 되었었다. 우리 부부는 헤어져 지내면서 서로의 공부가 발전하기를 기대했지만, 사실은 서로가 어떻게 그리움을 삭이는가 하는 문제에 웬만큼 도통했을 뿐, 여전히 각자의 분야에서 백면서생으로 살고 있다.

이제 아내가 해외생활을 마치고 돌아온다고 하기에 그동안 발표했던 평론들을 한 권으로 묶어 보기로 했다.

그리하여 이 책을 나는 아내를 맞이하는 조촐한 선물로 그에게 주고자 한다.

나는 다만 어떻게 내 아내가 공부를 하게 되었고, 그것이 나에게 어떤 기쁨이 되는가를 얘기하고자 하여 분에 넘치는 이 서문을 쓴다.

한 가지 욕심이 있다면, 이 작은 나의 선물이 아내의 문학인 내지 학자로서의 생애에 한 비상의 이정표가 되기를 간절히 비는 것이다.

(1976)

4. 핏줄과 인연

아버지와 맹모삼천孟母三遷

　불씨 묻어둔 안방의 질화로가 생각난다. 다 타 없어진 재를 화젓가락으로 헤집으면 발갛게 달아있는 불씨가 할머니의 웃음처럼 은은하던 어린 시절의 안방 질화로. 연탄과 기름으로 겨울 땔감이 바뀌고 집의 모양새도 온통 양풍으로 뒤바뀐 요즈음은 어느 시골엘 가 보아도 그 정겨운 질화로를 구경하기 힘들게 되었다. 이런 때에 나는 왜 갑자기 불씨 묻은 질화로가 생각나는 것일까?

　오늘 아침, 대학입시를 준비하는 둘째 딸아이가 애비의 범상한 꾸지람에도 신경질적인 말대답을 했기 때문일까? 대학 졸업반에 있는 큰 아이가 전공의 변경과 관계되는 대학원 진학문제를 두고 벌써 몇 달째 부모자식 사이에 의견조정이 아니 되기 때문일까? 아니면 시험 감독을 들어갔다가 이른바 학원 자율화 시위의 방편으로 학생들이 시험을 거부하여 아무도 없는 빈 강의실에서 참담한 표정을 짓고 십 여분이나 천장을 쳐다보다 나왔기 때문일까?

나는 "애비 없는 자식이니 별수 없구나"라는 소리를 듣지 않도록 하라는 어머님의 근심 어린 표정을 읽으며 잔뼈가 굵어 왔다. 내가 세상에 태어났을 때, 나의 아버님은 환갑의 노인이셨다. 자손이 귀한 집안의 만득자晩得子로 태어난 나는 문자 그대로 금지옥엽金枝玉葉이었을 것이다. 그러나 할아버지 같은 아버지 밑에서 만여덟 해의 어린 시절을 보내는 동안, 귀염둥이 응석받이로서의 추억보다는 어려워하고 조심스러워했던 분위기가 먼저 머리에 떠오르는 세월이 많았다.

한 달이 일 년처럼 세월을 꼬집어 흘러, 내가 부쩍부쩍 장성하기를 바라는 아버님의 심성이 오죽하였으랴. 그래서 나는 말 배우는 두세 살 나이에 아버님의 무릎에 앉아 발음도 분명치 않은 목소리로 천자문을 외었다고 한다.

지금 내 기억에 남아있는 것은 아버님 무릎에 앉아 아버님을 따라, 몸을 좌우로 흔들던 몸짓과 귀엽다고 볼을 비비시면 까슬까슬하던 아버님 턱수염의 감촉뿐이지만, 아무튼 나는 우리 집안에서 다섯 살도 되지 않아 천자문을 뗀 신동으로 되어 있다.

그 무렵 나는 동네에 있는 서당에도 입학한 적이 있었다. 말이 입학이지, 나이도 어리고 몸이 허약했던 나는 서당에서 쉬는 시간이면 양지쪽에 쪼그리고 앉아 꾸벅꾸벅 조는 것이 일이었다. 사흘 만엔가 아버님이 서당에 찾아오셔서 내가 마당 귀퉁이에 앉아 조는 것을 보시고 그만 퇴학 수속을 밟아 나는 더 이상 서당을 다녀 보지 못하고 말았다. 그때 아버님은 "알묘조장揠苗助長을 글로만 읽고 흉을 보았더니, 내가 그 어리석음을 범했구려." 이렇게 어머님께 한탄하셨다고 한다.

그 후로 아버님의 교육방법에 일대 혁신이 일어났다. 아버님 은 틈만 있으면 내 손목을 잡고 시장바닥이며 친구의 집이며를 가리지 않고 데리고 다니셨다. 장터 한가운데서 장사꾼들이 멱살 을 잡고 싸우는 광경도 아버지 손에 잡혀서 구경했고, 친구분들 과 어울려 시회詩會가 벌어지는 사랑방 구석에도 나는 가끔 동참 의 영광을 누렸다.

그리고 또 한 가지 아버님이 시행하신 중요한 현장교육은 한식 寒食과 추석秋夕에 읍내에 있는 할아버님 산소로 성묘省墓를 가는 일이었다. 시오리 길의 대부분을 아버님 등에 업혀 가는 것이었 지만 아버님이 돌아가시기 전해까지 이 성묘는 우리 부자간의 중 요한 연중행사였다.

한식날 들판에 돋아오르는 푸른 빛의 생기를 보면서 아버님은 자연의 신비를 설명하셨을 것이고, 추석날에는 벼 이삭이 황금물 결을 이루는 논둑길을 걸으면서 "천행건天行健 군자이자강불식 君子以自疆不息"을 풀이하시느라 애를 쓰셨을 것이다.

그러나 나를 업은 팔에 힘이 빠지면 짚으시던 단장으로 떠받치 시다가 또 힘이 빠지면 "자 이제 좀 걸어볼까?" 하시던 음성만이 추억 속에 가물거린다.

이제 아버님이 돌아가신 지 40년의 세월이 흘렀고 내 나이도 50에 가까웠다. 내가 태어나던 때의 아버님 연세에 비한다면 아직 까맣게 어린 나이이지만, 나는 이 스산한 아침, 어린 시절 고향집 질화로 속에 묻힌 불씨를 헤집듯 아버님을 생각해 낸 것이다.

못난 애비 노릇, 못난 스승 노릇에, 맥이 빠진 이때에 자식 노릇도 못해 본 철없는 코흘리개 시절이 생각나는 것은 무슨 까닭인가? 자식 노릇 제대로 한 바가 없으니 아이들의 섭섭한 행동을 탓할 것 없다는 아버님 혼령의 가르침인가? 자괴일념自愧一念으로 아버님을 생각하면서 내가 정말 아버님의 가르치심에서 얻은 바가 아무것도 없는가를 살펴보기로 하였다.

그러자 맹모삼천孟母三遷의 뜻풀이가 생각났다. 나는 맹모삼천지교의 뜻풀이에 내 나름의 고집을 가지고 있다. 대부분의 사람들은 이 말이 교육에 있어서 환경의 영향이 매우 크다는 것을 뜻한다고 설명하고 있다.

맹자의 어머님이 세 번씩이나 집을 옮겨서야 맹자님의 학문하는 버릇을 길들이는 데 성공하였다고 풀이한다. 이 해석을 표면적으로만 이해한다면, 맹자 어머님이 선택한 처음 두 번의 집터 곧 공동묘지 근처와 장터는 완전한 시행착오의 표본이 되어버린다. 그러나 좀 더 깊이 생각하면 맹자 어머님은 요즘의 교육학 용어를 빌어 말한다면, 교과과정敎科課程을 용의주도하게 설정하였던 것이라고 보아야 한다. 따라서 공동묘지와 장바닥을 처음과 두 번째의 집터로 삼았던 것은 최종단계의 학문을 연마하기 위한 예비과정으로서 당연히 거쳐야 할 선수과목先須科目의 의미를 지니는 것이다.

인생의 종착역은 결국 한 줌 흙으로 돌아가는 것이라는 냉엄한 한계를 대전제로 하고 시장바닥에서 펼쳐지는 적나라한 삶의 현장을 통해서, 인생살이의 현실감각을 훈련하지 않는다면 학문은 해보았자 아무 데도 쓸모가 없을 것이라는 깊은 배려가 '맹모삼천' 이라는 넉 자의 낱말이 진정으로 나타내려 한 참뜻이라 할 수는 없는 것일까?

나는 맹모삼천에 관한 이 기묘한 나의 학설이 사실은 아버님으로부터 전수받은 것이라고 믿는다. 물론 내 기억 속에 아버님이 맹모삼천을 설명하시던 장면을 저장해 둔 것은 아니다. 그러면서도 내가 그 믿음을 고집스럽게 버리지 못하는 것은 오늘 아침 나를 실망시킨 둘째 딸아이, 그리고 큰 아이, 또 빈 강의실에 그림자도 볼 수 없던 나의 학생들이 결코 나를 끝내 실망시키지는 않으리라는 믿음 때문인지도 모르겠다.

시장바닥을 헤매는 녀석들, 머지않아 먼지 앉은 책상을 닦으며 단정히 무릎을 꿇으리라.

(新東亞 1984년 12월호)

고마워할 줄을 알아야 하느니…

뒤뜰 한가운데에 뒷짐을 지고 서서, 먼 산을 바라보고 계신 모습을 뵈 오면 꼭 천 년 묵은 동구 밖의 느티나무이셨다. 십 리 밖, 먼 골짜기에서 울려오는 산울림 같기도 했고 아지랑이와 함께 실려 오는 봄바람 같기도 했다. 오십 년 전 아버지의 모습, 아버지의 음성이다.

어느새 내가 세 명의 손자의 할아비가 되어 뒷짐을 지고 뜨락에 내려서서 신록으로 돋아 오르는 앞산의 나뭇잎들을 보고 있을 때, 나의 아이들은 나에게서 무엇을 보고 느낄까? 이런 때에는 아버지의 말씀이 뻐꾹새의 울음과 함께 들린다.

"고마워할 줄을 알아야 하느니…." 대체로 말끝을 흐리셨고 장중한 음성은 바리톤으로 약간 떨리셨다.

콩깻묵과 비지를 배급받으려고 보급소 앞에 몇 시간씩 줄지어 섰던 기억이 새로운 1940년대 초반, 참으로 어려운 시절이었다.

이런 시절에 우리 집에는 '있는 것'에 대한 고마움 때문에 '없는 것'에 대한 아쉬움을 아예 생각하지 않았다. 가끔 나에게 줄 사과 한 알을 들고 찾아오시는 아버지의 친구분이 계셨는데, 밤이 이슥하도록 아버지와 이야기를 나누셨으나 우리 집에서 그분에게 대접한 것은 언제나 칼국수 한 그릇뿐이었다. 아버지는 내가 아는 한, 평생토록 단 한 벌의 외투를 입으셨을 뿐이다.

오십 년 세월이 흐른 지금, 나는 내 방안에 있는 나의 소유물을 둘러본다. 넥타이가 서른 몇 개(아직 한 번도 매지 않은 것이 세 개나 있다), 와이셔츠가 열두 장(역시 포장도 안 뜯은 셔츠가 넉 장이다), 양복은 춘하추동 네 계절에 두 벌씩은 있으니 적어도 예닐곱 벌이 있는 셈이다. 구두는 이것저것 다섯 켤레나 된다. 이 어인 일인가? 그러나 고마운 것은 풍족해진 물자만은 아니다. 내 삶의 여정旅程과 지표指標, 건강과 환경, 가족과 사회… 고마운 것은 결국 살아간다는 것 자체요, 또한 이 나라의 발전과 번영이 아닌가?

없는 것에 대하여는 생각을 유보한다. 있는 것이 분수에 넘침을 깨닫고 황송하고 감사하기에도 시간이 모자라기 때문이다. 내가 만일 나의 아이들에게 나를 기억해 줄 한마디 말을 남긴다고 한다면, 나는 단연코 아버지의 흉내를 내어 바리톤의 음성으로 말끝을 흐릴 것이다.

"고마워할 줄을 알아야 하느니…."

(香粧 1991년 10월호)

역사의 강물 위에

　과거의 정신적 유산을 정리하고 전통을 확립하며, 밝은 미래를 설계하기 위하여 역사적 서술이 필요한 것이라고 하는 이론 같은 것은, 나는 모른다. 가문을 돋보이게 하기 위하여 넓은 산허리에 호화 분묘를 마련한다고 하는, 돈 많은 사람들의 얘기 같은 것은 더더구나 아랑 곳 없다. 그러나 지나간 날의 삶의 흔적이 슬프고 비참하였건, 기쁘고 황홀하였건, 그것은 현재를 통하여 미래에 연결되는 강물 같은 시간의 한 도막이요, 그 도막은 결코 앞뒤를 끊어 놓고 보아서는 안 된다는 사실만은 알고 있다. 그래서 슬프고 비참했던 과거의 삶일수록 거기에서 기쁨과 영광의 의미를 찾아내는 데 더 큰 노력을 기울여야 한다는 것쯤 막연하게 알고 있다.

　지난여름, 네덜란드의 암스테르담에 하룻밤 머물 기회가 생겨, 안네 프랑크의 집을 방문했을 때, 나는 역사와 진실이 우리에게 무엇을 가르치고 있는가를 체험할 수 있었다. 벌써 삼십여 년 전, 까마득한 옛날에 읽었던 '안네의 일기'를 회상하면서 암스테르담시 프린센그라흐트 263번지에 있는 안네·프랑크의 집을 30분쯤 둘러보고 나와, 다시 보게 되는 암스테르담 시내의 풍경은 30분 전에 보았던 그 풍경이 아니었다. 독일이 전 유럽을 나치의 구둣발로 유린하고 600만의 유대인을 무참하게 살육했던 45년 전의 사건은, 안네 프랑크의 집을 방문하는 모든 세상 사람들에게 그들이 그 집을 둘러보는 30분 동안에 완벽하게 재연되고 있었다. 그래서 그 집을 둘러본 뒤에 밖에 나와 바라보게 되는 암스테르담의 풍경은 이 세상에 거짓과 죄악은 결코 은폐되지 않는다는 역사의 교훈을 말없이 일러주는 것이었다.

나는 프랑스에서도 비슷한 경험을 하였다. 그것은 파리의 노트르담 사원 안의 오른쪽 회랑에서였다. 그 우중충하고 어두컴컴하고 음습한 분위기는 금방이라도 어느 구석에서 머리 산발한 처녀 귀신이 나올 것만 같았다. 꼭 '전설의 고향'이라는 우리나라 텔레비전 민담극의 퇴락한 절간 비슷하였다. 숭배하는 역사적 인물들의 영정影幀을 모셔 놓고 촛불을 밝혀 추모하는 것까지도 우리나라의 사당祠堂을 방불케 하였다.

그런데 오른쪽 회랑의 맨 앞에서 두 번째였던가 유난히 많은 촛불이 켜 있는 곳에 와 섰을 때, 인간의 양심이랄까 민족적 정의감 같은 것이 사람들에게서 어떻게 보편적으로 작용하는가를 확인할 수 있었다. 그것은 물론 역사와 진실이 우리에게 주는 눈짓이었다. 거기에는 잔 다르크의 영정이 모셔져 있었던 것이다. 겉보기에는 한없이 퇴락하였고 종교적 신심 같은 것은 온통 사그러져 버린 듯한 낡은 사원 안에서 프랑스 사람들의 민족적 열정은 잔 다르크를 추모하는 촛불로 바뀌어 밝게 밝게 타오르고 있었다.

이제 그 여행에서 돌아온 지 두어 달 남짓한 지금까지, 나는 한 명의 보잘것없는 개인, 연약하고 초라한 어린 소녀들이 어떻게 거대한 역사의 흐름을 떠받치고 있는가 하는 것을 곰곰이 되씹어보고 있다. 그리고 내가 아홉 살 어린 나이에 아버지를 여의고, 이제 이렇게 자라, 남편이 되고 아비가 되고 또 할아비가 되기까지 어린 시절의 아버지를 그리워하고 그 아버지의 모습을 아름답게 가꾸며 닮아보고자 애쓰는 것도 역사의 흐름에 동참하는 몸짓이 아닌가 하는 외람된 생각까지 하고 있다.

나는 나의 아버지가 정말로 어떤 분이셨는지 알지 못한다. 그러나 내가 죽을 때까지 아버지를 만들어내려고 애써도 그 전체의 윤곽은 영영 잡히지 않을 높고 크고 깊고, 그리고 멀리에 계신 분이라는 것만은 틀림없다. 세상 사람들에게는 20세기 전반기에 한국에서 살다간 식민지 시절의 허약한 지식인, 아니면 그냥 이름 없는 소시민쯤으로 보일 것이다. 그러나 나에게 있어서 나의 아버지는 김구金九 선생에 비견되는 애국지사요, 신채호申采浩 선생과 같은 달인형達人型의 역사학자이시다.

내 추억의 갈피 속에 감추어져 있는 아버지의 사진은 몇 장 되

지 않는다. 8·15광복이 되던 해, 내 나이 여덟 살적, 동네 사람들
이 해방되었다고 만세를 부르며 큰길로 몰려나가니까 나는 아버
지에게 "아버지, 해방이 되었대. 해방이 무어에요?"하고 여쭈었
던 것 같다. 아버지는 빙그레 웃으시면서 "응, 그것은 네가 일본
말을 못해서 오줌을 싸는 일이 다시는 일어나지 않는 거란다." 이
렇게 말씀하시고는 내 눈을 뚫어져라 바라보시는 것이었다. 바로
그 전해에 나는 초등학교에 입학을 했었는데, 그때는 일본어만을
쓰게 하려는 일본사람들의 극성이 최고조에 달한 시기였었다. 처
음 입학한 일학년 아이들에게까지 "선생님, 변소에 다녀오겠습
니다."하는 말을 일본말로 외우게 하고, 그 말을 해야만 변소에
보내주기로 되어 있었다. 그렇지만 그 말을 제대로 외우지도 못
했고, 또 그런 말을 외치고 변소로 뛰어갈 만큼의 숫기도 없었던
나는 입학한 지 일주일 만엔가 오줌을 참다못해 그만 교실 바닥
에 만국지도를 그리는 바보가 되고 말았었다.

또 언제던가, 내 이름을 이용하여 동네 아이들이 "제기 차자,
제기 차자"('제기'와'재기'는 서로 발음이 비슷하다.)하고 놀려
서 속이 상한다고 푸념을 하였더니, 아버지는 "고이헌 놈들, 그놈
들이 옛날 우리나라에 기자箕子라는 임금님이 나라의 기틀을 든
든하게 하신 분이라는 걸 알면 너를 임금처럼 공경하려 할 거다.
그 기자의 인품을 닮으라는 뜻이 네 이름에는 들어 있거든." 이렇
게 깨우쳐 주신 적도 있었다.

이런 정도의 추억거리를 가지고 내가 내 아버지의 모습에 김구

나 신채호 선생의 이미지를 복합시키려고 하는 것은 천만 아니다. 내 손을 잡고 바깥나들이를 하였을 때, 혹은 추연히 뒷짐을 지시고 먼 산을 바라보실 때의 아버지 모습에서 무언가 전율할 듯한 숭고한 분위기가 깃들던 것을 나는 잊을 수가 없다. 한참 자랄 고비의 10대 시절에 '애비 없는 후레자식' 이라는 말이 있다는 것, 그리고 그것이 나의 행동을 저울질하는 중요한 척도라는 것을 알면서 〈아버지 아니 계심〉의 열등의식에서 벗어나고자 필요 이상의 조심성을 몸에 익혀온 것이 내가 아버지를 미화시킨 이유가 되는 것 아니냐고 한다면 나는 그것만은 부정하지 않겠다. 그러나 그것이 전혀 부끄러운 일이 아니요 오히려 떳떳하고도 당연한 일이라는 것만은 분명히 해두고 싶다.

한때 우리는 우리나라가 유교儒敎사상에 찌들어 버렸기 때문에 나라를 일본에 빼앗겼던 것이라고 개탄한 적이 있었다. 패망의 원인을 유교사상의 탓으로 돌리는 행위였다. 그러더니 어느 틈엔가 경제여건이 호전되고 무역흑자다, 선진국 대열에 서는 것은 시간문제다 하니까 그러한 경제발전의 원동력은, 유교사상과 밀접한 관련이 있다고 해설하는 것이었다. 똑같은 대상이 패망의 원인도 되고 발전의 원인도 된다는 변덕의 소리가 한 입에서 시차를 두고 흘러나왔다. 사물을 총체적으로 바라보지 못하는 폐단과 과거의 사실을 부정적인 시각에서만 해석하려는 나쁜 버릇이 그러한 변덕을 초래한 것이 아니었을까? 우리는 모름지기 역사적 사건이나 인물을 긍정적이고 건설적인 측면에서 평가하고 계발하는 슬기를 키워 나아가야 할 일이다. 그렇다면 나의 아버지 미화작업은 더욱 정교하게 다듬어지고 발전되어야 하는 것 아닐까?

나는 이 글을 쓰면서 아버지의 사진을 열 번도 더 꺼내 보았다. 행여나 어느 행간, 어느 글자에 아버지께 누를 끼치는 실수를 하지는 않았는지 반성해 보기 위하여서였다. 그리고 그때마다 나는 사진 앞에 이렇게 인사를 드렸다.

"아버지, 제가 아버지의 아들임을 이 순간 다시 한번 감사합니다."

(월간에세이 1900년 11월호)

겨울 하늘이 청청할 때

은혜를 저버리는 사람을 짐승만도 못한 놈이라 한다. 까마귀조차 반포反哺의 효성을 보인다고 하는데 사람으로 태어나 세상 사람들로부터 받은 은혜를 기억하고 그것을 갚아드리기 위해서 힘쓰지 않는다면 하기야 사람이 아닐 수밖에 없겠다.

그러면 나는 사람이 아닌가? 내가 살아온 반평생에서 내 삶에 엄청난 전기轉機를 마련해준 분들이 여러분 계시지만 그중에도 나의 중학교 졸업반 때의 담임선생님은 내가 죽어서도 기억해야 할 어른이시다.

나는 ㅎ선생님을 반년 남짓 담임선생님으로 모셨었다. 6·25전쟁이 지금의 휴전선 근처에서 소강상태로 머물러 있던 1952년 겨울, 그 해는 내가 그때까지 경험했던 어느 겨울보다도 춥고, 을씨년스러웠다. 겨울이 되어 날씨가 추웠기 때문이라기보다는 중학교 졸업반이었던 내가 더 이상 학교 공부를 계속할 수가 없어학교를 중퇴했던 것이 더 큰 이유였다.

이웃집 아저씨의 주선으로 연백延白에서 피난 나온 초등학교의 사환이 된 것은 그나마 축복이라고 생각해야 할 형편이었다. 겉보리 겉수수 가루에 사카린이라는 인공감미료를 넣고 죽을 쒀 먹다가 그래도 보리밥을 끓여 먹게 되었으니 말이다. 이렇게 수수죽을 보리밥으로 바꾼 대가代價로 나의 중학교 모자는 학생 신분을 나타내는 것이 아니라 단지 추위를 막아주는 방한모의 신세가 되어버렸었다.

그러나 나는 학생이었다는 자존심을 버릴 수가 없었다. 그 낡아빠진 중학교 모자를 죽어라하고 쓰고 다닌 것은 나의 그러한 자존심의 표현이기도 하였다. 그 피난 초등학교는 공회당 한 모퉁이의 낡은 창고를 교실로 개조하여 사용하였고, 학생들은 대부분 끼니도 제대로 잇지 못하는 연백지구 피난민들이었다.

그 결식아동을 위해 배급받은 밀가루로 빵을 쪄서 나르는 것이 사환 노릇하는 내 임무의 하나였다. 나는 매일 점심때면 교장선생님 댁으로 찐빵을 가지러 갔었다. 판잣집이 닥지닥지 붙어있는 언덕을 넘어 다녀야 했는데, 그 언덕 내리막길에서는 알싸한 겨울바람을 코끝에 받으며 청청하고 짙푸른 겨울 하늘을 바라보게 되었었다. 아니, 정직하게 말하면 약간 푸른빛이 도는 연회색의 서해바다가 내려다보이는 것이었고, 그 바다에 맞닿은 하늘이 청청하고 싱싱한 모습으로 나를 엄습하였다고 말해야 옳은 것이었다.

나는 그때, 겨울 하늘이 가을 하늘보다 더 짙푸르고 청청하다는 사실을 알게 되었다. 맑다 못하여 푸르고, 푸르다 못하여 그윽하게 검은색이 감도는 겨울 하늘은 잿빛이 깔린 서해바다처럼 혼탁한 현실 속에서도 자기처럼 청청하고 맑은 정신을 지녀야 한다고 일깨우는 것 같았다.

나는 그래서 겨울 하늘을 좋아하게 되었다. 시인 미당未堂선생은 겨울 하늘을 동천冬天이라 바꾸어 이름 붙이며 노래하였거니와, 세상 사람들이 잘 모르는 분야를 즐기는 것은 정말로 유쾌한 일이다. 호젓한 산길을 홀로 걸으며 목청껏 음치의 목소리로 노래를 부르는 것만큼이나 기분 좋은 일이다.

바닷바람이 유난스레 매섭던 어느 날, 그 날도 언덕을 넘어 찐빵 상자를 들고 오는 길이었다.

"무겁겠구나! 그동안 별고 없었지?"

몹시 귀에 익은 음성이었다. 찐빵 상자를 양손에 들었을 때는 겨울바람이 아무리 세차도 이마에는 땀방울이 송글거리게 마련이어서 언덕 꼭대기에 올라와서는 한숨 돌려 허리도 펴고 정들어 가는 겨울 하늘도 바라보게 되는 길목에서였다.

"아! 선생님!"

나는 부끄럽고 당황하여 몸 둘 곳을 몰랐다. 나의 학교 중퇴를 애석해하시던 담임, ㅎ선생님이셨다.

기하幾何를 담당하셨던 ㅎ선생님은 말주변이 좋은 편이 아니셨다. 서로 다른 자리에 있는 각角이 어떤 관계에 있는가를 설명하실 때마다 반쯤 흘러내린 허리춤을 치켜 올리시며 "요 각과 조 각은 보각이 된단 말이여"하시며 칠판에 그린 도형을 손가락으 로 가리키다 보면 저고리 소매에는 하얀 분필가루가 지천으로 묻 어나곤 하였다.

"나 말이야, 너 만나려고 여기서 기다리고 있었어."

"……."

"내일 점심시간에 졸업사진을 찍게 되었어. 네가 찐빵 나르는 시간이니까 잠깐만 학교 운동장으로 들어와 사진을 찍도록 해."

〈퇴학을 했는데 사진 찍을 자격이 있습니까?〉

그러나 이 말은 음성이 되어 입 밖으로 나오질 않았다.

"네, 선생님." 고작 이렇게 대답을 드리고 나는 겨울바다와 겨 울 하늘을 내려다보며 언덕을 내려왔었다. 물론 졸업사진을 찍으 러 갈 생각은 하지 않으면서….

그렇지만 ㅎ선생님을 만났던 그 언덕바지에서 다음날, 나는 같 은 반 급우였던 친구들에게 끌려가다시피 학교로 들어갔었다. 그 리고 찐빵 상자를 운동장 구석에 놓아두고, 교복도 아닌 작업복 차림의 나는 ㅎ선생님 옆에 서서 중학교 졸업사진을 찍은 것이었 다.

〈고등학교 진학도 못할 터인데 졸업사진 같은 게 무슨 소용이 람.〉

나는 ㅎ선생님이 주책없는 분이라고 생각하였다. 그까짓 졸업 사진을 찍게 해서 나를 위로하려 하다니…, 그러나 그것은 소견

머리 없는 생각이었다. 졸업사진을 찍고 한 달쯤 지났을까? 직장에서 집으로 돌아오던 나는 우리 집 문 앞에 서 계신 ㅎ선생님을 또 만나게 되었다.

"선생님 어떻게…"

나는 역시 말도 제대로 못하고 우물거렸다. 그날 ㅎ선생님은 다니지도 않은 3학년 2학기 성적을 1학기 성적의 80%로 추정하여 만든 성적통지표와 졸업장을 들고 나를 찾아오신 것이었다.

"지금은 형세가 곤궁해서 직장을 다니지만 혹시 알어? 상급학교에 진학할 기회가 생길지? 그러니까 이 졸업장을 잘 보관하고 있어. 이번 졸업생 중에 내가 제일 기대를 거는 학생이여 너는!"

ㅎ선생님은 내 손을 굳게 쥐었다 놓으시며 어리둥절해 하는 나를 대문 앞에 남겨 두고 휘적휘적 골목길을 빠져나가셨다.

바로 그때, 나는 가무스름하게 어둠이 깔린 청남색의 겨울 하늘이 성큼 내 앞으로 다가선다는 느낌을 받았다.

나는 감히 ㅎ선생님을 내 평생의 은인이라고 말 같은 것으로 표현하고 싶지 않다. 선생님은 벌써 정년퇴직을 하시고 같은 서울 안에 살고 계시지만, 나는 지난 35년 동안 단 한 번도 찾아뵙지를 않았다. 어줍지 않게 약주 한잔 대접하거나 선물 한 상자 들고 찾아 뵈 오면 행여 그것으로 서른다섯 해 간직해 온 내 가슴속 보은報恩의 감정이 사그라져 버리지나 않을까 두려워서이다. 길거리에서 우연히 만나게 될지라도 나는 슬며시 딴전을 피우며 숨을 생각이다.

그러나 겨울철 매서운 북풍이 강추위를 몰아오는 날, 추연히 그 맑고 푸른 하늘에서 ㅎ선생님의 음성을 되새기는 일만은 35만 년이 지나도 계속될 것이다.

"요 각과 조 각은 보각이 된단 말이여!"

(월간문학 1987년)

나의 중학교 교장선생님

그 시절 우리는 모두 가난하고 이악해진 문제아들이었다고 생
각한다. 아직 전쟁은 멈추지 않았고, 우리는 두 번의 피난에서 용
케도 살아남아 다시 학교를 다니게 되었었다. 6·25가 나던 해에
중학교에 입학했던 우리가 피난에서 돌아와 공부랍시고 시작한
곳은 신흥초등학교新興初等學校 한쪽 귀퉁이였다. 교장선생님의
훈화는 전쟁 중에 불타버려 벽만 남은 그 초등학교 강당 자리였
다.

지금은 아련한 추억으로만 남아, 그 선생님께서 무슨 말씀을
하셨는지는 기억되는 것이 없다. 그러나 철부지 중학생들이 주의
를 집중하지 않고 떠들면 선생님께서는 선서를 할 때처럼 오른손
을 치켜든 모습으로 우리들이 조용하기를 기다리시곤 하셨다. 그
리고는 그 카랑카랑하신 음성으로 지금 우리가 받는 고통은 우리
들 자신과 우리나라의 미래를 위하여 보람 있는 일이 될 것이라

는 것, 그리고 지금까지 세계 역사에서 어떤 인물이거나, 또 어떤 민족이거나 고통을 이겨내지 않고 훌륭하게 된 인물도 없고, 발전한 민족도 없다는 것을 역설하셨던 것 같다.

그러나 그러한 훈화도 당장의 허기진 배를 채우기 위하여서는 사치스런 옛날이야기일 수밖에 없었다. 나는 학교가 파하면 단벌 신사복처럼 아끼는 교복을 벗어 던지고 담배 목판을 메고 사장바닥을 누벼야 했었기 때문이다. 그렇지만 1952년 봄, 나는 중학교 2학년에서 가장 좋은 성적으로 진급을 했다. 참으로 기적과도 같은 일이었다. 그 당시 '젠틀맨'이란 별명을 갖고 계시던 임명진 林明鎭 선생님이 나의 담임이셨다. (林선생님은 후에 外交官이 되셔서 학교를 떠나셨다.) 3학년에 올라갈 때 우리는 우열반으로 나누어 편성되었다. 영어·수학 성적이 일정수준 이상인 학생만을 한 반 만들고 나머지는 그 우수반을 뺀 학생으로 골고루 배정했던 것으로 기억된다. 나는 물론 우수반에 배정이 되었다. 뿐만 아니라 교장선생님 댁에 마련한 특별반에서 과외수업까지 받았다. 그 특별반은 약 20명 정도였던 것으로 기억되는데 우리들 중학교 3학년이 그때 미적분微積分의 기초적인 것까지 배웠었다. 따라올 수 있는 사람에게는 얼마든지 정도를 높여서 가르쳐도 좋다는 것이 선생님의 지론이셨다. 어느 날인가 그 특별반에 교장 선생님이 들어오셨다. 그때 하신 말씀의 요지는 대략 다음과 같은 것이었다.

"지금 우리는 전쟁이 휩쓸고 지나간 폐허 위에 서 있다. 많은 사람들이 좌절했고 지금도 여전히 실의에 차 있다. 더구나 공부 같은 것은 적당히 그럭저럭하면 된다고 생각하는 풍조가 퍼져있다. 나라의 장래를 위해서는 개탄할 일이 아닐 수 없다. 훌륭한 인재 없이 어떻게 나라가 발전하겠는가? 너희들만이라도 열심히 공부하기 바란다."

이러한 말씀을 하신 지 얼마 지나지 않아 문교부는 전국 중고 등학교의 학술경시대회를 개최한다는 발표를 하였다. 그래서 우리들은 아주 자연스럽게 그 경시대회에 대비한 특별교육을 계속 하게 되었다.

그러나, 2학년에서 가장 좋은 성적으로 진급한 나는 3학년 우 수반에서도 또 특별반의 과외수업까지 받는 동안 서서히 성적이 떨어지고 있었다. 그 무렵 나는 가끔 끼니를 거르는 때가 있었다. 집안 형편이 도저히 학교를 계속할 수가 없었다. 원래 장사수완 이 없으신 어머니는 하는 일마다 손해를 보셨고 막판에는 시루떡 을 해가지고 배다리 시장에서 파셨는데 인심 좋게 떡을 썰어서 팔고 나면 본전 건지기가 힘들 정도였다. 내 밑에는 누이동생 한 명과 동생이 한 명 있었다. 우리들 삼 남매는 어머님의 밑지는 떡 장사를 의지해서는 도저히 공부를 계속할 수가 없었다. 마침 이 웃에 연백지구에서 피난 온 초등학교 선생님이 계셨다. 그 선생 님이 우리 집의 딱한 사정을 보고, 나에게 중대한 제안을 해오셨 다. 연백에서 피난 온 초등학교 학생들을 모아서 신흥초등학교 분교를 만들었는데 거기에 급사 한 명을 구하는 중이니 그 자리에 취직을 해보면 어떻겠느냐는 것이었다.

그래서 나는 3학년 1학기를 겨우 마치고 그만 그 피난 초등학교의 급사로 취직을 하였다. 학술경시대회에 대표로 뽑혀 공부하던 학생이 졸지에 초등학교 급사가 되어버린 것이다. 그때 담임이셨던 함완식咸完植 선생님(뒤에 景福高等學校와 東星高等學校에 옮겨 근무하셨다.)은 애처로워 어떻게 말해야 좋을지 모르겠다는 표정으로 눈만 껌벅이고 계셨다. 교장선생님은 몸이 불편하셔서 학교를 쉬고 계셨다.(나중에 안 일이지만 그때 선생님은 담석膽石 수술을 받으셨다.)

나는 인중仁中이란 글자가 선명한 교모를 쓰고 신흥초등학교에 있는 인중仁中을 가는 것이 아니라 홍예문 밑 시공관 뒤에 창고를 개조해서 교실 여섯 개를 만들어 놓은 신흥초등학교 연백분교로 급사 노릇을 하러 다녔다. 그렇게 1952년의 여름, 겨울을 보내고 해가 바뀌었다.

1953년 2월 3일. 아직도 날씨가 쌀쌀한 겨울이었다. 내가 직장에서 퇴근하여 우리 집 골목 어귀에 이르렀을 때, 뒤에서 내 이름을 부르는 귀에 익은 목소리가 들렸다. 돌아보니 담임이신 함 선생님이셨다.

"이거 네 졸업장이다. 교장선생님은 네가 졸업식에나마 나오라고 했으면 좋았을 것 그랬다고 하시면서 나보고 전하고 오라고 하셨어."

내가 길吉 교장선생님과 나의 관계에 대해서 쓸 수 있는 이야기는 이것이 전부다. 나는 교장선생님의 이토록 극진하신 배려가 아니었다면 영원히 중학교 중퇴자의 학력을 소유하는 데 머물렀을는지도 알 수 없다. 나의 이 이야기가 어쩌면 길 교장선생님의 숨겨진 부정사건不正事件을 고발하는 것인지도 모르겠다. 그러나 교장선생님의 그 부정이 아니었다면 나는 그 후 어떻게 다시 고등학교에 진학하고 또 대학까지 다닐 수 있었겠는가?

돌이켜 보면, 끊어질 듯 끊어질 듯 이어진 나의 학업은 길 교장선생님의 보이지 않는 손길 덕분이었다고 생각한다. 이제 그분 가신 지 어언 3년이 지났다. 끝내 숨기고 싶었던 비밀스런 이야기를 털어놓고 보니 선생님의 크심이 더욱 돋보인다. 다만 부끄러운 것은 나 또한 스승의 길을 걸으면서 길 선생님의 백 분의 일이나마 제자를 아끼고 사랑하는가 하는 점이다. 선생님이 그리울수록 나 자신을 돌아보며 한없이 부끄러울 뿐이다.

(吉瑛羲先生追慕文集. 1987년)

어머니 모시기

"놓친 고기가 크다."는 낚시꾼들의 믿음은 "돌아가신 분은 훌륭하였다."는 세상 사람들의 보편적인 신념으로 확대된다. 아름다웠던 지난날의 일들이 세월이 흐를수록 더욱더 놀라운 사건으로 빛나는 것처럼 돌아가신 분에 대한 그리움은 생각할수록 점점 더 아름다운 추억으로 수 놓인다.

더구나 돌아가신 분이 우리들의 육친일 경우, 그 아름다운 추억은 지난날의 잘못을 뉘우치는 회한이 되기도 하고 앞날을 슬기롭게 살아가겠다는 결의의 지표가 되기도 하면서 추억의 끄트머리에서 황홀한 환상으로 채색된다.

재작년 여름, 한참 더위가 심하던 복중에 나는 어머니를 여의었다. 춘추가 여든둘이셨고 아들 둘에 딸 하나인 우리 자식들이, 옛날 표현을 빌어 말한다면, 모두 밥술이나 먹고 별 탈 없이 사람 구실하며 살고 있으니, 일컬어 호상好喪이라 할 일이었으나 그러나 맏아들인 나에게 있어서는 씻을 수 없는 과오를 분명하게 매듭짓는 일이었다. 어머니는 돌아가시기까지 마지막 10년 동안을 작은 아들인 내 아우의 집에서 사셨기 때문이었다. 부모님은 맏아들이 모셔야 한다는 전통관행傳統慣行이 무조건 정당하다고 믿는 나로서는 노후의 마지막 10년간 어머니를 아우의 집에 머무시도록 했다는 것이 변명의 여지가 없는 불효의 표징이 될 수밖에 없었다.

10여 년 전 내 아우가 박사학위증 하나만을 가방 속에 달랑 챙겨들고 아내와 아이들 둘을 거느린 가장家長이 되어 미국 유학에서 돌아왔을 때, 어머니는 언제나 작은아들도 큰아들처럼 제집 지니고 살 것인지가 걱정이요 또한 소망이라고 말씀하시기 시작하였다.

그때 나의 집은 백 평 대지에 50평 건평의 이층집이었다. 앞마당에는 모란 두어 포기, 목련, 대추나무, 감나무, 치자나무 각각 한 그루, 영산홍과 장미 서너 그루 수국 몇 뿌리가 있었고 뒷마당에는 손바닥만 한 채마밭이 어머니의 심심풀이 농장 구실을 하고 있었다. 물론 대문 옆에는 언제라도 차를 넣을 수 있는 차고도 있었다. 식구들이 모여 앉기만 하면 어머니는 작은아들도 이만 정도의 집은 지녀야 하지 않겠느냐고 말씀하셨다. 그러나 두어 달을 나의 집에서 함께 살던 아우네가 10여 평짜리 연립주택을 마련하여 이른바 분가分家라는 것을 하게 되자 그때부터 어머니는 작은 아들 집 외출이 잦아지셨다. 아우네 집은 나의 집에서 10분

정도 걸어 올라가는 언덕바지에 있었다. 처음에는 큰며느리 눈치 보아가며 잠깐씩 언덕바지를 오르는 것이었으나 마침 나의 계수가 회사에 취직이 되어 출근을 하게 되니까 어머니는 어린 조카를 돌보아 주어야 한다는 핑계로 아주 올라가 집을 지키시는 시간이 많아졌다. 그리고는 어물어물 십 년 세월이 흘러가 버리고 만 것이었다. 그러는 동안 나는 아파트로 이사를 했고, 내가 살던 이층집은 아우에게 양도했기 때문에 어머니는 다시 옛날 큰아들 집의 안방 할머니가 되셨지만 이번에는 아파트 꼭대기 층에 있는 나의 집이 현기증 나고 답답해서 오래 머물기가 힘들다는 이유로 나의 집에는 하룻밤도 묵으려 하지 않으시고 당신의 거처인 이우네로 돌아가시곤 하였다.

나는 어머니를 다시 모시고 싶어 미칠 지경이었다. 태어나서부터 사십여 년간 어머니를 모시고 사는 동안 나는 특별히 효자랄 수는 없으나 내 나름으로는 정성을 다했다고 생각했었다. 그러나 아우네로 거처를 옮기신 다음부터는 점차 나에게 잘못이 많지 않았는가를 반성해 보게 되었다. 그렇지만 역시 별로 짚이는 것이 없었다. 그렇다면 어머니가 아우의 집에 사시는 이유가 다른 데에 있을 것이었다. 그것은 무엇일까? 그러자 나에게는 딸만 네 명이 있을 뿐, 아들이 없다는 데에 생각이 미쳤다. 내 아우에게는 딸 하나와 아들 하나, 그렇게 남매가 있지 않은가. 어머니는 가끔 이렇게 푸념을 하셨었다. "너희들 아버지 대에는 사형제가 계셨느니라. 그런데 모두 딸들만 두셨고 나만 아버지에게 시집와서 너희들

형제를 낳았느니라. 그런데 또 맏이가 딸만 있으니…."

어머니의 말씀에 따른다면 잘되는 집안은 자손이 번성하는 법인데 우리 집은 아들의 숫자가 기하급수로 줄어들고 있으니 큰일이라는 것이었다. 어머니의 의식 속에는 당신 스스로가 한씨韓氏 가문의 따님이시건만 딸이라는 존재는 출가하여 다른 가문에 들어가 손孫을 잇게 하는 일 이외에 다른 가치는 인정되지 않았다. 아들만이 집안의 대를 잇는 중심인물이라고 생각할 경우, 아무리 죽은 뒤의 일은 알 바 없는 것이라고 할지라도 행여 죽은 뒤에도 혼령이 있어서 제삿밥 한 술이라도 얻어먹으려면 아들 있는 자식에게 의탁하는 것이 마땅하다고 생각하시지 않았겠는가.

"그렇다면 할 수 없지 뭐." 나는 체념하는 수밖에 없었다. 나는 아우네 집으로 가서 어머니를 뵙는 것으로 아들의 소임을 때울 뿐이었다. 그러나 나는 무언가 내가 잘못 모셔서 어머니가 아우의 집에 사시는 것이라고 하는 죄책감 같은 것, 그리고 큰아들의 체면을 손상시키며 아우의 집에 계신다는 것에 대한 원망스러움 같은 것이 복합적으로 작용해서 어머니를 가 뵙는 것이 점차 보름에 한 번 한 달에 한 번으로 늘어났다. 야속하기도 하고, 이유 없이 원통하기도 하였다. 따지고 보면 어머니의 "아들 중심사상"이나 나의 "맏아들 중심사상"이나 다 같은 전통 관행에 따른 고정관념이긴 마찬가지였다.

더구나 나는 내가 그러한 고정관념에서 헤어나지 못한다는 것을 잘 알고 있으면서도, 내가 어머니를 못 모시는 것이 전적으로 어머니 때문이라고 원망하는 어리석음을 범하는 것이었다.

이렇게 십 년 세월이 흘러갔다. 그리고 드디어 어머니가 운명하셨다는 소식을 새벽 전화로 듣게 되었다. 찾아뵙는 것조차 인색하게 날짜를 늦추며 원망의 앙금을 새김질하던 나의 체면주의는 어디로 갔는가? 천방지축 차를 몰다가 20년 무사고의 내 운전 실력은 골목을 돌면서 자동차의 옆구리를 두 군데나 찌그러뜨리고 말았다. 새벽길을 달려오는 동안 눈앞에 서리는 안개는 무엇인가? 나는 자꾸만 눈을 닦았다. 손 등이 축축하게 젖어왔다. 그리고 라디오도 틀지 않았는데 우렁우렁 목소리가 흘러나왔다. 그것은 생뚱맞게도 어릴 적부터 우리 자식들을 키우시며 타이르시던 어머니의 음성이었다.

"세상만사가 다 때가 있는 게야, 씨 뿌리고 거두는 농사일에다 절기가 있듯이 공부하는 것도 때가 있느니…."

"빨가벗고 왔다가 그래도 옷 입고 가는 것은 사람뿐이라네. 저 세상 가면 거기서 쓸 건 거기서 마련 안 되겠나?"

글줄이나 읽었다고 우리 형제는 어머니의 이런 말씀을 들을 적마다 만사유시론萬事有時論이니 공수왕생론空手往生論이니 하면서 경탄도 아니요, 비판도 아닌 느낌을 나누었는데 바로 이 말씀이 새벽 운전을 하며 어머니에게로 달려가는 내 귀청을 울리고 있었다. 눈물 젖은 얼굴에 피식 웃음이 돌았다. 그러자 어머니와 생사의 갈림길을 경험했던 40년 전의 한 장면이 떠올랐다.

6·25 전쟁으로 우리가 살던 도시가 인민군의 수중에 떨어진

뒤였다. 우리 모자는 집안 식구의 생계를 꾸리기 위해 시골로 행상을 다녔다. 우리가 다니는 지역에는 가끔 유엔군의 공습이 있었다. 우리의 행상은 옛날 박물 장사 노릇이나 같은 것이었다. 장에서 일용잡화를 사갖고 시골집으로 돌아다니며 돈이나 곡식을 받고 파는 일이었다. 가끔 인심 좋은 집에서 점심을 얻어먹기도 하였다. 그때도 8월 초순, 복중의 무더위 철이었다. 철로를 따라 걷던 어느 날 유엔군의 공습을 받게 되었다. 쌕쌕이라고 하는 제트기가 우리 일행을 향해 기총소사를 퍼붓는 것이었다. 우리는 눈 깜짝할 사이에 논둑 아래로 내려가 몸을 엎드려 숨었다. 그런데 그때마다 어머니는 반드시 내가 엎드린 위에 포개어 엎어지셨다.

처음엔 엉겁결에 그렇게 엎어지셨는가 보다고 생각했었으나 몇 번 같은 일이 반복되니까 그제서야 나는 어머니의 그런 행위가 만일의 경우에 당신은 다치거나 죽는 한이 있더라도 나만은 보호하여 살리려 하는 행동이었음을 깨달을 수 있었다.

어째서 지난 십 년간 나는 어린 시절 어머니의 이런 모습을 기억하지 못하였을까? 그리고 어머니를 모신다는 것을 왜 꼭 한 집안에 살면서 아침저녁 문안을 드려야 한다는 것으로만 생각했을까? 주무시는 듯 누워계신 어머니의 시신을 뵙는 순간 나는 그제서야 내가 진정으로 불손한 맏아들이었음을 통절하게 깨달았다. 그리고 그 순간 그때부터 내가 참으로 떳떳하게 가슴속에 어머니를 모실 수 있다는 사실도 함께 알 것 같았다.

(철학과 현실. 1992년 여름호)

어머니를 통하여

오늘 저는 이 자리에서 저의 부끄러운 과거를 고백함으로써 하느님의 사랑이 어떻게 우리들의 생활 속에 실존하고 있는가를 말씀드리고자 합니다.

저는 어릴 때, 저의 어머니가 이 세상에서 제일 예쁘고 아름다운 분이라고 생각했습니다. 아마 누구나 다 그런 생각을 하면서 성장할 것이지만 저의 경우는 특별히 더 심하지 않았나 그렇게 생각됩니다. 저의 어머니는 특별히 음식 솜씨가 뛰어났습니다. 바느질도 특출나게 잘하셨습니다. 어머니의 바느질 솜씨가 아니었다면 저는 학교를 다니지 못했을 것입니다. 제 나이 아홉 살 때 아버지가 돌아가셨는데 그 후로 어머니는 저희들 어린 삼 남매를 삯바느질로 키우셨습니다. 마음씨가 고우면서도 의지가 굳센 것은 어떤 것이라는 것을 저의 어머님은 평생의 생활로 보여주셨습니다. 그래서 한참 나이 들어 어른이 되어서까지 '나의 어머니처럼 좋은 어머니를 어머니로 두지 않은 다른 친구들은 가엾어서 어떻게 하나?' 이런 어리석은 생각을 하였었습니다. 저는 이렇게 어머니를 좋아했고 존경했고 사랑했습니다.

이런 저의 어머니가 재작년 여름, 여든두 살의 나이로 돌아가셨습니다. 제가 맏아들이기 때문에 당연히 제가 모시고 있었어야 했습니다만 돌아가시기까지 마지막 10년간은 어머니는 저의 집에서 사신 것이 아니라 저의 아우의 집에서 사시다가 돌아가신 것입니다. 저는 그 10년 동안 어머니를 저의 집에 모시기 위하여 무진 애를 썼습니다. 저나 제 아내가 어머니께 잘못한 것도 없었고 또 저의 집에서 어머니가 불편했던 점도 없었습니다. 그런데 어머니는 항상 사소한 핑계를 대시면서 저의 집으로 다시 돌아오는 것을 미루셨습니다. 그러다가 결국은 재작년에 제가 해외여행에서 돌아온 지 일주일 만에 돌아가신 것입니다. 밤 12시까지 텔레비전의 연속 드라마를 식구들과 함께 보셨고 식구들을 내보낸 뒤에 혼자 잠이 드셨답니다. 그런데 새벽 5시에 저의 계수가 어머님 주무시는 방으로 들어가 보니 주무시는 듯 운명하셨더라는 것입니다. 그날 새벽 5시 반경 저는 골목길을 빠져나오다가 자동차 옆구리를 두 군데나 찌그러뜨리며 허둥지둥 어머니께로 달려갔습니다. 노환 중이셨으므로 임종의 때가 가까웠다고 짐작은 하고 있었습니다만 그래도 그렇게 일찍 돌아가시리라고는 생각하지 않았었습니다.

너무도 당황하여 정신을 차릴 수가 없었습니다. 끝내 고집을 피우시고 동생 집에 버티고 계셨던 것이 야속하고 원망스러웠고, 또 맏아들의 체면을 손상시켰다는 사실이 불쾌하기도 한 터에, 한편으로는 제가 임종을 지켜드리지 못했다는 것이 죄책감으로 겹쳐서 그 감정은 어찌나 복잡한지 형언할 수가 없었습니다.

그럭저럭 장례를 치렀습니다. 삼우제 날이 되어 온 가족이 어머님의 산소를 다시 찾았습니다. 장례식 날의 어수선하던 분위기와는 달리 산소 주위도 깨끗하게 정돈되었고 모인 사람도 순전히 가족들뿐이라 우리들은 돌아가신 어머님의 생애를 돌아보며 이야기를 나누게 되었습니다. 그때 저의 머릿속에 번갯불처럼 떠오르는 깨달음이 있었습니다. 왜 어머니가 아우의 집에서 돌아가실 때까지 10년이나 버티고 계셨는가 하는 이유가 무엇인지를 알 것 같다는 깨달음이었습니다.

아우는 1979년 말에 철학박사 학위중 하나를 얻어 가지고 미국 유학에서 돌아왔습니다. 아내와 아들 하나, 딸 하나 그렇게 네 식구의 가장이었지만 그가 10여 년의 유학생활을 마치고 저의 집으로 들어올 때 가지고 온 것은 정말로 박사학위 중 하나뿐이었습니다. 결혼할 때 마련했던 패물까지 다 팔아도 단돈 천만 원을 만들 수가 없었습니다. 여기저기서 돈을 끌어모아 이천만 원짜리 전세방을 마련하여 동생네는 두어 달 만에 저의 집에서 분가를 하였습니다. 그때부터 어머니는 저의 집을 떠나 아우의 집에 계시는 시간이 많아졌습니다. 처음에는 며칠 동안 집을 보살펴 주신다는 이유를 내세우셨습니다. 아직 자리가 잡히지 않은 터에 마침 계수가 회사에 취직을 해서 출근하게 되었는데, 어린 조카들은, 큰딸 아이가 초등학교 2학년이었고, 그 밑에 놈은 여섯 살밖에 안 된 개구쟁이였으므로 어린 손자들을 보살피며 집을 돌보아 주어야 한다는 것이 동생 집에 머무시게 된 최초의 이유였습니다.

어머니는 생활기반이 닦이지 않은 아우 네를 위하여 마지막 봉사를 해야겠다고 결심하셨던 것입니다. 그래서 어머니는 실로 교묘한 방법으로 당신의 거처를 막내아들 집으로 옮기셔서 그네들의 생활기반이 잡히도록 도우신 것입니다. 분명히 어머니는 저의 집에 계실 때보다 불편하고 힘들어하셨습니다. 이미 칠순의 노인이신데 시간 맞추어 연탄불을 갈아 넣으시고 언덕바지 꼭대기에서 아랫동네로 장을 보러 다니시기도 했습니다. 그러나 저는 맏아들의 체면과 권위만 생각하고 어머님이 저의 집에 오셔서 편히 지내시지 않는 것만 불만으로 여겼던 것입니다. 물론 처음에는 그 불만이 기세 당당한 것이었습니다. 동생 내외는 저를 보면 항상 미안해하였고 어머니도 조금만 더 있다가 가겠노라고 양해를 구하는 태도를 보이셨습니다. 그래서 저는 항상 그들 앞에서 힐책하는 태도로 거드름을 피웠습니다. 어머니가 큰아들 집에 계시지 않는 것은 큰아들인 저 자신에게는 아무런 책임도 잘못도 없는 것임을 강조하였습니다. 표면적으로는 사실이 그러했습니다. 그러나 어머님이 돌아가시기 전, 일 년 남짓한 동안은 노환으로 누워계셨기 때문에 왜 큰아들 집에서 돌아가실 생각을 안 하느냐고 겉으로는 큰소리를 했습니다만 마음속 한쪽 구석에는 병환 간호에 대한 두려움과 귀찮음이 없지 않았습니다. 참으로 그때만은 교활한 위선이었다고 고백하지 않을 수 없습니다. 그때마다 어머니는 '이렇게 자주 찾아오면 되지 않느냐?' 고 웃으며 말씀하셨습니다.

어머니는 많지 않은 자식들이었으나 항상 어려운 자식 편에서 그 자식을 돌보기 위해 사시고자 애쓰신 것입니다. 어머님의 산소에서 이렇게 어머님에 대한 좀 더 깊은 이해에 도달하자 저는 그만 참을 수가 없어서 산을 내려오기 직전에 울음을 터뜨리고야 말았습니다. 체면 불구하고 소리 내어 통곡을 하였습니다. 30대 후반에 과부가 되시어 어린 삼 남매를 기르시느라 온갖 고초를 겪으신 일들이 주마등처럼 펼쳐지자 저의 울음은 그칠 줄을 몰랐습니다. 그런 일이 있은 후, 가끔 저의 집 딸아이들은 놀리듯 저에게 이렇게 말합니다.

"아버지, 그때 남자 어른도 저렇게 흐느끼며 통곡할 수가 있구나! 그런 생각을 했어요. 사나이가 태어나서 세 번 운다는데 정말 그 말이 맞는가 봐요."라고요.(갓 태어나서, 아버지가 돌아갔을 때, 어머니 돌아갔을 때.)

그 후로부터 저는 이 세상의 "어머니"가 곧 하느님 모델의 인간적 구현이라는 것을 믿어 의심치 않습니다. 그것은 삼우제 날 그 통곡의 시간에 일어났던 또 하나의 사건 때문입니다. 그 삼우제 날 저녁나절입니다. 집으로 돌아왔더니 집을 지키고 있던 아주머니가 "혹시 오후 2시경에 산에서 무슨 일이 있었습니까?" 하고 묻는 것이었습니다. 그 시간이 바로 제가 어머님 무덤 앞에서 흐느껴 울던 때였습니다. 그 아주머니는 참으로 이상한 일이라고 하면서 말문을 열었습니다.

"오후 2시경이었어요. 어디선가 푸드덕 소리가 나기에 소리 나는 곳을 보았더니 창문을 모두 닫아 놓아서 들어 올 곳이 없는데 어디선가 참새보다 조금 큰 하얀 새 한 마리가 거실로 들어온 것이었어요. 부리가 발그스름하고 털이 새하얀 그런 새는 생전에도 본 적이 없는 것이었어요. 몇 번을 거실 위로 올라가 책장 위에도 앉고, 식탁에도 앉았어요. 너무도 신기하고 놀라워서 잡아 놓을까 하다가 마침 전화가 와서 전화를 받고 나서 보니까 창문 밖으로 나길 수도 없는데, 그 새가 감쪽같이 사라져 버렸더라고요."

그래서 우리 식구들은 "할머니가 마지막으로 다녀가신 거야." 하면서 그 신비한 현상을 해석하려 하였습니다. 나도 그렇게 믿고 싶습니다.

세상을 살아가는 동안에 이렇게 신비스런 경험을 갖는다는 것은 정말 하느님의 은총이 아닐 수 없습니다. 실로 이상한 일이기는 하지만 저는 그 현상이 저의 통곡에 대한 돌아가신 어머님의 응답이요, 위로이며, 어쩌면 하느님의 축복인지도 모르겠다고 믿고 싶습니다.

그 후로부터 저의 신앙생활에는 '어머니의 생애'를 점검하고 묵상하는 것이 중요한 부분이 되었습니다. 이 세상에 이름 없는 평범한 모든 어머니들이 이렇게 충실하게 하느님의 모델이 되어 어려운 사람, 약한 사람, 부족한 사람, 못난 사람 편에 서서 살아가시는구나 하는 깨달음 때문입니다

(가톨릭·꾸르실료 전국협의회 평신도담화. 1992년)

아내의 삽 한 자루

'아빠! 아빠는 엄마의 어떤 점을 좋아하세요?'

올해로 열다섯 살이 된 막내딸이 어느 날 아침 세수를 하다 말고 내게 불쑥 물었다. 내가 교환교수로 미국에 올 때 따라왔는데 둘이서만 외롭게 반년 넘어 지내고 보니 요즘은 엄마 생각이 간절해지는 모양이다.

'그건 왜 갑자기…'

나는 엉겁결에 이렇게 되물었다.

'글쎄… 겉보기엔 그처럼 성격이 다른 두 분이 스물다섯 해나 함께 살아오셨다는 것이…?'

딸아이는 말끝을 맺지 않고 배시시 웃기만 했다. 아버지에게 부부생활의 비밀까지 캐물을 만큼 막내가 성장한 것이 한없이 대견스러웠다.

'응, 아빤 말이지, 엄마의 건망증을 좋아하거든. 엄마가 꼼꼼

하고 기억력이 좋아 보아라, 아빠같이 엉성한 실수꾼이 엄마의 날카로운 비판에 꼼짝이나 하겠니?'

나는 일단 이렇게 말문을 열었다. 그러나 아내가 건망증이 있다는 것은 사실 새빨간 거짓말이다. 내가 말하는 아내의 건망증이란 물건 챙기지 않기 정도의 부주의에 지나지 않는 것이었다. 그런데 그 부주의가 나에게 선물한 축복의 일화가 있다. 나는 그 이야기를 해 주고 싶었던 것이다.

"엄마가 시골학교 선생을 그만두고 서울로 이사 오던 날이었다. 아빠는 서울역에서 엄마를 맞이하기로 되었었지, 그때 엄마는 짐을 미리 다 부친 후 출근복 몇 벌과 라디오를 싼 보따리 하나만 들고 오기로 했대요. 막 시골집을 나서려는데 마당 구석에 세워둔 삽 한 자루가 눈에 뜨이더라지. 내가 시골집에 내려갈 때마다 텃밭에서 일하던 거야. 생각해 봐라, 젊은 여선생이 옷 보따리 하나와 삽 한 자루를 들고 기차를 탄 거예요. 그런데 아빠가 서울역에서 엄마를 마중했을 때 엄마는 '당신이 애용하던 삽이 이삿짐에서 빠졌길래 들고 왔어요.' 이렇게 말하면서 그 삽을 내게 건네주지 않겠니? 그러더니 엄마는 '어머, 내 옷 가방!' 하면서 얼굴빛이 노래지는 거야. 다시 기차에 찾아가 보았지만 옷 보따리는 거기 없었어. 그 후로 나는 엄마를 더 좋아했다."

'왜? 오히려 화를 냈을 것 같은데?'

나는 그날 딸아이에게 그다음 말을 계속하지 않았다.

그날 아침, 책가방을 들고 골목을 돌아가는 딸아이에게 손을 흔들며 나는 혼자 중얼거렸다.

'아가야, 많이 자랐구나! 그렇지만 부부 사이의 오묘한 비밀은 그 부부 이외엔 아무도 모르는 것이란다. 그리고 또 자기의 외출복보다 남편이 다루던 하찮은 삽 한 자루에 더 마음을 쏟는 아내의 갸륵한 마음을 어떻게 섣불리 입에 담을 수가 있겠니?'

삽을 들고 상경한 아내를 생각하며 향수 어린 마음으로 이 글을 쓴다.

(淑大同窓會報. 1986년 6월)

반지를 낀 사연

또 선거철이 다가왔다. 상대방 후보의 약점을 폭로하는 인신 공격의 난무장이 될지, 아니면 유사 이래 깨끗한 선거풍토가 자리 잡힐지 가슴 조이는 나날이다.

마침 어느 정당의 지도급 인사가 저질 상호 비방 홍보물의 배포를 중지하라고 요구했다는 것이 신문에 보도되었다.

상호 비방이 선거 쟁점으로 논의된 사실만으로도 선거문화가 제자리를 찾아가는 것이라고 마음의 위안을 삼아야 할 것인지 모르겠다.

남을 욕하는 것은 어찌 보면 참으로 신나는 일이다. 한바탕 욕지거리를 해대면 속이 후련해지기 때문이다. 이른바 카타르시스가 된다. 그러나 차분히 생각해 보자. 정말로 속이 후련한가. 그렇지 않을 것이다. 마음 한구석에 무언가 찜찜한 앙금이 자신을 괴롭힐 것이다. 그럼에도 불구하고 우리는 누군가를 헐뜯고 홍보지 않고는 못 배긴다.

이런 때에, 우리는 기독교 신자가 아니라도 잠시 다음과 같은 성경 구절을 읽어볼 필요가 있을 것이다.

"남을 판단하지 말아라. 그러면 너희도 판단 받지 않을 것이다. 남을 판단하는 대로 너희도 하느님의 심판을 받을 것이고, 남을 저울질하는 대로 너희도 저울질을 당할 것이다. 어찌하여 너는 형제의 눈 속에 있는 티는 보면서 제 눈 속에 있는 들보는 깨닫지 못하느냐. (마테오 7:1~3)"

그러나 이런 글을 쓰고 있는 나는 남을 비방하고 흉본 적이 없었는가? 천만의 말씀이다. 남의 사정을 헤아리지 않고 흉보는 데 앞장섰던 내 과거를 반성하면서 여기 글 한 편을 쓰니 이름하여 "반지를 낀 사연"이다.

"반지를 끼고 다니는 남자는 어떤 부류의 사람일까요?"

언젠가 어떤 학생한테서 받은 질문이다. 그때 그 학생의 말은 도대체 남자가 무슨 치장을 못해서 손가락에 반지 따위나 끼고 다니느냐는 힐난과 야유가 섞인 질문이었던 것으로 생각된다.

"글쎄, 여자들처럼 찬란한 색깔의 비싼 보석 반지가 아니라면 그럴 만한 사유가 있겠지. 사관학교를 졸업한 장교들이 자기네들의 동질성을 확인하는 수단으로 반지를 낀 경우, 가톨릭의 주교님들처럼 신앙과 권위의 상징으로 주교 반지를 낀 경우 같은 것이 있지 않던가?"

이렇게 대답은 했지만, 내 마음 깊은 구석에도 남자가 반지를 끼고 있는 것은 어딘가 어울리지 않는다는 이상한 선입관이 깔려 있었던 것도 사실이었다. 그만큼 반지에 대한 나의 인식은, 반지가 남지와는 어울리지 않는다는 것이었다.

나는 두어 해 전에, 발그스름한 색조의 루비가 가운데 박혔고 그 루비 밑으로는 은은하게 십자가가 새겨져 있어서 얼핏 보면 주교님 반지와 비슷한 인상을 주는 반지를 선물로 받은 적이 있었다. 어떤 봉사 단체에서 몇 년간 임원으로 일을 했는데 그 단체의 회장이었던 분이 함께 그 직분을 끝마치면서 같이 일한 정표로 선물한 것이었다.

나는 이 반지를 책상 서랍 속에 몇 년째 간직하고는 있으나 그것을 끼고 다닐 생각을 해본 적이 없다. 반지에 대한 나의 선입견은 그 두툼한 루비 반지를 내 손가락에 붙일 엄두가 나지 않았기 때문이다.

그런데 나는 금년 초부터 가느다란 백금 반지 하나를 왼쪽 손 약지 손가락에 끼고 다닌다.

원래는 꽃무늬 세 개가 양각으로 새겨져 있었으나 그것이 닳아 없어진 지 오래되어 얼핏 보면 아무 모양도 없는 밋밋한 실반지 같은 것이다.

이 반지는 지금부터 35년 전 여름에 내가 아내에게 약혼 겸 결혼선물로 사준 것인데, 지난 35년간 내가 아내에게 선물한 유일한 물건이기도 하다. 몸치장이라든가 멋 부리는 일 따위에는 전혀 관심이 없이 살아온 아내가 그나마 여성다움을 표상하는 상징

물이 있다면 아마 이 반지가 아니었나 싶다.

그런데 그 반지를 지금은 내가 끼고 있는 것이다.

1961년 5월에 이른바 5·16군사 혁명이 일어났고, 나는 병역 미필의 상태였기 때문에 다니던 직장에서 떨려나는 처지가 되었다. 입대를 결심한 것과 결혼을 하자고 아내에게 청혼한 것은 동시에 이루어진 일이었다.

아내는 나의 그 무모한 결정을 순순히 받아들였다. 그래서 종로 화신 옆에 있던 금은방에서, 그때 내가 살 수 있는 최대한도의 금액(아마 한 달치 월급이었던 것으로 기억된다)으로 그 은실 같은 백금 반지 하나를 약혼 선물로 건네주었다. 그해 7월 26일에 아내가 근무하는 시골, 자그마한 성당에서 혼배 미사를 올릴 때에 그 반지가 다시 결혼 예물로 활용되었음은 두말할 필요도 없다.

그로부터 정확히 닷새 후, 나는 논산훈련소에서 군사훈련을 받는 육군 졸병이 되었고, 아내는 그 백금 반지를 어루만지며 고단한 시집살이를 꾸려갔다. 이렇게 아내와 인연을 맺은 그 백금 반지는 그때부터 지난달, 내 손가락으로 옮겨오기까지 35년간 한순간도 아내의 몸을 떠난 적이 없었다.

아내는 보기 드물게 건강한 여인이다. 어디가 아프다 싶으면 그 즉시 치유가 된다는 것을 느낄 정도로 쾌유가 빠른 사람이다. 그런 아내가 몇 해 전부터 관절염 비슷한 증세를 보이면서 아픔을 호소하기 시작하였다.

"육십 년 가까이 써먹은 기계니까 좀 고장 날 때도 됐겠지요."

아내는 이렇게 웃으면서 대수롭지 않은 것처럼 말하지만 손등 위로 퍼렇게 붉어진 핏줄은 손가락 마디만 아픈 것이 아님을 짐작할 수 있었다.

그러더니 한 달 전 어느 날, 아내는 그 반지를 뽑아 나에게 건네며 말하는 것이었다.

"여보, 이젠 이 반지도 부담스러워요. 당신이 좀 끼어 보실래요?"

손가락 관절이 얼마나 아프면 반지까지 뽑고 싶었을까? 나는 아내에게 무어라고 위로의 말을 해야 할지 몰랐다. 남자의 손치고는 작은 편에 속하는 손과 손가락의 소유자임을 다행으로 여기면서 말없이 그 반지를 받아 왼쪽 손 약지에 끼는 일 이외에 내가 할 수 있는 일은 아무것도 없었다.

요즈음 아내는 뜸도 뜨고 침도 맞는다. 아직 차도를 짐작하기에는 이른 시간이다.

이러한 사정으로 나는 백금 반지를 끼고 다닌다. 그리고 우리의 결혼생활 35년의 애환을 간직하고 있는 이 닳아빠진 실 백금 반지가 하루빨리 아내의 손가락에 옮겨지기를 빌면서 생각해 본다. 언젠가 어느 학생이 던졌던 질문을.

"반지를 끼고 다니는 남자는 어떤 부류의 사람일까요?"

(한국인. 1996년 4월호)

5. 사랑과 사귐

부모의 마음은 '청기와장이'
겸허를 배우겠습니다.
약속 취소와 수강 취소
쑥스럽게 편지질은…
"여자대학의 촌티 나는 교수"를 읽고
신앙과 민속이 만나는 자리
강서방과 그의 손자
나는 속는 사람이 되겠습니다
곽 형의 문집을 만들고 나서

부모의 마음은 '청기와장이'

이 세상에 마음대로 되지 않는 것 세 가지가 있으니 첫째는 명리名利요, 둘째는 신명身命이며, 셋째는 자손子孫이라고 한다.

첫째, 누구나 남들이 우러러보는 지위에 있으면서 넉넉한 재물로 호사를 누리고 싶어 하지만, 그것은 아무나 범접하지 못하는 별천지別天地에 있다. 부귀공명이 사람 손으로 만들어지는 것이 아니기 때문이다. 헛되이 명리를 좇다가 나라 밖으로 쫓겨난 저쪽 나라의 팔레비라는 임금님, 마르코스라는 대통령, 그리고 심산유곡에 은둔 유폐되었던 모씨의 경우는, 모두 명리가 주먹 안에 있는 것으로 착각했던 좋은 예들이다.

둘째, 옛날부터 무병장수無病長壽를 꿈꾸지 않은 사람이 어디 있을 것인가. 그러나 동방삭의 삼천 년은 책 속에만 있는 환상이며, 진시황의 불사약은 신선을 꿈꾸는 이들의 이야깃거리가 되었을 뿐이다. 그래서 풍광이 수려한 명산·명당자리에 위의를 갖추고 묻혀 있는 제왕의 무덤이나 이름 없는 골짜기에 봉분도 잊혀진 채 풀뿌리와 한 몸이 된 민초民草의 시신들은, 인간의 몸과 수명이 단지 한 줌 흙값에 지나지 않음을 알려준다. 이 신명身命이야말로 사람들이 꿈결처럼 소유했다가 놓쳐 버리는 초천지超天地의 소관사所管事다.

셋째, 이것은 이설이 분분한데, 어떤 골프광은 핸디의 숫자를 줄이고 일 년에 한 번쯤 홀인원(hole in one)을 하는 것이라고도 하고, 또 어떤 호사가는 눈을 찡긋거리며 미국의 어느 여배우처럼 평생에 예닐곱 번쯤 결혼을 하는 것이라고도 한다. 그러나 이런 이설은 어디까지나 근엄한 자리에 유머 감각을 살리는 우스갯소리에 지나지 않는다.

이 세 번째의 마음대로 안 되는 것은 진정으로 자식들이다. 그것은 별천지의 소관사도, 초천지의 소관사도 아니요, 바로 우리 각자의 손아귀 안에 있는 소관사인데, 그것이 그렇게 쉽지가 않다.

우리나라의 어느 재벌이 자기는 지금껏 계획하고 추진하여 안 된 사업이 없는데, 자기 자식 중 단 한 명도 ㅅ자 돌림의 알류대학에 입학시키지 못한 것이 한恨이라는 얘기는 한국 사람이라면 모두 아는 일화다. 자식 잘되기를 바라는 것은 만고에 변치 않는 부모의 소망이건만 그 자식들이 진실로 기묘하게 돌아간다.

이 자식 문제에 이르러 우리는 교육이 어떻게 이루어져야 하는가를 새삼스럽게 생각하게 된다. 이것이야말로 분명 우리가 다룰 수 있는 이 세상의 소관사이기 때문이다.

가르침의 불가항력적 특성을 강조하는 사람들은 요堯임금, 순舜임금의 아들을 예로 든다. 요임금의 아들 단주丹朱와 순임금의 아들 상균商均은 패악한 인물의 대명사로 역사상에 그 이름을 길이 남기고 있다. 그러나 나는 단주와 상균이 그렇게 나쁘고 못난 자식은 아니었다고 생각해 본다.

요즈음 우리가 웃기는 말로 이런 표현을 즐긴다.

「목사의 자식에 깡패 아닌 놈 없고, 선생의 자식에 재수생 아닌 놈 없다.」

이 극단적인 대조의 신화적 모델이 바로 단주와 상균일 것 같다.

우리는 가끔 완성품과 미완성품을 동일한 차원에 놓고 평가하는 잘못을 범한다. 요임금과 단주는 언제나 같은 척도, 같은 잣대로 측정되었던 것이다. 그것을 단주가 어떻게 감당할 수 있었겠는가. 그래서 단주도 상균도 어쩔 수 없이 샛길로 빠져 버렸던 것은 아닐까 하고 나는 생각해 본다.

이름난 아버지 밑의 아들보다는 그 손자가 빛을 보는 경우도 같은 관점에서 해석이 가능하다. 아버지는 아들이 모든 면에서 자기와 같기를 바란다. 그러나 아들은 아버지의 마음에 미치지 못한다. 그래서 늘 구박을 받는다. 이것이 버릇이 되고 굳어져서 아들은 용렬한 인물로 낙인찍힌다. 그러나 손자에 오면 사정이 달라진다. 평가할 때마다 프리미엄을 붙여 준다. 그러니까 항상 기대치 이상의 점수를 받는다.

그래서 공자님에게는 어떤 아들이 있었는지 그 이름이 알려지지 않았으나, 손자에는 자사子思라 하는 영특한 인물이 나타나게 되었는지 알 수 없는 일이다. 그래서 영조英祖대왕에게는 문젯거리의 사도세자가 비운의 죽음을 맞이할 수밖에 없었고, 손자인 정조正祖대왕이 할아버지의 뒤를 이어 18세기 후반기 실학시대라고 하는, 조선조 후기의 찬란한 르네상스를 가능하게 했던 것은 아니었을까?

내가 요순이나 공자님과 같은 성현聖賢의 반열에 들지 않았다는 것은 천만 다행스런 일이다. 만일 내가 요순 공맹에 버금가는 인물이었다면, 나의 자식들은 별수 없이 단주나 상균과 같은 못된 놈들로 전락할 가능성이 컸을 것이기 때문이다. 그렇다고 나에게 전혀 문제가 없었던 것은 아니었다.

나에게는 십 년에 걸쳐 규칙적인 터울로 태어난 네 명의 딸이 있다. 일찍 장가들어 나이 삼십에 벌써 세 딸의 아비가 되었고 서른이 넘어 다시 딸 하나를 더 얻었다. 엉겁결에 아비가 된 나는 마치 선무당 사람 잡듯, 딸아이들의 교육에 임하였다. 그래서 첫째 아이는 다섯 살에 한글을 완전히 깨우쳤고, 여섯 살에는 구구법을 술술 외우는 신동이 되어 있었다.

딸아이들의 지능이 다행히 보통보다는 윗길에 들었기에 망정이지 그들이 조금이라도 모자라는 편에 드는 아이들이었다면, 아마 나는 비속상해죄卑屬傷害罪로 신문 지상에 내 이름을 찍게 하였을지도 모른다.

나는 아이들이 조금만 잘못하면 몽둥이를 들었기 때문이다. 성미가 급하게 발동할 때에는 손찌검도 심심치 않게 감행하였다.

그러다가 언제부터인가 아이들의 재능과 품성이 결코 내가 매질하는 것과 비례적인 상관관계에 놓여 있지 않다는 사실을 깨닫게 되었다. 나는 매질을 중단할 수밖에 없었다. 그리고 그 매질 대신 '비료 주기'가 시작되었다.

'비료 주기'라는 것은 내가 딸아이들의 엉덩이를 툭툭 두들기면서 귀여워하는 행위를 가리키는데, 키들이 비교적 작은 편에 드는 아이들에게 "비료를 주어야 키가 크지" 하면서 엉덩이를 두들겨 주었기 때문에 아이들이 붙인 이름이다. 그래서 우리 집 아이들은 나이가 많을수록 아비의 매를 많이 맞았고, 나이가 적을수록 비료 주기를 많이 받았다.

이렇게 정반대되는 교육정책에 따라, 우리 집 네 딸이 성장하였으니 그들의 학교 성적이나 성품들이 각기 달라야 할 터인데, 이상하게도 그놈들은 모든 것이 비슷비슷하다.

그렇다면 몽둥이보다 비료 주기가 얼마나 아름답고 편한 것인가, 허나 내가 그 비법을 터득하고 행동으로 옮기기까지는 적어도 십 년은 더 걸렸던 것으로 생각된다.

비료 주기의 효능이 몽둥이보다 낫다는 사실을 깨달은 이래, 나는 큰딸에게 점점 미안한 마음이 커지는 것이었다. 그러나 큰 딸아이는 늘 이렇게 아비를 위로한다.

"아버지, 제가 몽둥이 없이 비료만 받았어 봐요. 문제 소녀가 되어 아버지를 혼내 드렸을지 누가 알아요?"

그리고 보면 우리 조상들은 대단히 고단수의 교육 비결을 지니고 있지 않았나 생각된다. 그것은 무엇보다도 비양이육非養而育이요, 무훈이교無訓而敎라고나 할까. 기르지 않는 듯 기르고 가르치지 않는 듯 가르치는, 실로 무위자연의 교육정책이다.

우리가 어린 시절에 대개 다 경험한 바거니와 우리의 부모님들은 대체로 말씀이 없으시고 무뚝뚝하셨다. 잘못을 보고도 못 본 듯하셨고, 잘한 일이 있어도 크게 내색하지 않으셨다. 일에 임하여서는 '청기와장이'의 수법을 쓰셨다.

무엇이 청기와장이의 수법인가? 고려청자의 비색翡色을 만드는 묘방妙方이 한때 단절되었듯이 단단하고 색깔 곱기로 이름난 청기와도 어떻게 구워내는 것인지 그 비법이 역시 한동안 전수傳授되지 않고 끊어졌었다 한다. 그러면 자식에게까지도 제조법을 비밀에 부친 그 아비는 과연 어떤 심성의 소유자였다는 말인가?

나는 그 청기와장이가 이 세상의 어느 아비보다도 자식을 사랑하고 믿었던 분이라고 생각한다. 그리고 또한 위대한 스승이었다고 생각한다. 몇십 년 아비의 밑에서 기와 굽는 조수 노릇을 했을 아들이 아비의 청기와 제조 기술을 익히지 못했다면 어찌 그 아비에 그 아들이라 하랴. '나는 내 아들을 믿고 또 믿는다.' 그래서 아비는 자식에게 새삼스럽고 잔망스럽게 기와 제조법을 입에 담아 설명할 필요가 없었던 것이다.

오히려 말없이 죽음으로써 더 좋은 청기와를 개발해 내라는 아비로서의 염원을 나타내려 하였다고 볼 수 없는 것인가?

그리하여 우리의 부모님들은 우리를 너무도 크게 신뢰하는 나머지, 언제나 우리 자식들 앞에서는 무덤덤하실 수가 있었던 것이다.

이제 우리도 우리 부모님의 백 분의 일쯤은 흉내를 내어야겠다. 설혹 아이들이 잘못하는 일이 있더라도 골방에 숨어 자책의 기도를 드릴지언정 아이들 앞에서는 빙긋이 웃으며 눈빛으로 마음을 전할 일이다.

(文學思想. 1989년 3월호)

겸허를 배우겠습니다

훈장이라는 직업 때문에 시험 감독을 자주해야 하는 나는 그 지루하고 따분하기 마련인 시험감독 시간을 비교적 진지하게 보내는 비결을 갖고 있다.

비결이라기보다는 하나의 습관이라고 해야 적합한 표현일지 모른다. 시험지를 나누어 받은 학생들이 답안지를 작성하느라고 골몰해지기 시작하는 십여 분 뒤에 될수록 차분한 심경으로 그 답안지 위를 스치는 볼펜 소리, 혹은 연필 소리에 귀를 기울인다. 나무판 책상 위에서 연필이나 볼펜이 종이와 마찰하면서 만들어내는 사그락소리는 정적에 잠긴 교실에서 펼쳐지는 자그마한 지식의 교향악이다. 똑똑똑똑 처음 찾아뵙는 어른의 방문 앞에서 가만히 노크하는 듯한 소리도 있고 돌돌돌돌 인적 없는 산골의 시냇물이 흘러가는 소리도 들린다. 사각사각 백설이 덮인 들판을 호젓이 걸어가는 발소리가 있는가 하면 어느 시인의 표현처럼 사락사락, 달 밝은 가을밤, 먼데 여인의 옷 벗는 소리도 있는 듯싶다. 이처럼 조심스럽고 은밀한 소리들은 생각해보면 한 달 두 달 또는 한 학기 아니면 몇 년 동안 정성을 들인 공부를 진솔스레 그려내기 위한 숭엄한 고백이 아니던가?

그것은 또한 학생들의 운명을 판결하는 결단의 순간일 수도 있겠구나! 이러한 자각은 그 시험 시간을 감독하는 나로서 허술하게 보낼 수는 없겠다는 결론에 이르게 하였다. 그리하여 시험 감독 시간은 드디어 나에게는 내 특유의 인생철학 시간이 되었다. 나는 학생들의 연필 소리가 꾸미는 교향악을 들으며 나의 지나온 생활을 반성한다. 학기말 시험 때에는 지나간 학기를 돌이켜보고 학년 말 시험 때에는 그 한 해를 회고해 본다. 그러나 이 원칙은 가끔 무너져 버리고 먼 과거의 추억에 잠기는 일도 있다.

얼굴이 화끈하게 달아오르도록 부끄러운 추억이 있는가 하면 빙그레 웃음을 머금게 하는 달콤한 회상이 없지도 않다. 그러나 문제가 되는 것은 늘 부끄러웠던 사건을 되살릴 때이다. 엊그제 있었던 학년말 시험감독 때에는 나의 회상 중에 문득 내 생애 첫 번째의 도둑질이 등장하였다.

그 해는 8·15해방이 된 다음 해였는데 나는 초등학교 삼 학년이었다. 내가 부러운 것은 잠자리가 그려진 일본제 '돔보' 연필을 쓰는 아이였다. 그때의 국산 연필은 깎으면 부러지고 깎으면 부러지곤 하는 나쁜 품질의 것이었다. 요행히 잘 깎아 연필심을 뾰족하게 다듬어서 글씨를 쓰다가 보면 몇 자 안 써서 뭉뚝해지기가 일쑤였고, 가끔 모래알 같은 것이 연필심에 끼어 있어서 공책을 찢어먹는 수도 있었다. 요컨대 단단하고도 매끄럽게 쓰여지는 '돔보' 연필은 그 당시 내가 갖고 싶은 첫 번째 물건이었다. 그러던 어느 날 이웃에 살던 나의 이종 형이 10원만 주면 자기 학교에서 '돔보' 연필보다 더 좋은 연필을 반 다스나 사다 주겠다고 하였다. 그래서 나는 몰래 어머니의 경대 서랍에서 돈 10원을 훔쳐서 이종 형에게 주었었다. 그 전날에도 연필 값을 어머니로부터 받았던 나는 도둑질 밖에는 돈을 만들 수가 없다고 생각했었다. 그 며칠 뒤 이모님 댁에 가셨던 어머니가 형으로부터 연필 6자루를 받아오심으로써 나의 도둑질은 백일하에 폭로가 되었다. 종아리에 퍼런 용트림이 새겨지도록 매를 맞은 나는 그때에 정직한 삶이 무엇인지를 뼈저리게 배웠던 것으로 기억된다. 그 뒤에 내가 또 도둑질을 안 하였는지에 대하여는 자신이 없다. 가령 군대 생활 졸병 시절에 내 물건을 잃어버렸기 때문에 부득이 남의 것을 슬쩍 가져다 놓고 이른바 관물검사를 받은 적이 여러 번 되니까 말이다.

그러나 보다 정직하게 말하자면 벌써 삼십 년이 넘는 옛날 사건이 왜 그 시험감독 시간에 회상되었느냐 하는 이유이다. 그것은 지난 한 해 동안 나의 생활이 경망스럽고 교만하였던 때문이다. 나는 어떤 이를 경멸한 적이 있었고, 그리고 그 값으로 도리어 남들로부터 경멸을 받아야만 하는 사건이 생기고 말았다.

그러나 그러한 불명예 속에서 나는 지금 그 수모의 사건을 구체적으로 쓸 수 없는 것이 한없이 서글프다. 그렇지만 그 수모는 하느님이 나에게 주시는 교훈이라고 생각한다. 하느님은 나에세 인생을 좀 더 겸허하게 실라고 하는 사랑의 표현으로 나를 부끄러움 속에 밀어 넣으신 것일지도 모른다.

우리들 심령의 주인이신 하느님은 항상 우리의 귀에다 진실스런 사랑의 말씀을 속삭이신다. 그 진리의 음향이 귓전에 맴돌고 있음에도 불구하고 거듭해서 잘못을 저지르는 그 나약한 의지는 또 무엇인가? 시험을 마치는 시간이 가까워오자 나는 당황하기 시작하였다. 답안지를 잘 쓴 학생들은 벌써 하나둘 교실을 빠져나가고 있었다. 그런데 나는 아직도 하느님 앞에 내놓은 내 인생의 답안지 위에 교만과 허욕을 그리고 있었다니! 가슴속에서 소용돌이치는 양심의 교향악은 내 얼굴을 점점 붉게 물들이는데, 나는 하느님께 드려야 할 고백의 첫마디를 꾸미려고 하는가? "하느님 새해부터는 더욱 열심히 겸허를 배우겠습니다. 교만과 허세의 찌꺼기를 버리겠습니다."

아! 올해에는 지각생처럼 고개를 숙이고 살아야겠다.

(가톨릭 시보. 1978년 1월 1일)

약속 취소와 수강 취소

지난겨울, 내 친구 ㅈ군이 마산포 건너의 대부도로 바닷바람이나 쏘이러 가자고 했을 때, 나는 세속의 이해타산과 번잡스러운 일거리를 잠시나마 잊을 수 있겠다는 생각에서 선뜻 날짜를 잡아 떠날 것을 약속했었다.

그러나 막상 떠날 날이 다가오자 나는 무슨 변덕이 생겼는지 하찮은 일거리를 핑계로 약속을 파기하고 말았다. 구질구질한 세상일일랑 훌훌 벗어던지고 한가로운 구름처럼, 아니 들머리의 두루미처럼 유유자적하고 싶은 마음 간절하건만, 왜 그랬을까?

사실, 처음에 ㅈ군과 바닷바람 쏘이기를 약속할 때에는 진정으로 세속적 이해를 벗어나 서해의 바람을 마음껏 마셔보리라 했었다. 그런데 약속한 날짜가 다가오자, 한운야학閑雲野鶴의 티를 내려는 내 행위가 이유 없이 괘씸하게 느껴졌고, 도대체 친구와의 사귐조차 번잡스럽다는 느낌이 드는 것이었다. 이렇게 배배 꼬인 마음으로 어떻게 세상을 아름답게 살 수 있을 것인가!

엊그제 아침에도 나는 입에 발린 기도를 하고 집을 나섰다.

"오늘 하루를 평화로이 이끌어 주시고 만나는 사람 모두에게 선한 마음으로 말하고 행동하게 하소서."

그러나 첫 시간 강의에 들어갔을 때부터 내 기도는 거짓말이 되어 버렸다. 55명이 정원인 학급인데 17명만 출석해 있는 것이었다. 퍼뜩 머리에 떠오르는 것이 있었다. 학기 초에 나는 한 과목이 끝나면 그다음 시간에는 그 과목의 내용을 한자漢字쓰기 중심으로 시험을 치겠다고 발표했었다. 그런데 그 시간이 마침 시험을 치게 된 시간이었던 것이다. 학생들은 내 강의 과목을 취소하고 편하고 쉽게 학점을 얻을 수 있는 다른 반으로 몰려간 것이었다. 나는 17명을 상대로 울분을 터뜨렸다.

"여러분은 우리나라에서 가장 두뇌가 우수한 서울대학교, 그중에서도 법과대학 학생들입니다. 구차스럽게 여러분의 어깨에 국가의 장래가 얹혀 있다는 말은 하지 않겠습니다. 법률 용어는 모두가 한자어로 되어 있으므로 한자에 대한 충분한 지식이 없으면 많은 어려움이 따릅니다. 그래서 나는 여러분에게 한자 익히기를 부탁했던 것입니다. 이제 여러분이 쉽게 학점 따기만을 고집한다면 진짜 실력은 언제 쌓겠다는 것입니까?"

나는 세상사에 얽매여 오십 년 사귄 옛 친구와 부담 없는 드라이브 약속을 비겁하게 파기하였고, 나의 학생들은 무조건 쉽고 편한 강의 과목만을 찾아 열심히 가르치겠다는 강의 과목을 취소하는 데 열을 올린다.

'그 선생에 그 학생이지 뭐.'

허탈한 심정으로 연구실에 돌아와 책상 위에 놓인 것들을 주섬주섬 치우노라니 종이쪽지 하나가 눈에 띄었다. 얼마 전 일본 오사카에서 적은 메모 쪽지였다. 풍신수길이 그의 말년에 세상을 등지면서 불렀다는 사세가辭世歌 한 수.

〈이슬처럼 떨어져서 이슬처럼 사라질 내 몸이여! 장안의 일들이란 꿈속에서도 또 꿈인 것을.〉

(「한전」 1993년 4월호)

쑥스럽게 편지질은…

　며칠 전, 초등학교 동창으로부터 편지 한 통을 받았다. 어떤 잡지 한구석에서 내 글을 읽고 40년 전 옛날이 그립다는 사연을 적은 것이었다. 나는 몸 둘 바를 찾을 수가 없었다. 부끄럽고 민망하였다. 가물가물 기억에도 희미한 그 친구의 얼굴을 떠올리며 친구 사이의 신의와 우정을 생각해 보았다.

　원가怨歌라 불리는 신라 노래 향가는 신의信義를 지키며 사는 것이 얼마나 힘들며 또한 아름다운 것인가를 일깨워 준다. 삼국유사에는 이렇게 적혀있다.

　〈효성왕孝成王이 아직 임금이 되기 전에, 어진 선비 신충信忠과 더불어 궁궐 뜨락 잣나무 아래에서 바둑을 두며 다정하게 지냈다. 어느 날 그는 신충에게 "뒷날에 내가 만약 그대를 잊는다면 저 잣나무가 증인이 되어줄 것이요"라고 말하니, 신충은 감동하여 일어나 절을 하였다. 그러나 몇 달 뒤, 그가 임금의 자리에 올라 공신들에게 상을 줄 때에 신충을 잊어버려 공신의 명단에 넣지 못하였다.

이에 신충이 슬픈 마음으로 노래를 지어 잣나무에 붙였더니 그 나무가 갑자기 말라버렸다. 임금이 이상하게 생각하여 사람을 시켜 조사하였더니 노래를 적은 종이쪽지를 바치는 것이었다. 임금이 크게 놀라 말하였다.

"정사가 복잡하여 훌륭한 신하를 잊을 뻔하였구나." 그리고는 신충을 불러 벼슬을 주니 그제야 잣나무가 소생하였다.

그 노래는 이러하다.

> 품질 좋은 잣나무의 잣 열매가
> 가을에 메말라도 떨어지지 않듯이
> 내 너를 잊지 않으리 하였건마는
> 우러러 뵙던 낯빛 바뀌어버린 겨울이여
> 달그림자 내리비친 연못 물가에
> 물결에 흘러 흘러 씻기는 모래일세
> 님의 모습이야 우러러 뵈옵건만
> 이 세상의 모든 것 잃어버린 내 신세여.

이 이야기는 신충이 다행스럽게도 출세하여 복을 누린 것처럼 보이지만 복을 받은 사람은 오히려 효성왕 쪽이었다. 역사에 전하기로는 효성왕이 죽은 후, 신충은 중이 되어 단속사斷俗寺라는 절을 짓고 죽을 때까지 효성왕의 명복을 빌었다 하니 말이다.〉

나는 다시 친구의 편지를 들여다본다. 이 각박한 세상에서 어린 시절을 회상하며 글을 쓸 수 있는 마음의 여유를 가진 이 친구는 얼마나 복된 세상을 살아가는 것일까? 바로 그때, 두보杜甫의 시 "미친 늙은이(狂夫)"가 생각난 것은 무슨 까닭일까?

> 만리교 서녘 작은 초가집 한 채
> 백화담 연못물이 바다처럼 커 보이네.
> 바람 머금은 대나무는 고요히 흔들리고
> 비에 젖은 붉은 연꽃 아련히 향기롭네
> 벼슬 높아 잘사는 옛 친구와는 소식이 끊어지고
> 항상 굶주린 어린 자식 몰골도 처량구나.
> 구렁에 박혀 죽으면 그뿐 걸릴 것이 없으니
> 미친놈이 늙어서 또 미친 걸 웃을 수밖에.
>
> (萬里橋西一草堂 만리교서일초당
> 白花潭水卽滄浪 백화담수즉창랑
> 風含翠篠娟娟靜 풍함취소연연정
> 雨裛紅蕖冉冉香 우읍홍거염염향
> 厚祿故人書斷絶 후록고인서단절
> 恒飢稚子色凄凉 항기치자색처량
> 欲塡溝壑唯疎放 욕전구학유소방
> 自笑狂夫老更狂 자소광부노갱광)

그렇다. "후록고인서단절厚祿故人書斷絶"이란 구절 때문이었다. 물론 나 자신을 "후록고인"이라고 생각하지는 않으나 행여 잡지 한구석에서 옛날 친구의 이름을 보고 그런 생각을 하였을 법도 하지 않은가. 나는 다시 곰곰 생각하였다.

아무리 죽마고우라 하여도 살아가는 길이 다르면 거리가 생기기 마련일 것이다. 더구나 한쪽은 벼슬길에 나아가 높은 지위를 누리게 되고, 다른 한쪽은 평범한 백성으로 가난하게 살아갈 경우, 그들이 늙어가면서도 어린 시절의 우정을 지속한다는 것은 기대하기 어려운 일이다. 흔히들 학창시절, 젊은 시절에는 목청을 돋우며 말한다. "보아라, 아무리 염량세태炎凉世態라 하여도 우리들만은 예외일 것이다."

그러나 삼청공원 산책길이나 파고다공원 뜨락에 옛날부터 친구였던 노인네들이 만난다고 하는 얘기를 나는 들은 일이 없다.

두보는 "미친 늙은이"를 지으며 후록고인을 그리워했을까? 아니면 원망했을까, 부러워했을까? 적어도 부러워하지는 않았을 것 같다. 다만 자신이 그러한 친구와 비교가 된다는 사실에 스스로 분노하고 괴로워한다. 그러나 나의 친구는 조금도 비뚤어진 감정 없이 옛날을 회상하고 있었다.

다시 나는 몇 년 전의 미국생활을 돌이켜 보았다. 다섯 해 전, 나는 교환교수로 일 년간을 미국에 머물렀다. 고등학교를 졸업한 뒤로는 한 번도 만난 적이 없는 옛날 동창들을 실로 30년이 지난 뒤에 만날 수 있었던 축복의 시절이었다.

미국으로 이민 온 지 스무 해가 가까운 그 친구들은 복덕방, 음식점, 세탁소, 회사, 목장 등 다양한 직업들을 가지고 있었지만 무슨 핑계를 대든지 두 달에 한 번꼴로는 만나서 어린 시절을 얘기하며 술추렴으로 지새곤 하였다. 어째서 신나는 얘기는 그 시절 우리들이 땡땡이를 치며 학교생활에 성실치 않았음을 과장할 때였을까? 그리고 선생님들의 존함을 별명으로 대신해야만 더 흥이 돋는 것이었을까?

그렇게 기염을 토하면서 우리들이 의견의 일치를 보았던 것은, 우리가 만일 아직도 한국에 살고 있다면 이렇게 자주 만나 우정을 나눌 수가 없었으리라는 점이었다. 그렇다면 우리를 결속시키는 힘은 무엇이었을까? 그것은 두말할 것도 없이 고등학교 동창이라고 하는 향토적, 연령적 동질성이 민족감정을 배경에 깔고 재산의 많고 적음, 직업의 차이 같은 것을 초월하여 이민생활의 애환이라는 공통의 감정으로 묶어 놓기 때문이었을 것이다.

한국에서는 만나지 않고도 살았을 친구들이 미국에서이니까 만난다고 하는 그 역리逆理의 동창들과 나는 아직도 일 년에 한두 번쯤 편지를 나누고 있다. 그러면서도 그들보다 훨씬 가깝게 지냈던 국내의 동창들 대부분과는 35년이 넘도록 여전히 교제가 없이 살고 있다.

나는 내가 효성왕 쪽에 있는 것도 아니요, 그렇다고 신충의 편에 서 있는 것도 아니다. 두보의 시 속에 나오는 "후록고인厚祿故人"은 더더구나 아니다.

이런 형편에 초등학교 동창으로부터 편지를 받은 나는 얼마나 복된 인물인가. 나는 마치 효성왕이라도 된 기분이 되어 그 친구에게 편지를 쓸 결심을 한다.

"야, 병아리야, 내가 너의 지금 모습은 잘 모르겠다만 옛날 모습이야 잊었겠니. 언제 한번 만나야지. 쑥스럽게 편지질은……"

내 몸이 둥둥 떠오르는 것 같다. 고향 마을을 향하여.

(季刊 監査. 1990년 여름호)

"여자대학의 촌티 나는 교수"를 읽고

　"방금 사 입어도 일 년 된 듯한 옷, 10년을 입어도 일 년 된 듯한 옷, 이것이 ○○입니다." 이렇게 시작하는 어느 의류회사의 광고 말을 들을 때마다 나는 친구 김상태 군을 생각하게 된다. 내가 그와 친구가 된 것은 대학교 신입생이던 1956년이니까 어느덧 37년의 세월이 흘러갔다. 그러나 요즈음에도 그를 만나면 나는 예외 없이 대학교 2학년쯤의 그 순박하고 발랄하던 학창시절로 돌아간다. 그의 세련되지 않은 경상도 사투리와 어설픈 몸짓, 투박한 음성과 헤픈 웃음, 이런 것들이 신선하면서도 푸근하게 가슴에 안기기 때문이다.

　남녀 사이에 이른바 '미팅'이라는 것은 상상도 할 수 없던 우리들의 총각시절, 어쩌다 남자친구들끼리 산행을 하거나 들놀이를 나갔을 때 여학생들을 만나면 그 무리에 뛰어들어 스스럼없이 십년지기처럼 대화를 트는 것은 의례히 김 군의 차지였고, 돌아오는 길에 미국 군인이라도 만날라치면 말이 되건 아니 되건 영어로 지껄이는 것은 틀림없는 김 군이었다. 이러한 감상태 교수가 최근에 〈여자대학의 촌티 나는 교수〉라는 수필집을 냈다.

사실 그가 수필집을 간행한 것은 이번이 처음이 아니다. 7년쯤 전이던가 "참말과 거짓말 사이"라는 수필집을 받아 읽은 적이 있었는데 세상 사람들은 그 책을 구할 수가 없었다고 하였다. 나중에 알고 보니 그 수필집 속에 군인의 귀를 거슬리는 내용이 있어서 검열단계에서 문제가 있었다고 한다. 그때 군인들이 트집을 잡았던 구절이 무엇인지는 알 수 없으되, 그 문젯거리의 근원은 필경 그가 지닌 고질적인 '촌티' 근성이 아니었나 짐작된다.

그 '촌티'는 우리에게 얼마나 아쉽고도 그리운 심성인가? 그것은 자신을 드러냄에 있어 숨김이 없으며 남을 바라봄에 있어 거리낌이 없다. 요컨대 눈치를 살피지 않으니 진솔하고 간절하다. 흔히 '촌티'는 세련됨에 반대되는 뜻으로 풀이된다. 세련되었다는 것이 매끄럽고 화사한 면이 없지 않으나 분명 거기에는 꾸밈이 있고 감춤이 있다. 세상살이에서 꾸미고 감추는 일도 요긴할 때가 있겠지만 그것은 일시적으로 필요한 것일 뿐, 항구하게 필요한 것은 있는 그대로의 당당한 자세, 곧 '촌티'가 아닐 것인가?

그러므로 '촌티'는 참됨이요 착함이다. 조금 거칠다는 게 흠이지만 옥에도 티가 있어야 다루기가 부담스럽지 않다. 그러므로 이제 참되고 착하고자 하는 사람, 인간적 성실성과 민족적 자부심을 배우려고 하는 사람이 있다면 나는 그런 분에게 김 교수의 수필을 다만 몇 편이라도 읽어보라고 말하겠다.

시인이 아니면 소설가가 되고 싶었고, 또 한때는 희곡작가 아니 영화감독을 하고 싶었다는 문학청년이 국문학 교수가 되어 호랑이를 그리려다 겨우 고양이 반쪽을 그렸는가 보다고 내놓은 수필집. 그러나 이 수필집에서 우리는 1940년대 우리나라 시골의 빈곤이 위세당당한 낭만으로 변모하고 1950년대 우리 세대의 고통이 민족을 지키는 열정으로 승화하였음을 본다. 그는 10분 전의 약속을 까맣게 잊어먹고 휘적휘적 퇴근 버스를 타러 가는 건망증의 인간이지만 문학이 인간 내면의 충정을 토로하는 진실의 기도임을 가르치려 하고, 마음과 마음이 통하는 것이 사람이 어울리어 사는 세상살이의 가장 값진 보람임을 일깨우려 한다. 그리고 무엇보다도 촌티 나는 한국 사람으로서 세계인이 될 것을 빌고 있다. 한 줄만 옮겨 보기로 하자.

〈한국인. 그 섬세한 감각을 지닌 민족이여! 우리들 서로에게 넉넉한 마음으로 송수신의 주파수를 맞추자! 21세기에는 우리가 지닌 문화가 가장 찬란한 꽃을 피우며 지구촌의 평화를 선도할 것이니.〉

(삶터. 1992년 7월호)

신앙과 민속이 만나는 자리

내가 초등학교를 다니던 시절, 10여 분이면 갈 수 있는 이웃 동네에 이모님이 사셨다. 그 이모님 댁에는 나보다 여섯 살이 위인 누님이 계셨다. 나는 이 누님을 무척 좋아하였다. 항상 성현의 말씀을 내세워 훈계하시는 아버님의 엄격한 분위기보다는 그 누님의 성경이야기가 나를 매혹시켰기 때문이었다. 공자님, 맹자님 하는 것보다는 이삭이나 야곱이니 하는 이국적인 명칭이 전통적 유교가정에서 자라는 소년의 상상력을 자극시켰던 모양이었다. 그리하여 나는 아주 자연스럽게 예수쟁이가 되었으며 또 기독교 사상과 유교사상을 한 몸에 지니게 되었다.

뜻도 잘 모르면서 나는 곧잘 「논어」나 「대학」의 구절을 외우는가 하면 예배당에서는 성경 암송대회에 나가 상을 타기도 하였다.

그 무렵 아버님이 돌아가셨다. 나는 우리 집안의 관례에 따라

음력 초하루와 보름이면 아버님의 삭망朔望 차례를 지냈고 또 제삿날이면 엄숙하게 제사를 지냈다. 아버님에 대한 그리움 때문에 나는 전통적인 제사의식이 기독교의 가르침에 맞지 않느냐를 따질 마음의 여유가 없었다. 좀 더 확실히 말한다면 그런 것을 분별할 판단력도 신앙도 없었다고 말해야 좋을지 모른다.

그런데 우리 집의 제사 음식을 이모님 댁의 누님은 절대로 입에 대지 않았다. 몇 해의 세월이 흐른 뒤 그토록 철저한 누님에게 바로 제사 문제로 인해 큰 사건이 생기고야 말았다. 중매를 놓은 혼담이 거의 익어 가는데, 알고 보니 상대방 청년은 나처럼 전통적 유교 가정의 장남인 데다가 종손宗孫이 되어 조상의 제사가 많다는 것이었다. 누님은 신앙생활을 보장할 것과 며느리로서 제사에 관여하지 않겠다는 조건으로 혼인을 승낙하겠다고 제의하였다. 그래서 그 혼담은 깨지고 말았다.

그때 만일 내가 마테오 리치 신부神父의 중국 선교활동의 선례를 알았더라면 이미 350년 전에 기독교 사상과 민족 고유의 민속이 어떻게 조화를 이룰 수 있었는지를 그 누님에게 일러주었을 것이다. 그리고 오늘날 중국에서는 제사를 단지 죽은 이에 대한 깊은 존경과 애정의 표현으로 인정함으로써 그것이 기독교적 의식과 공존한다는 사실도 일깨워 주었을 것이다.

그러나 지금 그 누님은 어떻게 되었는가? 오십을 바라보는 나이에 아들의 병을 고치기 위해 부흥회고, 무당이고, 절간이고, 점쟁이고를 가리지 않고 뛰어다니고 계신다. 물론 그 누님이 그렇게 되기까지에는 말할 수 없는 긴 사연이 또 있는 것이지만 분명한 것은 누님의 종교적 신념에 변화가 왔다는 사실이다.

그래서 혹시 나는 기독교 가정이 아닌 상가喪家집에서 모든 사람이 재래식으로 엎드려 절을 할 때, 유독이 혼자서만 예수쟁이임을 과시하듯 묵념하는 기독교인을 볼 때면 "당신은 내 이종누님처럼 변하지 않을 자신이 있소?" 이렇게 묻고 싶은 충동을 느낀다. 그러나 나는 묵묵히 다른 사람들처럼 허리를 굽히고 무릎을 꿇어 절을 할 뿐이다. 죽은 이에게 바치는 절이 절대로 기독교 신앙에 어긋난다고 생각하지 않으면서.

(YMCA 첨성대. 1978년)

강서방과 그의 손자

　달포 전쯤의 일이다. 집을 수리할 일이 생겨 이웃이 천거하는 분에게 집안 수리를 도급으로 맡겼었다. 그랬더니 목수와 미장이와 보일러 기술자들이 일주일이 넘게 들락거리며 부산스럽게 공사를 마무리 지었다. 그런데 공사가 진행되는 동안 소위 일을 맡은 사장님은 아침 녘에 찾아와 일을 지시하고 사라질 뿐 자기는 손가락 하나 까딱하지 않는 것이었다.

　그렇게 했더라도 뒤끝이나 깨끗했다면 아무 문제도 없었으련만 공사가 끝나고 수리비를 완불한 지 채 열흘도 지나지 않아서였다. 보일러가 꺼지고 방바닥의 누수 현상이 수리하기 이전보다 더 심한 양상을 드러내었다. 공사를 맡았던 사장을 찾아가 항의했더니 그의 말이 이번 고장은 먼젓번 것과는 무관하므로 기왕의 공사에는 하자가 없다는 것이었다. 나는 다시 공사를 맡기면서 철저한 책임 수리를 강조하였고 그러느라 수리비는 예정액의 꼭

두 배가 지불되었다.

　그런데 사실 이러한 일은 집수리할 적마다 겪는 고충이고 그럴 때마다 나는 어린 시절에 자주 보았던 강서방 아저씨가 그리워진다.

　강서방이란 분은 말하자면 옛날에 내가 살던 우리 동네의 전속 기술자였다. 목수일이나 미장이 일은 말할 것도 없고 해마다 한 번씩 동네 큰 우물을 청소하거나 개천을 치는 일 등, 동네 안팎의 크고 작은 작업에 항상 앞장서는 일급 기술자였다.

　한데 강서방의 공사 청부 방식은 참으로 기막힌 것이었다. "한 이십 원쯤 들겠는데요." 해가지고 받아간 이십 원으로 각목과 합판이나 시멘트며 모래 등을 사다 놓고는 영수증과 남은 돈을 돌려주는 것이다. 공사 중에는 그 무렵에 나보다 대여섯 살 위였을 성싶은 아들을 조수로 데리고 다니면서 동틀 때부터 해가 넘어갈 때까지 쉬지 않고 일을 하셨다. 일을 하다 잠시 연장을 놓으시고는 쌈지 담배 한 대를 신문지 한 귀퉁이를 찢어 말아 피는 것 이외에는 그 흔한 막걸리 한 잔도 마시지 않는 어른이셨다.

　강서방 아저씨가 일을 할 때에는 온 가족이 다 일하는 집에서 식사를 했다. 그럴 때엔 강서방네 아주머니가 부엌일을 했다. 가족이래야 아저씨 내외와 함께 일하는 아들, 그리고 내 나이 또래의 딸 하나였으니 단출한 네 식구 뿐이었는데 아저씨 내외분은 일하는 집에서 함께 식사하는 것을 별스레 고마워하셨다. 나는 아저씨의 아들을 철수 형이라고 불렀다. 아주머니는 동네 집에 일들이 없을 때면 시장에 나가 생선도 받아다 팔고 채소도 받아다 팔았지만 장사 수단이 없어서 밑지는 적이 많다고 말씀하셨다.

우리 집 일을 하셨을 때였다. 공사가 끝나고 내 선친이 강서방에게 노임을 주시려 하자 강서방이 "이웃 간에 무슨 품값입니까? 며칠 동안은 식구가 얼마나 잘 먹었는데요?" 이렇게 대답하면서 휭 하니 연장을 챙겨 들고 대문을 나서는 것이었다.

이런 식으로 목수일과 미장이 일을 하였으니 강서방 아저씨가 돈을 번다는 것은 상상도 할 수 없는 일이었다.

세월이 흘러 강서방 아저씨와 아주머니는 세상을 떠나셨고 철수 형이 지금은 사우디에 가서 목수일과 미장이 일을 하고 있다는 말을 풍문에 들었다.

다시 며칠 전의 일이다. 종강 날이었다. 강의는 마무리되었고 얼마간 시간이 남자 나는 조금 감상적인 기분이 되어 달포 전의 공사건에 대하여 이야기하였다.

"도대체 근대화 과정에서 우리는 얻은 것보다는 잃은 것이 많지 않나 싶어요. 이웃도 잃고 인정도 잃었어요. 순박한 미장이가 기술자로 대우받는 것은 좋은데 부실공사不實工事는 없어야 하지 않겠어요? 옛날 미장이는 절대로 부실공사는 하지 않았어요."

그리고는 강서방 아저씨 내외와 철수 형의 이야기를 하고 연구실로 돌아와 앉아 있었다.

뒤미쳐 노크 소리가 났다. 문을 열고 들어온 학생은 방금 종강

한 학과의 학생이라고 했다.

"선생님! 제가 강서방 아저씨의 손자입니다. 저는 제가 똑똑해서 서울대학에 들어왔다고 생각하지는 않았지만 할아버님의 은덕隱德이 그렇게 큰 줄은 몰랐습니다."

"뭐야? 네가 철수 형의 아들이냐?"

나는 흥분이 되어 이 책 저 책을 집었다 놓았다 하면서 내 앞에 있는 강서방 아저씨의 손자에게 무어라고 다음 말을 잇지 못했다.

(佛光. 1967년 3월호)

나는 속는 사람이 되겠습니다

누가 나더러 속는 사람이 되겠느냐, 속이는 사람이 되겠느냐 하고 묻는다면 나는 별로 고민하지 않고 이렇게 대답하겠다. "속는 사람이 되겠습니다." 왜냐하면 우리 속담에 "때린 놈은 발을 오므리고 자고, 맞은 놈은 발을 뻗고 잔다."는 말이 있는데, 이 말은 손해를 본 사람이 항상 마음의 평화를 누린다는 조상들의 슬기를 나타낸 것인즉, 나는 속음으로써 발을 뻗고 자는 축복을 누리고 싶기 때문이다. 생각해 보자. 속는다는 것은 속을 만한 물질적, 정신적 재앙의 요소를 감추고 산다는 뜻을 함축한다. 그러므로 속는다는 것은 그 재앙으로부터 벗어나게 하는 축복을 받는 것이 될 수도 있을 것이다.

프랑스 소설가 모파상의 단편소설 「목걸이」는 가짜 진주 목걸이 때문에 십여 년의 청춘을 비참하게 보낸 여인의 이야기를 담고 있다.

하급 공무원의 부인 마담 로아젤이 무도회에 초대된다. 그녀는 자신의 아름다움을 더욱 돋보이게 하고자 하는 욕망에 사로잡혀 귀부인 휘레스티에르의 진주 목걸이를 빌려온다. 그 목걸이를 목에 걸고 무도회에 자신의 아름다움에 도취되었던 마담 로아젤은 돌아오는 길에서 그 목걸이를 잃어버린다. 빚을 내어 새 목걸이를 사서 돌려준 뒤 그 빚을 갚기 위해 십여 년의 세월을 비참하게 보낸 어느 날 마담 로아젤은 공원에서 귀부인 휘레스티르를 만난다. 초라한 자신의 모습 때문에 어쩔 줄 모르고 쭈뼛거리는 그녀의 귀에 들리는 한마디 말, "어머나, 그 진주목걸이는 가짜였는데…."

세상 사람들은 이 이야기에서 마담 로아젤의 빼앗긴 청춘에 대해 연민의 정을 금치 못해 발을 구른다. 여인으로서 가장 아름답고 찬란하였을 십여 년의 세월이 아까워 못 견디는 것이다. 그러나 만일에 그녀가 진주목걸이를 무사히 돌려주게 되었을 경우, 그녀가 겪었을 허영과 사치의 행각이 어떤 결말을 낳았을 것인지에 대하여는 생각하려 하지 않는다. 아마도 마담 로아젤은 환상과 허영이 극치를 이룬 청춘의 어느 시점에서 많은 사람에게 상처를 남기고 비극적인 종지부를 찍는 도중하차의 인생을 살았을 것이다. 그러므로 사실, 그 소설이 끝난 이후에 전개되는 마담 로아젤의 생애야말로 축복받은 생애가 아니었을까? 허탈과 좌절로 더 비참해진 것이 아니라, 삶이 그만큼 욕되다는 깨달음 때문에 오히려 여유 있는 마음의 평화, 곧 발을 뻗고 자는 기쁨을 누렸을 것이기 때문이다.

우리 집안에는 대기업의 어느 회사에서 촉망받는 중견 부장으로 일하던 이가 있었다. 그런데 그는 사기꾼 업자에게 속아 회사에 수억 원의 손해를 입히고 말았다. 그는 부득이 사표를 내고 무직자의 신세가 되었다.

그렇지만 그는 요즈음 회사에 다닐 때보다 훨씬 바쁘고 기쁘다. 직장에 나가는 아내와 학교에 가는 아이들을 교통지옥에서 풀어 주기 위하여 아침저녁 식구들의 운전기사가 된 것이 그가 누리는 첫 번째 즐거움이다. 저녁에 돌아올 아내와 아이들을 위해 옛날에 그의 아내가 과거에 그를 위해 그랬던 것처럼 저녁 밥상을 차려 놓는 일은 그가 누리는 두 번째 즐거움이다. 사흘이 멀다 하고 술을 마시고 밤늦게 들어오는 곤욕을 치르느라 가족들과 오붓한 시간을 한 번도 못 가졌던 지난 십여 년을 생각하면서 아무 때라도 가족들이 원하기만 하면 함께 드라이브를 즐기게 된 것은 그가 누리는 세 번째 즐거움이다.

며칠 전에 그를 만났다. 나를 쳐다보며 빙긋이 웃다가 그는 입을 연다.

"형님, 저한테 뭐 위로 같은 거 하려고 하지는 마세요. 그 친구(자기를 속인 업자를 그렇게 부른다.) 정말로 내게 은인이에요. 은인恩人! 내가 그 친구 아니었어 봐요, 목에 힘주는 내 교만이 무슨 더 큰 실수를 저질렀을지 알아요?"

아아, 비극적 상황을 축복으로 해석하도록 우리를 키우신 하느님이여! 그리고 우리로 하여금 속을 것이 있는 불완전한 존재가 되게 함으로써 감추어진 축복을 찾아가게 하신 하느님이여, 당신의 짓궂음이여! 나는 속는 사람이 되겠습니다.

(삼성전자 정보통신 100호. 1990년 4월호)

곽 형의 문집을 만들고 나서

호랑이는 죽어서 가죽을 남기고, 사람은 죽으면 이름을 남긴다는 옛말을 생각하며 이 글을 씁니다. 곽석용 형은 이 세상을 떠나면서 향기로운 이름을 남기셨습니다. 곽 형과 함께 살고, 함께 공부하고, 함께 어울렸던 모든 사람들에게 그 은근한 미소와 부드러운 음성과 이웃사랑의 마음을 떠올리게 하는 향기로운 이름을 남기셨습니다.

제가 곽 형을 알게 된 것은 서울대학교 문리과대학 국어국문학과에 입학한 1956년 봄입니다. 그때 햇병아리 신입생이었던 저는 한 해 먼저 입학한 곽 형의 도움말을 들어가면서 대학생활을 익혔습니다. 형은 그렇게 말이 많은 분은 아니었습니다. 그러나 한두 마디 이야기를 나누다 보면, 꼭 할 말만 하는 분, 그리고 무언지 모르게 뚜렷한 신념이 있음을 느끼게 하는 분, 곽 형은 그런 분이었습니다. 저는 형을 통해서 어느 교수님의 학점이 짠지, 또 어느 교수님의 강의가 알맹이가 있고 재미도 있는지를 알았습니다. 말하자면 대학생활 가이드를 위한 정보의 샘이었습니다.

옛 성현의 말씀에 군자의 사귐은 싱거운 물과 같다고 한 구절이 있습니다만, 저와 곽 형의 사귐도 대체로 싱거운 물과 비슷했습니다. 곽 형이 3학년 말에 군에 입대하기까지, 그러니까 저하고는 약 2년 동안 두세 개의 강의를 같이 들은 것으로 기억됩니다만 그것이 무엇이었는지는 기억에 없습니다. 저는 제가 필요할 때만 찾아가 정보를 얻는 것으로 만족하는 이기주의자였기 때문입니다. 그래서 곽 형은 2년 내내 마음씨 좋은 선배 형으로만 남은 채 저희들의 사귐은 그 후로 끊어지고 말았습니다. 여원사에 근무하다가 캐나다 이민을 떠나셨다는 소식을 접한 것은 1968년 가을쯤 되는 것 같습니다. 저는 대학을 졸업한 뒤에 군 복무를 하였고 그 무렵에 곽 형은 대학에 돌아와 졸업을 했습니다.

그렇게 엇갈려 지내다가 저는 제대 후 시골 대학에 있었고 1968년 봄에 모교인 서울대학교로 오게 되었는데 바로 그 무렵 해서 곽 형의 이민 소식을 들은 것으로 기억됩니다. 문득 십여 년 전의 곽 형 모습이 눈앞에 아른거렸습니다. 교복 차림의 훤칠한 키, 약간 허스키의 음성과 은근한 미소, 그러나 만날 수 없는 분의 추억이 그렇게 오래가지는 못했습니다. 저는 곽 형에 대한 기억을 까맣게 묻어둔 채 스무 해의 세월을 보냈습니다. 그러다가 다시 인연을 맺은 것은 1988년 7월 하순이었습니다. ICKL(International Circle of Korean Linguistics)에서 주최하는 제6차 국제 한국어학 학술회의가 토론토에서 열렸는데 그때 제가 그 회의에 참석하게 되어 토론토를 가게 되었던 것입니다. 그제서야 저는 캐나다에 이민을 가신 곽 형을 기억해내었습니다. 그때만 해도 우리 한국 사람들은 해외나들이가 잦은 편이 아니었고, 저는 캐나다가 초행이라 혹시나 곽 형이 토론토에 사신다면 좋겠구나 하는 심정으로 수소문을 했더니 곽 형이 캐나다 이민사회의 터줏대감으로 바로 토론토에 사신다는 것을 알게 되었습니다. 그래서 저는 곽 형과 헤어진 지 꼭 스무 해 만에 다시 만났습니다.

학회가 열렸던 기간 중, 거의 매일 저녁 저는 곽 형의 방문을 받았습니다. 공식 일정이 끝나기가 무섭게, 랍스터가 맛있다는 음식점으로, 사시미 잘한다는 일식점으로, 그리고 나이트클럽의 쇼 구경에 이르기까지 즐거운 저녁을 마련하느라 세심한 배려를 해주셨습니다. 그때 제가 이런 말을 했었습니다.

"곽 형, 매일 저녁 이렇게 과용해도 되는 거요?"

"돈 벌어서 뭘 해. 이런 때 쓰자는 거 아니오? 난 요즘처럼 살 맛 나는 때도 드문 것 같아."

빙긋이 웃는, 곽 형 특유의 웃음을 띠며 형은 이렇게 함축성 있는 대답을 하셨습니다. 스무 해나 단절됐던 세월, 적조했던 대학 후배에게 베푸는 환대로서는 분명 과분한 것이었습니다. 그때에 저는 제 아내와 동행이었는데, 제 아내는 요새도 가끔 토론토에서 구경한 나이트쇼 이야기를 합니다. 그것이 제 아내에게는 지금까지도 유일한 나이트쇼 구경이었기 때문입니다.

이렇게 다시 이어진 곽 형과의 교분은 신기하게도 한두 해꼴로 만나는 기회를 가지게 하였습니다. 1991년에서 1993년까지 제 아우(서울대 철학과 沈在龍 교수)가 토론토 대학의 교환교수로 있었기 때문에 제가 그 기간 중 토론토를 두 번 방문했었는데 그때마다 곽 형은 저를 찾아주셨습니다. 그 무렵, 곽 형은 일을 쉬고 요양 중이셨지만 채식주의자들을 위한 음식점이 있다면서 그곳으로 저를 불러내어 이야기를 나누었습니다. 지나가는 말처럼 들려주는 얘기는 〈어떻게 하면 캐나다의 한국인 이민사회가 발전할 수 있겠는가〉하는 말씀이었습니다. 저는 그때, 〈아, 이런 분 때문에 한국 사람들이 해외에서 제대로 뿌리를 내리는구나.〉하는 감동을 받았습니다. 그때에 들려준 이야기가 이 책 속에 그대로 다시 살아있습니다.

　그리고 1995년 봄 학기에 이번에는 제가 토론토 대학에 교환교수로 머물게 되었습니다. 그 무렵 곽 형은 투병생활에 얼마간 지쳐 있는 듯했습니다. 그런데도 저의 숙소를 찾아와서 제가 국어학을 전공하여 보람 있는 일을 한다면서 한껏 저를 추켜세우는 것이었습니다. 그때에 한국일보(토론토판)에 제 글이 연재되고 있었기 때문이었습니다. 그러면서 형 자신은 국문과를 나오고도 한 일이 없다고 겸양해 하셨습니다. 그러나 이 책 〈401을 달리는 사람들〉을 읽는 사람들은 알게 될 것입니다. 곽 형이 국문과를 졸업하고 정말로 한 일이 없는가를 말입니다. 그때 형을 뵈 온 것이 형과의 마지막 해후가 되었습니다.

일에 쫓겨 토론토의 곽 형을 잊고 지낸 지 또 두 해가 가까운 금년 여름 어느 날 저녁이었습니다.

"여기는 캐니디 도론토입니다. 저는 곽석용씨의 아내인데 요···."

변 여사의 나직한 음성이 전화선을 타고 울려왔습니다. 저는 그제서야 곽 형의 타계 소식을 접했습니다. 그리고 그때부터 곽 형의 원고를 받아 형을 그리워하는 마음으로 이 책을 편집하기 시작했습니다. 저는 이 책의 가치에 대해서 군말을 보태고 싶지 않습니다. 이 책이 곽석용 형의 아름다운 인간미를 완벽하게 드러낸다는 사실과 캐나다 한국인 이민사회의 초기 모습을 생생하게 드러내는 역사의 기록이라는 두 가지 특성만을 말씀드리고 싶습니다.

곽 형같이 고결하게 살다간 분이 이 세상에는 그렇게 많지는 않습니다. 곽 형같이 신념이 뚜렷했던 분이 이 세상에 그렇게 흔한 것은 아닙니다.

그래서 저는 형의 원고를 한 자도 빼지 않고 세 번 네 번 읽으면서 감동하고 또 감동하며 형의 인생을 배웠습니다. 부족한 정성이지만 이제 이 책을 형의 영전에 바칩니다. 생전에 형의 사랑과 격려를 받으면서도 그것을 미처 다 깨닫지 못한 후배의 때늦은 후회를 너그러이 용서하시고 이제는 편안히 저 세상의 평화를 누리소서.

(401을 달리는 사람들. 1997년 9월 20일)

6. 행복의 현주소

파랑새는 어디 있나?
3·1절과 길영희吉瑛羲 선생님
현재와 미래가 한눈에 보인다면
영원히 살고 싶은 보통 사람들
물질에 맞서는 정신의 승리
예의禮義 염치廉恥를 다시 말함
빈칸에 이름 쓰기
그러나 젊음은 아름다운 것
자격은 없어도

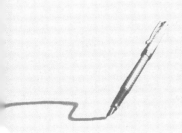

파랑새는 어디 있나?

파랑새를 쫓다가
들 끝까지 갔었네.
산 빛깔 흙냄새
모두 낯선 타관인데
패랭이꽃 무더기져
피어 있었네.

　　　　(김동리 지음)

　누구나 다 그런 것은 아닐 테지만 우연히 접하게 되는 글귀나 그림 혹은 곡조에 홀린 듯 빠져 까마득히 제정신을 잃어본 경험이 있는 사람에게 내 이야기는 한결 이해가 빠를는지도 모르겠다.
　얼마 전 수남각樹南閣 주인 동리東里선생의 서재에서 이 시를 읊다가 나는 목이 메어 마지막 구절 '피어 있었네'는 제대로 목소리를 낼 수 없었다. 왜 그랬을까? 지금 다시 읽으면 그때, 그 순간처럼 격한 감동이 오지는 않는다. 그러나 이 시가 나에게 알려주는 메시지만은 여전히 내 가슴속을 파도치며 일렁인다. 이 시를 지으신 동리 선생은 파랑새를 쫓아 칠십여 년의 인생을 사시면서 이제 들 끝이다 싶은 낯선 타관에서 파랑새가 앉았다 날아간 자리에 함초롬히 피어 있는 패랭이꽃 다발을 발견하였거니와, 나는 반백 년을 살아오면서 나의 파랑새를 찾아 들로 산으로 헤맸지만 어떤 때는 종다리처럼 창공을 솟아오르고, 어떤 때는 학처럼 소나무 가지에 앉아 있는 파랑새가 보이는듯하였으나 이내 나의 파랑새는 종적이 묘연하고 나는 산골짝 어두운 비탈길에 발이 삐어 나뒹굴고 있는 것이었다.

제 나름으로 패랭이꽃 무더기나마 발견할 수 있는 사람은 그런대로 성공의 언저리, 아니면 행복의 언저리에 이르렀다고 말할 수 있을까? 하기야 이런 얘기가 모두 모두 속되고 거칠기 짝이 없는 생각일지도 모른다.

연전에 나는 미국에 가서 얼마 동안 머물 기회가 있었다. 나의 도착 소식을 듣고 원근 백마일 이내에 살고 있는 고등학교 동창들이 어느 날 저녁, 한자리에 모이니 나를 포함하여 일곱 명의 중늙은이들. 우리는 삼십여 년 전의 옛날로 돌아가 거침없이 욕설을 내뱉으며 이민생활의 회포들을 풀었다. 그 후로 그들은 주말이 되면 순번을 정해 나를 자기들 집으로 초대하여 내 객지 생활의 곤궁함을 위로하였다. 동창이라고는 해도 서로 살아가는 길이 달라 고등학교를 졸업하고도 한 번도 만나지 않았던 친구도 있었다. 그러나 그들은 엊그제 헤어졌다 만난 사람처럼 나를 대해주었다. 끈끈한 우정이 혈육의 정을 넘는 듯하여 눈물겹게 고마웠다.

이렇게 그들과 몇 달을 지내는 사이, 짧으면 십 년 길면 이십 년이 넘는 그들의 이민생활이 얼마나 피눈물로 얼룩져 있는가를 알게 되었다. 여섯 명 가운데 장가든 첫 부인과 해로하는 친구는 세 명, 나머지는 사별하거나 이혼의 쓰라림을 맛보고 있었다. 그 중에는 나이 오십이 넘어 새장가를 들어 젖먹이 아기를 둔 친구까지 있었다. 하나같이 미국에 뼈를 묻으리라는 것을 알면서도 입버릇처럼 성공하면 한국으로 돌아가겠다고 주먹을 쥐었다. 그러니까 그들은 스스로 성공하지 않았음을 자인하는 셈이었다. 내가 보기에는 세속적인 눈으로 보면 틀림없이 성공했다고 할 친구가 없지는 않았건만, 그러나 그들은 모두 좀 더 늙기 전에 뛰어야 한다면서 발분망식發憤忘食이었다.

미국을 떠나올 때까지만 해도 나는 그들의 노력이 대견하고 고마운 것이라 생각했었는데, 곰곰 돌이켜보니 그들은 결국 그렇게 허우적거리다가 인생을 마칠지도 모르겠다는 우려에 이르게 됐다. 왜냐하면 그들은 끝없는 물질 경쟁의 소용돌이에 휘말려 있기 때문이었다. 조금만 여유가 생겼다 하면 큰 집으로 옮겼고, 좀 더 좋은 가구로 집 치장을 하였다. 내가 있는 동안 두 친구가 자동차를 바꿨는데 그것은 보통 대학교수 삼 년 내지 사 년의 봉급을 몽땅 바쳐야 살 수 있는 최고급 승용차였다.

이것이 미국 사회의 일반적인 경향이 아닌가 눈여겨보았으나 미국의 흐름이 결코 그렇게 들떠 보이는 것은 아니었다. 그렇다면 우리 교포들만 물질을 통해 자기 노력의 성과를 과시하려는 것은 아닌가? 나는 아직도 내가 무언가 잘못 본 것이려니 그리 생각하고 있다. 그렇지 않다면 그들은 저 서양 우화寓話에 나오는 욕심쟁이 농부가 될 것이기 때문이다. 하루 종일 해지기 전까지 돌아온 땅은 다 자기 것으로 해주겠다는 제의에 체력을 돌아보지 않고 무리한 욕심 걸음을 하여 기진맥진 돌아와 쓰러져 죽으니 결국 그 농부가 차지한 땅은 자기 시신屍身을 묻을 반 평밖에 더 되었던가?

물질의 허망함을 일깨워주던 옛 성현들의 가르침을 몰라서가 아닐 것이다. 자기도 모르게 휘말리는 주위 분위기, 그리고 자기 행동의 타성 때문에 황금 나비를 쫓는 사람은 벼랑 끝에서 발을 헛디딜 수가 있을 것이다. 그래서 옛 어른들은 어느 경우에도 살얼음 밟듯 살아가라고 말끝마다 박빙여림薄氷如臨을 강조하셨다.

그리고 보니, 보다 좋은 물건에의 추구는 어느 틈엔가 경망한 낭비 풍조를 낳게 하였다. 아파트 몇 채로 형성된 우리 마을에는 뒷산에 큰 쓰레기통이 하나 마련되어 있다. 거기에는 이삿짐에서 빼내어 버린 허접쓰레기가 자주 쌓인다. 계절도 없이 이사가 잦은 근래에 와서는 쓰레기가 아닌 이삿짐 찌꺼기들이 더 자주 쌓인다. 그 쓰레기통은 뒷산으로 오르는 오솔길 옆에 있기 때문에 나는 새벽 산책길에 어쩔 수 없이 이 쓰레기통을 지나치게 된다.

일부러 찾아내려는 것이 아니다. 지나치는 길에 눈에 뜨이니 어쩔 수 없이 집어보게 마련인데, 좀 과장하여 말한다면 중고품 백화점을 차릴 지경이다. 곱게 빨아 손질하면 새것처럼 입을 수 있는 양복이며 스웨터가 내던져져 있는가 하면 신발, 화병, 옷걸이, 심지어는 낡은 흑백사진을 뽑아내지도 않은 앨범도 버려져 있다. 배우고 난 교과서나 잡지가 무더기로 쌓일 때도 있다.

엊그제는 음식 찌꺼기가 묻은 냄비와 전기밥솥이 버려져 구멍이 뚫리고 고장이 나서 못쓰는 것인가 하면서도 행여나 하고 집어 보았더니 때가 끼었을 뿐 아직도 더 쓸 수 있는 물건이었다. 나는 마치 도둑놈이나 된 것처럼 주위를 둘러보다가 그 냄비와 전기밥솥을 들고 집으로 들어와 식구 몰래 화장실에서 깨끗이 닦았다. 전기밥솥은 뚜껑이 일그러져 제대로 닫히지 않는 것을 제외하곤 멀쩡한 것이었고, 냄비는 뚜껑의 꼭지가 빠진 채로 쓰고 있는 우리 집 것보다 더 새것이었다. 이 어인 일일까?

심란한 기분으로 책상머리에 앉으니 옛 선비 이선李瑢의 '지혜 주머니(智囊賦)' 란 글이 눈길에 닿는다.

베와 비단, 농 속에 쌓아둠이여
옷 만들어 입으면 해어져 없어질 것을.
밥과 양식, 자루 주머니에 감춤이여
풀어내어 먹으면 뒤대기가 힘들 거니.
오직 지혜를 감추어 주머니를 만들면
무궁무진 기묘한 술책이 거기 가득 차

'본체'는 비록 한 몸뚱이에 서려 있어도
'쓰임'은 천지 사방에 퍼지리로다.

물질은 어느 때인가, 탕진될 날이 있을 것이로되 지혜만은 다함없이 활용이 지속되리라는 노래다. 보다 오랜 것, 보다 먼 것, 보다 큰 것을 찾으려는 욕망은 결국 가장 아름답고 좋은 것을 찾으려는 것일 터이며 그것이 지혜에 머문다면 이것 역시 세속적인 실용實用의 한계를 넘는 것은 아니리라.

가장 크고 아름다운 것은 영원하지 않으면 안 된다. 인간의 삶은 비록 유한하다 하나, 영원한 것이 있다는 것을 아는 한에 있어서 그 삶, 그 생명이 영원할 수도 있는 것이니, 그래서 우리는 생명을 바쳐가며 그 영원한 파랑새를 쫓아 팔·다리를 피곤케 하는 것이 아닌가? 오늘, 나는 이 길섶에 나의 지친 다리를 쉬며 나의 파랑새가 날아간 하늘을 바라본다. 앞서간 분들이 파랑새 앉았던 자리에서 패랭이꽃을 찾았다 하여 가슴 설레일 필요가 없다. 파랑새가 날아간 하늘 끝 푸른색이 내가 앉아있는 이 자리에도 닿아있음을 깨달으면 되는 것이니까.

나는 수남각 서재 문 위에 양각으로 새겨져 있던 나무 현판을 바라보았던 그 첫 번째의 감동을 되새기며 노래 부른다.

파랑새를 쫓다가
들 끝까지 갔었네
······

(「금융」 1987년 11월호)

3·1절과 길영희吉瑛羲 선생님

또 3월 달 3·1절이 다가온다. 우리들 인중仁中·제고濟高 졸업생들은 선생님이 돌아가신 해부터 3·1절에 덧붙는 또 하나의 의미를 사랑한다. 우리들의 영원한 은사, 길영희吉瑛羲 선생님의 기일忌日이기 때문이다. 그래서 이날의 의미를 선생님과 관련시켜 생각하게 된다. 인간의 운명이 하늘에 매여있다고 하고 하늘이 사람을 가려 세상을 바로잡고자 한다는 소박한 믿음을 굳이 들추지 않더라도 우리들 인중仁中·제고濟高 졸업생들은 선생님이 3월 1일에 돌아가신 이유를 짐작한다. 아무도 드러내어 말하지 아니하지만 선생님은 3월 1일에 꼭 돌아가시겠다고 하늘에 머리 조아려 빌었을 것이라고 믿는다.

"하느님, 제가 이제 죽어야 합니다. 기왕에 죽을 것이면 3월 1일에 죽게 하소서. 저의 일생이 조국과 민족을 위한 것이었다면 저의 임종을 3·1절에 맞추시어 저의 생애를 사랑하는 후학들로

하여금 3·1절의 의미 속에 민족의 교육을 더 깊이 생각하게 하소서. 3월 1일에 죽게 하소서."

분명히 선생님은 이렇게 빌었을 것이다. 그러므로 민족의 독립을 염원하는 3·1절은 1919년에 시작되었고, 민족의 교육을 걱정하는 3·1절은 1984년에 봇물이 터진 것이라고 우리들은 생각한다. 이와 같은 우리들의 생각이 정당성을 갖는 까닭은 우리나라 교육의 문제가 요즈음처럼 심각하게 논의된 때가 일찍이 없었기 때문이다. 일대 수술과 일대 변혁이 요구되는 이 시기에 우리는 다시금 차분히 길영희吉瑛羲 선생님의 교육 이념과 그 실천 방안을 생각해보지 않을 수 없다.

우리나라 역사에서 교육의 문제가 민족·국가의 장래와 결부되면서 논의되기 시작한 것은 19세기 말 갑오경장 무렵부터였다. 그때에는 개화를 주도할 새로운 인물을 요구하는 시대였으나 그러한 임무를 담당할 기성세대가 없었다. 발을 구르며 초조해하는 사이에 우리는 일제에 강점된 바 되었고, 그들의 식민지정책 속에서 민족교육은 왜곡된 길을 걸어가야만 하였다. 광복이 되었으나 민족교육의 기틀은 세워지지 않았다. 민족의 분단과 6·25의 참화로 잿더미가 된 폐허 위에서 교육의 필요성이 강조되고 교육열만 높아지는 사회 분위기가 형성되었다.

바로 이러한 시기에, 우리 선생님은 교육이 어떠한 방향으로 걸어가야 할 것인가를 인중仁中과 제고濟高를 경영하시면서 모범적으로, 그리고 실험적으로, 그러나 신념에 찬 열정으로 보여주셨다. 적어도 우리나라 중등교육의 가장 바람직한 모델은 그때에 형성되었다고 보아도 좋을 것이다. 선생님은 1945년 가을에 인중仁中의 교장이 되시고, 1954년에 제고濟高의 교장이 되신 다음, 1961년에 퇴임하시기까지 16년간 인중仁中과 제고濟高를 만들어 놓으셨다. 그 시기가 사실상 우리나라 중등교육의 기본방향과 경영철학을 확립한 시기였다. 21세기를 눈앞에 두고, 세계화를 지향하는 우리나라의 현시점에서 다시금 선생님이 그리워지는 이유가 바로 그 때문이다.

선생님은 영재교육을 주장하셨으나 공부 잘하는 재주꾼만을 사랑하신 것은 아니었다. 선생님의 영재교육은 모든 학생이 스스로 영재임을 자부할 수 있는 긍지를 심는 것이었다. 따라서 선생님의 제자들은 한결같이 영재라는 사실을 믿었다. 그것은 선생님이 제자들 한 사람 한 사람에게 보내는 진실로 엄청난 신뢰와 사랑 때문에 생기는 것이었다. 우리들은 이제 나이 들어가면서, 선생님의 교육철학이 따지고 보면 별것이 아니라는 생각도 해본다. 선생이란 단지 평범한 부모의 마음으로 제자를 아끼고 보살피면 된다는 참으로 소박한 원리를 점차 깨달아가기 때문이다.

우리 부모들이 자식을 무엇으로 키우는가? 그것은 두 개의 기둥 사이에서 놀게 하는 것이다. 하나의 기둥은 사랑이요, 또 하나의 기둥은 신뢰이다. "아들아, 딸아. 나는 너희가 언제나 정당하다는 것을 믿는다. 너희의 생각이 옳고, 너희의 생각이 바르다는 것을 믿어 의심치 않는다. 그러므로 나는 너희를 끝없이 후원하며 사랑한단다." 이렇게 우리 부모들은 자식을 깊은 신뢰와 사랑으로 키운다. 우리들의 선생님, 길영희吉瑛羲 선생님도 우리들 제자를 그러한 부모의 마음으로 키우셨다. "나는 제군들을 믿는다. 제군들이 이 나라를 군건하게 바로 세울 것이다. 그러므로 내가 어찌 제군들을 전폭적으로 지지하고 사랑하지 않으랴." 이러한 말씀이 16년간 인중仁中과 제고濟高를 경영하시면서 우리들의 가슴에 새겨놓은 신표信標이었다. 그러한 신뢰가 자율성을 강조하게 하였고 무감독 시험 제도 같은 것을 낫게 하였다. 그 자율이야말로 인간을 자유롭게 하고 창의력을 신장시키는 원동력이 아니었던가!

새로운 교육경영의 지표가 확립되어야 한다는 시기에, 우리가 3·1절을 맞으며 이 3·1절이 교육의 3·1절이 되어야 한다고 생각하는 것은 우리들이 인중仁中·제고濟高의 졸업생이기 때문인가? 길영희吉瑛羲 선생님의 제자이기 때문인가? 3월 1일의 하늘이 성큼 다가오는 오늘, 우리들은 선생님의 카랑카랑한 음성이 새삼 그립다.

(1995년 2월 吉瑛羲先生님 11週忌에 부쳐)

현재와 미래가 한눈에 보인다면

태산에 올라가면 천하가 적어 보인다고 하는 말은 초등학교 학생이라도 이해할 수 있는 기초적인 공간개념이다. 더구나 인공위성이 달나라를 왕복하는 우주시대에, 우리가 사는 지구 덩어리를 축구공처럼 작게 보이는 위치에서 내려다보는 장면쯤 누구든지 텔레비전을 통해 구경하였을 터이니 말이다. 그러나 그러한 공간적 질서에 대한 인식이 시간까지도 한눈에 내려다보는 차원으로 바꾸는 일은 그렇게 쉽게 이루어지지 않는다. 우리가 시간 안에 들어 있는 작은 피조물이기 때문이다.

만일에 우리 인간들이 시간의 굴레를 잠시만이라도 벗어나서 백 년이나 이백 년쯤, 아니 아쉬운 대로 한 이십 년쯤만 현재와 미래를 한꺼번에 바라볼 수만 있다면, 우리들은 지금처럼 어리석은 행동을 하지는 않을 것이다.

우리들이 초등학교에 다닐 때에는 조카를 죽이고, 또 그 조카를 따르는 충신 여섯 명을 무더기로 죽이면서까지 임금이 된 세조대왕을 무조건 나쁜 사람이라고 생각했었다. 따라서 사육신은 두말할 것 없이 훌륭한 사람들이었다. 그러나 점차 나이 들어가면서 인간을 평가하는데, 단순히 좋은 사람과 나쁜 사람으로 양분하는 흑백논리가 부당하다는 것을 깨닫게 되자 사육신과 세조대왕을 바라보는 우리들의 시각은 매우 복잡하게 얽혀드는 것이었다. 그리고 어느 한쪽만 옳거나 그른 것이 아니고, 전체 상황을 종합적으로 분석하고 평가하는 안목이 필요하다는 것을 깨닫게 되었다.

허균許筠이 지었다고 하는 홍길동전은 조선조 사회의 모순을 날카롭게 지적하고 과감한 사회개혁사상을 펼쳐 보인 소설로 알려져 있다. 이 소설을 읽으면서 당대의 우리나라 서민들은 크게 위로를 받았을 것이요, 더 나아가 이 소설은 사회개혁의 밑거름으로 작용하였을 것이다. 그런데 어느 국문학자가 허균에 관한 기록을 조사해 보고 아연실색하였다. 홍길동전이 풍기는 분위기로 보아 작자 허균은 정의正義의 화신이어야 할 터인데, 사실은 전혀 그렇지가 않았기 때문이다. 면종복배面從腹背의 표본이요, 책임 전가의 명수였으며, 요사스럽고 간악할 뿐 아니라 아첨을 잘하였고, 이간질과 모략에도 뛰어난 터에, 시험 부정과 공금 사취의 경력이 있고, 무뢰배들을 잘 조종하는 인물로 정리되어 있었다. 고작 장점으로 지적된 것은 대단히 똑똑하고 재빠르며 고전에 대한 지식이 통효하고 글을 잘 지었다는 정도였다. 그래서 그 국문학자는 사람됨과 문학작품의 우수성과는 아무 관계도 없는가 보다고 한탄스런 결론을 내렸다.

그런데 이에 대한 다른 국문학자의 견해는 아주 딴판이다. 그에 따르면 허균이 비록 높은 벼슬을 하기는 했으나 뒤에 허망하게도 사형을 당해 죽었으므로 그를 미워하는 사람들에 의해 기록된 내용은 전혀 객관성을 상실한 것이라는 주장이었다. 죽은 자는 말이 없고, 득세한 반대파는 허균의 약점만을 과장한 것이 아닌지 검토해 보아야 한다는 의견이었다.

이에 이르러 우리는 사람을 평가한다는 것이 얼마나 어려운 일인가, 그리고 역사에 기록된 것이라고 해도, 또 세상 사람들이 통념으로 받아들이는 견해라 해도 무조건 따르고 받아들일 것이 아니라는 교훈을 얻게 된다. 한 명의 인간, 그리고 잘 알려진 역사적 사건 하나를 이해하는 데에도 이렇듯 어려움이 따르는 것이고 보면, 현재와 미래를 아울러 내다보는 높은 안목은 어떻게 길러야 하는 것일까? 하루가 다르게 변모하는 초고속超高速의 정보 사회에서……

(우성가족. 1990년 5월호)

영원히 살고 싶은 보통 사람들

어느 여름날 나그네 몇 명이 길을 걷고 있었다. 이때에 어디서 부터인지 먹구름이 몰려오더니 소나기 한줄기를 시원하게 쏟는 것이었다. 길을 걷던 나그네들은 급히 동네 어귀에 있는 정자나무 아래로 비를 피해 몰려들었다. 거기에는 이미 나이 지긋한 노파가 먼저 와 있다가 비를 피해 뛰어드는 젊은 나그네들을 향해 말을 걸어왔다.

"응! 그렇지! 젊은이들이야 앞길이 구만리 같으니 그렇게 비를 피해 몸을 아낄 만도 하지. 하지만 나 같은 늙은이는 당장 죽어도 아깝지 않은데, 이렇게 소나기를 피하여 앉아 있으니 우습지 않우?"

"원 할머니도, 생명은 누구의 것이나 귀한 것 아니겠습니까? 왜 그렇게 비감한 말씀을 하십니까?"

젊은이 한 명이 이렇게 노파의 말에 대꾸를 하였다. 그러나 노파는 자기 앞날의 생애는 무가치한 것이며 더 살아 보았자 자손들에게 누를 끼치기만 하는 처지이므로 죽어도 좋지 않으냐고 푸념 삼아 빈문하었다. 그때 마침, 번쩍하고 번갯불이 비치더니 커다란 벼락소리가 그들의 머리 위에서 터졌다. 모두들 혼비백산하여 몸을 움츠리며 더 피할 곳도 없는 땅바닥에 엎드렸다.

천둥이 지나간 뒤에 보니, 죽어도 좋다던 노파는 낯선 젊은이 품에 안겼다가 어쩔 줄을 모르며 외면을 하는데, 일찍이 처녀 시절에도 그렇게 달아올랐을 것 같지 않게 귓부리가 붉더라는 것이었다.

이것은 삶에 대한 애착이 얼마나 절대적이며 맹목적인 것인가를 풍자하는 이야기이다. 누구든지 이렇듯 살고 싶어 한다. 그리고 오래오래 살고 싶어 한다. 그러나 그 삶에의 소망이 아무리 간절하기로 일백 년을 넘겨 사는 이가 이 세상에 몇이나 있었던가? 고작해야 칠팔십이다. 그것도 구차스럽지 않고 깨끗한 칠팔십이 되기 위하여서는 또 살얼음 밟기 같은 고충이 없을 수 없다.

그렇다면 보다 쉽게 그러나 깨끗하게 오래 사는 비결은 없을까? 일찍이 황진이는 그 묘안을 생각하고 있었던 듯, 이렇게 노래하였다.

동짓달 기나긴 밤, 한 허리를 둘에 내어
춘풍 이불 아래 서리서리 넣었다가

어른님 오시는 날 밤이어든 구비구비 펴리라.

사람으로 태어나 슬픈 것이 어찌 시간 속에 매여 있다는 사실 하나뿐일까 마는, 그렇더라도 시간을 스스로 늘리고 줄일 수만 있다면 육십 평생 아니 오십이나 사십에 멈춘다 한들 또 어떠랴 싶었던 황진이의 그 깜찍스런 생각은 즐거운 시간을 늘리고 외로운 시간을 줄이는 방책에 도달하고 있었다.

돌이켜 보면, 똑똑하다는 인간들이 의외로 미련스럽기 짝이 없다. 고통스러운 시간은 그것이 비록 짧아도 길게 느끼며 기쁜 시간은 그것이 아무리 길어도 짧게 느끼는 바보들이다. 그래서 황진이는 세상 사람들의 그 미련함을 통박하는 것이다.

그러나 황진이가 미처 제시하지 못한 것은 어떻게 길고 긴 동짓날 밤 시간을 짧게 줄이느냐 하는 구체적인 방법이었다. 동짓달 긴긴밤의 반 토막이 어른님과 함께 지내는 밤에 이어 붙는다 할지라도 여전히 동짓달의 나머지 반 토막은 삭막하고 긴긴밤이 될 것이다. 그러면 어떻게 할 것인가? 아마도 영리한 황진이인지라 대뜸 이렇게 대답할지도 모른다.

동짓달 긴긴밤의 나머지 반허리는
호롱불 바라보며 앉은 채로 졸다가
어른님 만나던 때의 눈빛으로 깨어나리.

그것참 그럴싸하다. 슬픔과 외로움 가운데 있더라도 우리가 그것을 뛰어넘을 수 있는 것은 우리의 의식이 지나간 시절의 아름다움을 반추할 수 있기 때문이 아닌가? 추억의 세계야말로 우리의 몸뚱어리를 진흙탕 같은 현실에 놓고서도 우리의 영혼은 번쩍 들어 올려 은은한 향기로 피어오르게 하는 연꽃이다. 그것은 지나간 세월의 아픔조차도 아련한 그리움으로 바꾸어 놓는 마법사가 아니던가? 또 그것은 악몽이라고 할 수밖에 없는 무서운 사건들도 힘겹게 이겨내고, 어찌 되었건 이제 그것을 추억으로 돌이킬 수 있는 사실에 대해 감사의 마음을 불러일으키는 마술사이기도 하다. 하물며 달콤한 추억에 있어서이랴.

이렇게 생각하고 보니, 시간이란 것처럼 맹랑한 헛 그림자는 다시 더 없을 것도 같다. 우리의 의식 속에서 얼마든지 재생될 수 있는 것이니, 구태여 우리가 시간의 노예라고 슬퍼할 일이 없지 않은가? 그러나 재생시킬 추억이 없는 한, 우리는 여전히 시간 속에 묶여 있는 가련한 존재일 수밖에 없다. 따라서 우리가 오래 살기 위하여, 아니 영원히 살기 위하여 해야 할 것은 추억을 만드는 일. 그리하여 우리 스스로도 재생되는 일뿐이다. 물론 그것은 아름다운 추억이어야 한다. 우리가 역사상에 명멸한 무수히 많은 인물들을 흠모하는 까닭은 오로지 그들이 만들어 낸 아름다운 추억 때문이며, 그래서 그들이 우리의 의식 속에 추억의 존재로 살아있기 때문이다.

그러면 우리들이 모두 역사에 기록될 만큼 거창한 추억의 인물이 되어야 한다는 말인가? 절대로 그럴 수도 없으려니와 그럴 필요도 없다. 우리는 그저 평범하고 온순한 보통 사람들이기 때문이다. 그렇지만 역사의 인물이라 하여 모두 우리의 손이 닿을 수 없는 높은 존재의 영웅·호걸만은 아니다. 우리나라에서 가장 오래된 역사책 삼국사기는 그 마지막 10권이 잊을 수 없는 추억을 만든 80명의 이야기로 되어 있는데, 거기에도 우리들과 비슷한 보통 사람들의 얘기가 나온다.

우리에게 잘 알려진 효녀 지은知恩을 생각해 보자. 가난한 살림에 늙은 어머니 한 분을 정성껏 봉양했다는 일 이외에 효녀 지은은 한 일이 없다. 그녀의 효행이 나라에 알려져서 나라의 도움을 받았다는 것은 지은의 업적이 아니라 나라의 업적일 뿐이다. 따라서 '지은' 이란 이름은 특정한 여인의 이름이 아니라, 삼국시대 천 년, 고구려, 백제, 신라의 방방곡곡에 이름도 알려지지 않고 죽은 모든 효녀의 대명사라고 생각해야 할 것이다. 역사의 인물들은 그들의 업적이 크건 작건, 실제에 있어서는 비슷한 업적을 남겼으되 이름이 전해지지 않은 다른 사람들의 몫까지도 대신하는 일종의 집합명사라고 생각해야 한다. 그러므로 굳이 우리들은 역사에 기록되느냐, 아니 되느냐 하는 극히 세속적인 차원은 생각하지 말아야 할 것이다.

그리고 그저 우리들 보통 사람들의 분수에 맞게 우리가 생활하는 범위 안에서, 우리가 만나는 사람들에게 서로서로 아름다운 추억을 만들면 그뿐. 다시 바랄 것이 없다. 어떤 할머니는 배앓이하는 손자의 배를 쓸어주는 부드럽고 매끈거리는 손바닥의 감촉과 함께 「철수 배는 똥배, 할머니 손을 약손」이라고 읊는 목소리로만 그 손자의 가슴속에 영원히 살고 계신다. 어떤 할아버지는 어슬렁어슬렁 뒷짐을 지고 논두렁을 거니시는 한 폭의 그림으로 어린 손자 놈의 회상 속에 살아 계실 수가 있다. 그렇지만 그 뒷짐 진 할아버지의 그림자는 찢어버릴 수도, 불태울 수도 없는 그림이어서 그 손자 놈이 또 할아버지가 되었을 때는 자신도 모르게 스스로 앞뜰을 거닐며 뒷짐을 지게 하는 복사판을 만든다.

자! 그러면 영원히 살고 싶은 우리 보통 사람들은 무엇을 할 것인가? 출퇴근 시간에 대문 앞에서 마주 서는 아내에게 눈웃음부터 보내야 할 것인가? 혹은 다 큰 막내딸의 볼기짝을 툭툭 두들겨 주는 손바닥이고 저하다가 막내딸의 눈 흘김을 받을 것인가?

(코오롱 社報. 1982년 10월호)

물질에 맞서는 정신의 승리

과학적 기술의 발달이 인간의 행복을 보장하지 못한다는 것은 이제 낡은 지식이다. 아무리 쾌적한 생활 조건이라도 인간의 고매한 정신을 지배하지 못한다는 것도 누구나 알고 있는 진부한 상식이다. 우리는 우주 과학이 아무리 발달하여 태양계뿐만 아니라 멀고 먼 은하계의 다른 곳까지 인간들이 우주여행을 할 수 있게 된다고 해서 인류가 지금보다 더 행복해질 수 있다고 믿지 않는다. 오늘날 지구 안에서 생산되는 어떠한 문명의 이기利器도 그것이 인간의 행복에 관계된 것이라고는 생각지 않는다. 오히려 그것은 인간의 끝없는 욕망이 언제 무너질지 알 수 없는 바빌론 탑을 한층 더 높이 쌓아올린 것에 지나지 않는지도 모른다. 어찌 보면 인류가 스스로 멸망의 길을 향해 한 걸음 다가선 것이 아닌가 하는 느낌을 갖게도 한다.

금세기에 들어와 급격한 발달이 이루어진 핵 개발만 해도, 그것은 처음에는 무서운 파괴력을 가진 인간 살상용 무기를 만들기 위한 것이었고, 점차 전기 생산의 수단으로 방향을 바꾸기는 했으나 자칫 잘못 다루면 방사능 오염에 의해 인명 피해는 말할 것도 없고 수십 년이 지나도 풀 한 포기 나지 않는 불모의 땅을 만드는 위험을 안고 있다.

인간의 능력이 놀랍지 않은 것은 아니다. 농산물의 생산 능력만 해도 엄청난 발전을 거듭하였다. 이처럼 놀라운 농사 기술은 풍족한 농산물의 생산을 가능하게 하였다. 수치數値로만 본다면 현재 전 세계의 농산물 총 생산량은 세계의 총인구 65억을 먹여 살리고도 남는다고 한다. 그러나 그것은 다만 통계적인 계산일 뿐이며, 지구상에는 매년 수천만 명이 굶주림으로 죽어 가고 있다. 지구상의 모든 인류가 다 같이 정당한 생존권을 누려야 한다는 순수한 이상理想에 반대하는 사람은 아무도 없다. 그렇지만 지구 구석구석에서 단 하루도 쉴 날이 없이 민족과 민족, 국가와 국가 간의 분쟁이 끊이지 않고 있다. 우리나라만 해도, 7천만 온 민족이 통일을 염원하지만 남북 간의 정치적·군사적 분쟁의 골은 여전히 깊게 패이고 있다. 이것이 인간의 한계인지도 모른다.

잘 살아보겠다는 인간의 욕망은 물질 쪽으로만 관심을 기울였다. 풍족한 물질이 잘 사는 것의 제일 조건인 양 착각한 것이었다. 그래서 구미 선진국은 산업혁명을 일으켰고 그 생산품의 판로를 확보하기 위하여 식민지를 개척하였다. 금세기에 들어와 대부분의 식민지가 독립을 하였지만, 그 국가들이 과거 종주국의 경제적 침탈에서 완전히 자유로운 경우는 드물다.

　몇몇 나라가 식민지 시절의 설움을 씻고, 우리도 잘 살아 보자고 뒤늦게 공업화·산업화의 길을 달려오기도 했다. 우리나라도 그러한 나라의 하나로서 세계의 주목을 받고 있다. 우리나라의 경제성장을 한강의 기적이라 하여 우리보다 못한 나라들이 우리를 배우려고 한다는 소식도 들린다. 그러나 우리나라가 산업화와 도시화의 물결을 타고 경제성장을 거듭한 만큼, 다시 말하여 그 성장에 비례할 정도로 온 국민이 행복을 누리고 있는가? 한 사람당 국민 소득이 5천 달러일 때에는 5천의 행복을 누렸고, 1만 달러일 때에는 1만의 행복을 누렸는가? 그 성장의 뒤안길을 살펴보기로 하자.

　마음 놓고 마시던 수돗물을 조심스럽게 정수기에 걸러먹은 지 여러 해가 되었다. 시골에서 처음으로 서울에 올라온 사람은 30분이 채 되지 않아 매연 때문에 눈물을 흘리며 기침을 시작한다. 그러면서 서울 사람들은 이 굴뚝 속 같은 공기를 마시며 어떻게 사느냐고 한숨을 쉰다. 출퇴근 시간이면 사람의 물결로 아우성치는 전철역, 온 거리가 주차장이 되어 버리는 교통 체증. 그러나 이러한 물리적 환경은 접어 두고, 사람들의 생활이 만들어내는 사회적 환경에 눈을 돌려 보자. 서울은, 아니 우리나라는 과연 사람이 사는 곳인가? 사람답게 살 만한 곳인가?

　우리나라 사회 환경이 지니고 있는 가장 큰 약점은 도대체 이 나라가 어디로 굴러가고 있는가 하는 의구심이 아니 나올 수 없을 정도로 도덕적 타락이 극심하다는 점이다. 대통령을 한 번 지내면 수천억 원대의 돈이 굴러 들어오고— 또 그러한 부정과 비리가 만천하에 공개되어 대통령을 지낸 사람이 쇠고랑을 차고 감옥에 갇히는 것을 보면서, 우리는 사람답게 사는 것이 무엇인지를 생각하며 한편으로는 허탈하고 한편으로는 숙연해진다. 이 모든 것이 돈이 제일이요, 돈이면 모든 문제가 해결할 수 있다는 황금만능주의의 소산이다. 더구나 돈의 위력이 복지사회를 건설하는 쪽으로 작용하기보다는 무절제한 향락을 추구하는 쪽으로 흘러가면서 온 나라가 먹자판, 놀자판으로 굴러가고 있다. 여름이면 해수욕장으로 몰리는 인파, 겨울이면 스키장으로 몰리는 인파, 그리고 그들이 타고 오는 자동차 때문에 두세 시간이면 갈 수 있는 거리를 열두 시간 열세 시간씩이나 걸려야 갈 수 있는 현상은, 거듭거듭 우리가 어떻게 살아야 현명한 것인지를 생각하게 한다.

또, 성 윤리를 파괴하는 오락물이 거리에 넘친다. 영화 광고는 말할 것도 없고 과자를 선전하는 광고조차 선정적인 장면이 등장한다. 마약류의 밀매가 점점 확산된다는 신문 보도도 있었다. 아들이 아버지를 죽이고, 아내가 남편을 죽이는 사건이 선량한 사람들을 놀라게 하였다. 충동적인 결단으로 실행에 옮기는 자살은 왜 그렇게 퍼져 가는지 모르겠다. 인간이 겨우 요 정도밖에 안 되는가 슬플 뿐이다.

아직 사리 판단이 성숙하지 않은 청소년들에게 이 세상은 점점 더 알 수 없는 요지경으로 비칠지도 모른다. 더욱 근심스러운 것은 세상을 올바르게 살아가려는 굳은 의지를 키우기보다는, 세상 흐름에 따라 적당히 즐기고 그럭저럭 지내면 그만이라는 안이한 생각에 젖어들지나 않을까 하는 것이다. 그러나 그것은 한갓 기우杞憂일 뿐, 대부분의 우리나라 청소년들은 세상을 바로잡고자 애를 쓴 많은 선각자들의 발자취를 살피며 자신의 앞날을 설계할 것이다.

자, 돌이켜 보자. 그러면 우리의 뇌리에 첫 번째로 떠오르는 인물들이 있다. 이른바 옛 성현들이다. 그들은 인간의 연약함과 어리석음을 직시하고 이 세상에 만연하는 사회적 죄악을 타파하면서 인간이 어리석음에서 단숨에 벗어나는 길이 있음을 제시하였다. 석가가 설산雪山에서 고행한 것이 그 방법을 깨우치기 위한 것이었고, 예수가 광야廣野를 헤맨 것도 인간의 연약함과 어리석음을 초월하자는 몸부림이었다.

그 성현들의 외침은 어찌 보면 너무나도 간단하고 명료하다. 세상을 보는 안목을 바꾸라는 것이다. 돈으로 된 세상, 물질로 된 세상을 보지 말고 정신으로 된 세상, 마음으로 꾸미는 세상을 보라는 것이다. 그러나 보통 사람들의 눈에는 아무리 보아도 이 세상이 돈과 물질로만 보이고, 마음과 정신으로 보이지 않는다.

그러므로 우리는 여기에 이르러 생각을 가다듬어야 한다. 석가나 예수도 갖은 고행과 수련을 거쳤거늘, 우리들이 어떻게 하루아침에 마음의 세계, 정신의 세계를 찾을 수 있겠는가? 옛날에 맹자의 어머니는 아들이 세상 사는 이치를 깨달을 수 있게 하기 위하여 세 번씩이나 이사를 하였다고 한다. 인간이 환경으로부터 쉽게 자유로울 수 없음을 시사하는 대목이다. 우리는 일단 청정한 환경을 찾아 나서야 한다. 연약한 인간이기에 보고 듣는 것을 맑고 깨끗하게 다스리려면 돈에 찌들고 향락에 얼룩진 세속을 벗어나 보아야 한다. 아마도 그것은 견디기 어려운 행보일지도 모른다. 정다운 이웃이 그립고, 맛있는 음식이 먹고 싶을 것이다. 그러나 그러한 세속적 유혹에서 벗어나지 못한다면 우리는 영원히 이 세상이 물질로만 되어 있을 뿐, 정신으로 형성된 세계가 있음을 보지 못하고 말 것이다.

말을 바꾸어 보자. 정신의 세계를 보라는 것은 올바른 가치관을 확립하라는 말이다. 세상을 탓하지 말고, 나부터 건전한 인간성을 회복하자는 말이다. 성현의 말씀에 귀 기울이며 수련修練의 자세를 가다듬자는 말이다. 올바른 세상을 만드는 것은 돈과 쾌락이 아니요, 청정淸淨한 마음, 올곧은 정신임을 확인하자는 말이다.

우리는 분명히 말할 수 있다. 인간의 정신이 육체를 이기고 물질을 이겼을 때, 그리하여 인간 정신이 세계를 정복했을 때, 그때에 지상 낙원도 꿈이 아니요, 현실로 다가온다는 것을.

(大成 가정학습 受驗論述. 1996년 3월)

예의禮義 염치廉恥를 다시 말함

　세상 만물 중에 변하지 않는 것은 없다고 한다. 그러나 '변하지 않는 것은 없다.'는 말이 나타내는 명제만은 변하지 않아야 세상 만물이 마음 놓고 변할 수가 있는 법이다.

　세월이 흐른다거나 세상이 달라진다고 하는 것도 가만히 생각해보면 흐르지 않는 무엇, 달라지지 않는 무엇이 있기 때문에 가능한 말이 아닌가 싶다. 그러나 이처럼 단순하고도 소박한 진리가 때때로 잊혀지는 경우가 있다.

　벌써 한 삼십여 년 전에 있었던 일이다. 그 당시 30대 후반에 속하는 젊은 신예 학자들이 자기네들보다 10년쯤 나이 많은 선배 학자들을 향하여 일제히 공격의 화살을 퍼부어댔었다.

　'어정대는 40대'라느니, '아카데미즘의 위기'라느니 해가면서 선배들의 학문적 불성실성을 타매唾罵하고 나섰다.

　그 무렵 스무 살을 갓 넘긴 대학교 상급반의 필자로서는 우리의 은사이신 30대 신예들의 그 신나는 필봉에 무조건의 찬사를 보내며 통쾌한 기분을 함께 누렸다. 허나 어느 사이엔가 그렇게 패기만만하던 30대 젊은 학자들은 이제 모두 정년퇴직을 하셨고 그중 몇 분은 이미 세상을 떠난 지 여러 해가 되었다.

얼마 전 어느 학술발표회장에서도 아주 신나는 공방전을 목격하였다. 서양학자의 학설에 근거하여 우리나라의 어떤 사실을 해석한 40대 박사의 논문을, 그의 후배 학자가 통렬하게 공박하는 것이었다. 서양학자가 선정한 이론은 이러이러한 개념으로 이해하여야 하는데 우리나라의 사실은 그 개념에 맞는 것이 아니므로 그 논문은 모래 위에 지은 집이라고 꼬집었다. 공격을 받은 선배 학자가 몇 가지 조목을 들어 방어와 논지를 폈으나 이상하게도 장내의 분위기는 젊은 학자의 공격 논리가 지배하는 느낌이었다. 그 자리에 앉아 있던 대부분의 대학원 학생들에게서 웬일인지 30년 전 은사에게 박수를 치던 필자의 모습이 보이는 것이었다.

그러나 필자 자신의 심경은 그렇지 않았다.

〈학문의 영역에서는 외국의 이론을 창조적으로 응용해서 그것을 더 발전시킨 경우도 많지 않은가? 한글 창제가 대표적인 예이다. 오백 년 전 우리 선조들은 중국 성운학聲韻學에서 평상거입平上去入이란 네 가지 성조聲調의 이름을 빌어다가 우리나라 성조 체계에 맞도록 훌륭하게 발전시켰다. 원래 우리말에는 낮은 음과 높은 음의 두 가지 성조밖에 없지만 중국식 네 가지 성조의 이름인 평상거입을 모두 사용하면서 국어의 성조 체계를 성공적으로 설명하였다.)

　이와 같은 심경에 젖은 것은 분명히 필자 개인의 나이 탓이라고 생각하면서도, 오늘날의 문화 풍토가 어쩌면 옛날 우리 선조들의 사대事大 성향보다도 훨씬 더 편협하고 고루한 것이라는 느낌을 떨쳐버릴 수가 없다. 특별히 그것은 낱말 사용에 있어서 두드러진다. 똑같은 의미의 말을 사용하면서도 전통적으로 오래 써오던 옛날 용어를 사용하면 심한 경우 의사소통이 안 되는 불상사까지 발생한다.

　한 번은 이런 일이 있었다. 국회의 5공 비리 청문회가 텔레비전에 중계되는 막바지 무렵이었다. 국회의원들의 질문과 증인들의 해명이 겉돌고 있는 것을 안타깝게 지켜보다가 그만 누구에게랄 것도 없이 짜증 섞인 목소리로,

　"에이, 예의禮義도 염치廉恥도 없는 친구들!" 하고 욕을 해댔더니 그 말을 받아서 30대의 젊은 후배가 이렇게 대답했다.

　"아, 지금 예의니 염치니 하는 체면치레는 안 해도 좋아요. 핵심을 파고들어야 하는데 그것이 안 되는군요."

　물론 그 젊은 후배는 내 말에 반박할 의사가 있었던 것도 아니요, '예의'와 '염치'의 뜻을 몰라서 그런 것도 아닐 것이다. 나의 답답한 심정에 공감을 표한 말임엔 틀림없으나 그래도 '예의'와 '염치'의 의미가 표면적으로만 해석되고, 그것이 지닌 정말로 깊은 의미는 이들 젊은 세대들에게서 퇴색한 것이라는 심증이 굳어지는 것이었다.

그러면 '예의禮義 염치廉恥'는 무엇을 뜻하는가? '예禮'자는 '보일 시示'자와 '풍년 풍豊'자가 결합하여 만들어내는 글자다. 보일 시示자는 원래 하늘에서 비가 내리는 모양을 상형화한 것으로 하늘의 인간에 대한 무한한 애정을 뜻한다. 농경사회에서 비가 오지 않는다면 그것은 곧 굶어 죽는 것을 나타내기 때문이다. 따라서 보일 시示자는 인간의 관점에서 보면 하느님으로부터 받은 무한한 축복이요, 은혜다. 풍년 풍豊자는 제단 위에 농사지은 곡식을 쌓아놓은 모습의 글자다. 하늘로부터 비를 받아 농사를 잘 지었으니 그 고마움을 하늘에 나타내지 않을 수 없다. 그래서 추수한 곡식으로 제사를 올리는 추수 감사의 글자가 곧 풍년 풍豊자다.

그러므로 예禮자는 하늘과 인간과의 가장 원만한 사랑과 존경의 발현이요, 감사 의식의 표상이다. 더 나아가 '예禮'는 하늘과 인간과의 관계뿐만 아니라 인간과 인간 사이에서도 자연스럽게 발생하는 주고받음의 관계, 그 관계 위에 꽃피는 감사 생활의 표징이다. 마지못해 차리는 체면치레의 행사가 아니라 가슴속 깊은 곳에서 우러나는 감사의 눈 맞춤이 바로 '예'자의 참뜻이다.

'의義'자는 '양 양羊'자와 '나 아我'자가 위아래로 연이어 있다. 나 아我자라고 흔히 말하지만 그 뜻에는 '우리'라고 하는 공동체 전부를 가리키는 의미가 들어 있다. 양의 무리 가운데서 가장 우두머리가 되는 양을 표시하는 것이 의義자다. 따라서 나 개인보다는 항상 자기 무리 전부를 대표하는 무리의 앞에서 인도한다.

그 때문에 '나' 가 들어 있는 집단의 '남' 을 위하는 일을 '의義롭다' 고 말하게 된 것이다. 이 '의롭다, 옳다' 고 하는 것은 공동의 사회 속에서 사사로운 개인이 희생되고 죽더라도 전체로서의 우리를 살리는 일, 곧 봉사의 행위, 희생의 정신을 가리킨다. 의거義擧라 하는 것이 나는 죽더라도 우리를 살리는 몸짓을 말하는 것이며 자신의 죽음으로써 민족의 정기를 빛낸 사람을 의사義士라고 하는 것이니, 안중근이나 윤봉길을 의사라 하는 까닭이 거기에 있다. 하다못해 의치義齒니 의족義足이니 하는 말도 그것이 '가짜' 라는 뜻으로서가 아니라 진짜가 없으므로 진짜에 대신하여 기능을 담당한다는 의미에서 희생하고 봉사한다는 뜻이다. 그러므로 '예의禮義' 는 함께 사는 사회에서 남을 위해 지켜야 할 필수적인 자세다.

염廉이란 무엇인가? '바위집 엄广' 자 밑에 '아우를 겸兼' 자가 들어 있다. 고대광실高臺廣室은커녕 초가삼간草家三間도 못 되는 바위 굴 속 움막집, 그 집에서 혼자 살지도 못하고 다른 식구와 함께 사는 곤궁한 상황을 연상시키는 글자다. 그런데 만일 어떤 이가 크고 넓은 집에서 호사스럽게 살 수 있는 돈을 가지고 있으면서도 허름한 연립주택에 살면서 남아도는 돈으로 가난한 이들을 위해 선용한다면 우리는 그런 사람을 어떻게 바라볼 것인가?

그렇다. 백만 원이 있어도 십만 원밖에 없는 것처럼 생활하면서 나머지 구십만 원을 이웃을 위해 돌려놓는 것이 바로 '염廉' 이다. 그것을 다른 말로는 검약儉約이라 할 때도 있고, 청빈淸貧

이라 할 때도 있으며, 더 나아가 무욕無慾이니 해탈解脫이니 할 때도 있는 것이다. 내가 가진 내 재물을 가지고 나를 위해 마음껏 쓰고 살지 못하니 바보일 수밖에 없다. 그렇지만 우리의 옛 선비들은 즐겨 그 바보가 되고자 애썼던 것이다. 이름이나 아호雅號에 '바보 우愚' 자를 집어넣은 것이나, 불가에서 좋아했던 못난이 다툼얘기도 모두 이 '염廉'을 실현하기 위한 수련 과정의 하나였다.

〈조주 스님이 그의 제자 문원과 못난이 내기를 하였다. 문원은 스님에게 먼저 말씀하실 기회를 드린다.

"나는 한 마리 나귀로다." 제자가 응수한다. "저는 그러면 그 나귀의 다리입니다." "그러면 나는 그 나귀의 똥이로다." "하오면 저는 그 똥 속의 벌레이옵니다." 스승이 제자에게 묻는다. "너는 그 똥 속에서 무엇을 하려느냐?" "예, 하안거(夏安居, 중이 여름 장마 때 외출하지 않고 한방에 모이어 수도하는 일)를 하겠습니다."〉

'염廉'의 극치는 이런 것이었다. 그러면 '치恥'란 무엇인가? '부끄러울 치恥'라 하니까 남 보이기에 창피한 것을 일컫는 것이라고 생각하면 안 된다. 부끄러움이란 원래 남이 알거나 말거나 내가 스스로 낯을 붉히며 괴로워하는 것이다. '귀 이耳' 자 옆에 '마음 심心' 자가 붙어 있다. 마음이 겸손되이 귀를 붙이고 있는 것이다. 자기의 생각과 행실과 마음 씀이 어떻게 세상 사람들에게 유익함이 있었는가를 마음에 귀를 대고 반성한다. 이때에 바른 마음으로 반성하면 자연히 회개悔改하게 되고 그때마다 잘못에 대한 부끄러움이 따른다. 그것이 곧 '치恥'다. 그러므로 '염치'는 함께 사는 사회에서 자아를 다스리는 준엄한 수덕修德의 방편이다.

이렇게 본다면 '예의 염치'는 체면이나 차리는 겉치레를 뜻하는 말이 아니라 '감사하라, 봉사하라, 청빈하라, 회개하라'라고 하는 적극적인 행위의 명령문이다. 그럼에도 불구하고 '예의 염치'가 귀찮은 겉치레의 뜻으로 전락한 까닭은 무엇인가? 그것은 서양에 유학하여 박사학위를 받고 돌아온 팔팔한 30대 삼촌의 말에는 귀 기울이고, 공자 맹자만 찾으시는 시골집(함께 사는 서울집 사랑방이 아님을 유의하자) 할아버지의 말씀에는 전혀 관심을 두지 않는 세태 풍정과도 관계가 있다. 능률과 기술, 신속성과 신정보를 앞세우며 고도의 산업 정보 사회에서 살아남으려면 지나간 시대의 낡은 목소리에 시간을 빼앗길 겨를이 어디에 있느냐는 높은 목소리와도 관계가 있다. 그러나 다시 마음을 가라앉히고 다음 구절을 음미해 보자.

○ 어떤 처지에서든지 감사하십시오.(데살전 5 : 18)
○ 이렇게 수고하여 약한 사람을 도와주고… (사도행 20 : 30)
○ 여우도 굴이 있고 하늘의 새도 보금자리가 있지만 사람의 아들은 머리 둘 곳이 없다.(루가 4 : 17)
○ 회개하라, 하늘나라가 다가왔다.(마태 4 : 17)

이 말씀은 우리 민족이 들은 지 이백 년밖에 안된 신선한 깨우침이요, 외국 유학에서 갓 돌아온 삼촌의 제안이기도 하다. 그러나 그것은 이천 년 전 이스라엘의 종교 사상가 바울의 외침이요, 예수님의 경고이다. 동시에 그것은 이천오백여 년 전 유교에서 가르쳐온 '예의 염치'의 변주곡일 뿐이다.

그렇다면 세상 만물 중에 변하지 않는 것은 무엇이며, 변하는 것은 무엇인가? 낡은 것은 무엇이며, 새로운 것은 무엇인가? '예의禮義 염치廉恥'의 뜻조차 모르는 오늘의 세태를 생각하며 낡은 세태는 지금 곰팡이 낀 동양의 고서를 하염없이 어루만지고 있다.

(한국인. 1983년 4월호)

빈칸에 이름 쓰기

"나는 열다섯 살에 학문에 뜻을 두었고, 서른이 되니까 모든 일에 홀로서기가 가능하였다. 마흔에는 어떠한 유혹에도 흔들리지 않았고, 쉰 살에 이르러 하늘이 왜 나를 세상에 보냈는지를 분명하게 깨달았다. 예순 살이 되니 비로소 남의 말을 바르게 알아들을 수 있게 되었고, 일흔이 되니까 마음 내키는 대로 행동하여도 법도에 어그러지지 않더구나."

이 공자님의 고백은 참 인간이 되기 위한 길이 오랜 세월이 걸리는 시간과의 싸움임을 일깨워준다. 공자와 같은 성인도 나이 먹기에 비례하여 조금씩 조금씩 높은 단계의 인품으로 성장하였음을 말하고 있기 때문이다. 더욱 감탄스러운 것은 일흔이 넘은 나이에 지나온 생애를 돌아보면서 이토록 간결하고도 자신 있는 이력서를 밝힐 수 있었다는 사실이다. 이 세상에 칠십의 생애를 살면서 공자님처럼 자신의 정신의 이력서를 밝힐 수 있는 사람이 몇이나 될 것인가. 그래서 우리는 공자님이 부럽기 그지없다. 이제 우리도 나이는 먹어가고, 세상 사람들에게 좋은 표양을 보이며, 모범적인 삶의 지침을 말해야 하는 처지가 되었다. 그러나 공자님처럼 자신의 이력서를 내보이며 "나는 이렇게 살았단다. 너희도 이렇게 해보지 않으련." 감히 이런 말을 할 수는 없다. 그래서 남의 얘기하듯 인생을 정리하는 방안을 생각해 본다.

인생살이를 온전히 "사람과의 관계"로만 파악하기로 하고 그것을 다섯 가지로 갈라 보기로 한다.

첫째, 사람 알기
둘째, 사람 찾기
셋째, 사람 닮기
넷째, 사람 되기
다섯째, 사람 만들기

사람 알기는 유년기와 청소년기에 집중될 것이다. 갓 태어나 엄마 젖을 빨면서 누가 어머니요, 누가 아버지인가를 알아보는 일이 아마도 사람 알기의 첫 단계일 것이다. 가족과 찬지와 이웃 사람도 알게 된다. 이렇게 존재와의 일치 여부를 인식하는 단계가 끝나면 그다음에는 저 사람이 착한 사람인지, 심술궂은 사람인지, 또 나에게 해를 입힐 사람인지, 도움이 될 사람인지를 판단하면서 그 사람에게 가까이 가기도 하고 멀리하기도 한다. 사람의 외형만 알아보는 것이 아니오, 사람의 내면까지 살피는 힘을 키운다.

그 무렵하여 우리는 사람 찾기에 나선다. 학교에서 만나게 된 선생님, 교회에서 만나게 된 신부님, 수녀님, 직장에서 만나게 된 동료와 윗사람, 우리는 수없이 많은 사람들을 만나며 살아간다. 그러나 그분들이 모두 우리의 사표로 기억되지는 않는다. 대부분 깊은 이해에 도달하는 인연이 없었기 때문이겠지만, 또 실제로 그 사람됨이 특출하지 않았기 때문이기도 하다. 그렇지만 그중에서 우리는 평생토록 삶의 지표로 삼을 만한 몇 분의 은사님, 신부님, 수녀님, 선배님이 있게 마련이다. 그리고 일생의 반려가 될 배우자도 만난다. 물론 책을 통하여 역사적 인물도 만난다. 그때부터 우리는 의식, 무의식중에 그분들을 닮기 시작한다. 청ㆍ장년기는 이러한 사람 닮기의 세월이라 할 수 있다. 배우자를 만나 혼인을 하고 결혼생활을 하는 것도 결국은 사람 찾기와 사람 닮기의 세월이라 할 수 있다. 수십 년 같이 살아 오누이처럼 보이는 부부들이 있는데 이들은 수십 년 서로 닮기를 하였기 때문에 생김새조차 비슷하게 된 것이 아닌가 싶다. 이렇게 사람 닮기가 지속되는 동안, 우리는 어느 틈엔가 이 세상을 살아가는 데 무엇이 옳고 그른가를 판별하여 스스로 참사람이 되고자 하는 수련의 생활이 이어진다. 그 출발의 시기가 빠른 사람도 있겠고, 늦은 사람도 있을 것이다. 이것이 '사람 되기' 이다. 이 사람 되기는 사람과의 관계가 아니라 오로지 자기 자신과의 싸움이다. 이 사람 되기가 시작될 무렵, 우리는 사람 만들기도 함께 진행한다. 부모가 되어 자식을 기르는 일, 선배가 되어 후배를 키우는 일, 윗사람이 되어 아랫사람을 거느리는 일이 모두 사람 만들기에 속하는 일거리이다. 그러고 보면 사람 알기, 사람 찾기, 사람 닮기, 사람 되기, 사람 만들기의 다섯 단계는 특별히 순서를 따질 것도 없이 숨 가쁘게 맞물려 돌아가는 순환의 고리들인지도 모르겠다.

그런데 만일에 우리가 하느님 앞에서 우리들의 일생을 정리하는 이력서를 쓰게 되었을 때, 공자님처럼 연령에 따른 정신적 성숙을 자랑할 수는 없을 것이고, 다음과 같은 편법의 보고서를 드릴 수는 있어야 할 것이다.

"이 세상을 살면서 누구누구를 알게 되었고, 누구누구를 찾아 인생의 스승으로, 친구로, 반려로 삼았으며, 또 어떤 인물을 닮고자 하면서 사람 되기에 힘쓰다가 누구누구를 자식으로, 제자로, 후배로 만들었습니다."

여기 이름을 적어 넣어야 할 빈칸에 우리는 몇 사람의 이름을 당당하게 기입할 수 있는 것일까? 더욱이 "사람 되기"란에 우리의 이름 석 자를 부끄럼 없이 적어 넣을 수 있는 것일까?

(참 인간 51호. 1996년 봄호)

그러나 젊음은 아름다운 것

지금까지 살아온 인생人生을 토대로 하여 "삶"이란 어떤 것이냐고 묻는다면 나는 두 개의 형용사를 준비하겠다.

"인생은 슬프나 아름다운 것이다."라고.

그렇지만 인생을 이제 막 구체적으로 설계해야 하는 젊은이들에게 있어서는 나의 명제命題를 받아들이기엔 아직 이른 나이일지도 모른다. 그들에게는 먼저 통과해야 할 또 하나의 명제命題가 있다. 그들에게 있어서 인생은 가을 하늘에 보름달 같은 것이어야 한다. 광명光明과 이지理智가 청량淸凉한 대공大空에서 빛나고 있어야 한다. 밝고 확실해야 하며 또 그것은 자기 나름의 논리대로 설명될 수 있어야 한다. 설명은 증명이 아니니까 다른 사람의 반박反駁에 대해서는 약간 무신경해도 좋을 것이다.

광명光明의 뒤안길에 그늘이 있고 감미甘味의 뒤끝에 신산辛酸이 어려 있음을 뉘 모를 것인가? 그러나 생각해 보자. 이른 봄 양지쪽에 얼음장을 들추고 나오는 파릇한 새싹을 보며 황량한 가을 바람에 누렇게 퇴색한 낙엽을 연상하고 눈물짓는 철 이른 감상파를 우리는 아직 보지 못하였다. 태어난 지 백날밖에 안 되는 어린 아가의 티 없이 맑은 웃음을 보면서 팔십 고령 인생의 황혼에서 먼 산을 바라보며 우수憂愁의 그늘을 드리우는 깊은 주름살을 생각해 내는 염세厭世 만능萬能의 철인哲人이 있는가? 우리가 사물을 바라보는 감지感知의 능력은 항상 순수하게 빛나야 한다. 꽃이 있으면 그 아름다움을 즐겨야 하고 술이 있으면 마시고 취할 수 있어야 한다.

젊음이 있는 동안, 해탈解脫과 관조觀照라는 말에는 잠시 귀먹은 척해야 할 일이다. 백발白髮이 성성星星할 때에 해도 해도 못 다 할 해탈解脫과 관조觀照일 것이기 때문이다.

그런데 우리 젊은이는 가끔 지름길로 먼저 늙으려는 사람이 있는 것 같다. 대폿잔을 기울이며 토해내는 열변熱辯은 그대로 관포管鮑의 맹약盟約이 되어야 하고 오솔길을 거닐며 팝송 가락에 즐겁던 추억은 가장 자랑스러운 사랑의 전주곡前奏曲이 되어야 하지만, 나는 아직 그렇게 순수한 젊은이들을 만나보지 못했다. 상극적相剋的인 두 개의 해답을 항상 준비해 가지고 있다가 마법사의 달변達辯으로 혓바닥을 놀리는 젊은이들 앞에서 나는 늘 할 말이 없어진다.

순수와 정열을 강조할 때에 그들이 내세우는 이로정연理路整然한 논증論證의 한 토막….

"관포管鮑의 맹약盟約이 무슨 소용입니까? 일찍이 두보杜甫는 우정의 덧없음을 이렇게 한탄했습니다. 출세한 옛 친구는 소식조차 끊이고(厚祿故人書斷絶)」라고요. 그의 광부라고 하는 칠언율시의 1절이지요, 아마."

그리하여 할 일없이 그 말에 맞장구를 치며 인생의 허무를 언급하노라면 그들의 지식은 또 한 번 섬광閃光처럼 반론을 제시한다.

"하지만 선생님, 그토록 허무와 염세의 예찬자禮讚者이던 명상가暝想家 마르쿠스 오렐리우스 황제는 로마 제국사에서 최초로 자기 아들에게 제위를 물려준 황제세습제皇帝世襲制의 창시자이며 로마의 영토를 넓힌 임전무퇴臨戰無退의 용장勇將이었음을 잊으셨습니까?"

나는 또 한 번 말문이 막혀야 한다. 그러나 이토록 지적知的 유희遊戲에 만족하며 능숙하게 손위 어른을 골탕 먹이는 바로 그 발랄한 궤변이 곧 젊음임을 깨달은 나는 어이없게 껄껄대며 너털웃음을 웃는 수밖에.

젊음이란 결국 미우리만치 사랑스런 것인가? 내가 어느새 젊은이에게 이토록 시샘을 내며 훈계訓戒하고자 하는 것을 보면 나도 어지간히 나이에 민감해진 모양이다.

(동아리 바다모임. 1975년)

자격은 없어도

　'무엇을 가르치거나 인격적인 감화가 전제되어야 한다.' 이것은 나의 버릴 수 없는 교육적 신념이다. 그래서 나는 내가 교육자라는 사실에 항상 부끄러움을 지니며 살아간다. 왜냐하면 나는 학문도 부족하지만 인격으로 말하면 더욱 부족하다고 느끼기 때문이다. 그렇다고 내가 달리 선택해야 할 차선의 직업을 생각해본 적도 없고 보면 내가 걸어가고 있는 길을 천직天職으로 알고 살아가는 것도 사실이다. 천직이라고 하면서 거기에서 부끄러움을 느낀다는 것은 확실히 이율배반二律背反이 아닐 수 없다.

　언젠가 나는 이러한 고민을 목사인 친구에게 이야기했던 적이 있다. 그때 그 친구는 껄껄 웃으며 이렇게 대답하였다.

　"이 사람아. 그럼, 나는 예수님 버금가는 사람은 되어야 설교를 할 수 있겠네그려."

　그 친구의 이론에 따르면 교역자들은 마치 네거리 모퉁이에 서 있는 신호등과 같은 존재라는 것이다.

〈교통법규를 지킴으로써 거리의 안전을 도모하고 그것이 평화로운 삶을 이룩하게 된다. 평화로운 삶이 궁극의 목적이라면 신호등은 그 목적에 도달하기 위해 사용되는 아주 미미한 방편의 하나일 뿐이다. 그러니 신호등은 올바른 행동지침을 지시하는 것으로 자신의 임무를 끝낸다. 아무도 신호등 자체가 안전과 평화라고 믿지는 않는다.〉

"그러니까 내가 예수를 믿고 따르라고 가르치지, 어디 나를 믿고 따르라고 하는가! 나도 역시 하느님 앞에서는 다른 사람들과 똑같은 죄인이란 말일세."

그 말을 듣고 보니 딴은 그럴듯했다. 그러나 역시 비유는 비유에 그친다. 사람은 지도자의 입장에 섰을 때 스스로가 남의 모범이 된다는 자신감을 가져야만 일에는 활력이 생기고 그 성과는 아름답게 매듭짓게 될 것이다. 그래서 늘 자신이 없는 나는 학기가 시작할 때마다 내 강의를 처음 듣는 학생들 앞에서 이렇게 미리 발뺌을 하는 버릇이 있다.

"여러분, 나는 가르치는 사람입니다. 물론 나는 강의 제목에 관련된 범위 안에서 그것도 내가 아는 부분만 가르치게 되어 있습니다. 그러나 간혹 탈선을 할 때도 있습니다. 왜냐하면 근본적으로 교육자는 자기가 알고 있는 모든 것을 피교육자에게 알려주어야 하는 기본적인 책임이 있기 때문입니다. 따라서 나는 여러분에게 인생의 선배로서 사회적, 윤리적 관점의 이야기들을 할

지도 모릅니다. 그때의 내 이야기는 철저하게 진실이고자 할 것입니다. 그러나 그 이야기와 나의 사람됨을 혼동해서는 아니 됩니다. 나의 말은 진실을 외치지만 '나'라는 사람은 그것에 부합되지 않을 수도 있습니다."

이러한 전제를 내세우고 나는 강의 내용과는 엉뚱하게 동떨어진 인생경륜을 엮어 내리는 때도 있다. 항상 남을 가르치는 데 송구스럽고 자신이 없다고 말하는 내가 이 무슨 망발의 짓인지 모를 일이다. 아마도 대중 앞에서 말을 하는 것을 직업으로 하는 사람들에게는 정도의 차이는 있을지 몰라도 모두 다 이러한 자기모순을 안고 있으리라. 조금은 뻔뻔하고 무디어져서 자기가 말한 언어적인 진리가 바로 자신의 현실적인 모습인 양 착각하는 경우조차 있을 것이다. 그러면 어째서 나는 이러한 자기모순 속에서 부단히 거짓말을 감행하는가? 나 자신에게는 위선적인 발언이 될지라도 언젠가 그것이 내 모습에 일치하리라는 염원念願을 가지고 있는 한 그것은 적어도 네거리 모퉁이에 서 있는 외로운 신호등쯤은 될 터이니까.

(신앙계. 1979년 2월호)

7. 위로와 권고

책을 읽는다는 것

섭씨 40도를 넘보는 용광로 속 같은 지난여름의 더위를 견디면서 사람들은 별의별 생각을 다 하였을 것이다.

"조금만 더 버티며 세월을 기다려 보자. 어차피 시간은 흘러가게 마련인 것. 9월달에 접어들면 제아무리 심한 더위인들 한풀 꺾이지 않으랴…. 그리고 그렇게 신선한 가을이 오면 이 여름에 계획만 해놓고 실천하지 못한 책 읽기와 글쓰기를 실컷 해보리라." 이렇게 말한 사람도 있을 것이고, 또 어떤 이는 "역사의식을 가지고 세상을 살아간다는 것이 계절을 넘기고 맞이하는 것처럼 예견할 수 있는 것이라면 얼마나 좋을까? 아무리 극심한 찜통더위라 할지라도 한 달 또는 달포만 견디면 그 기세가 꺾이고 서늘한 가을이 찾아오리라는 것을 확신할 수 있다. 세상을 살아가면서 그와 같은 예견을 할 수 있다면 얼마나 좋을까? 시대의 흐름을 높은 산에 올라가 평원을 내려다보듯 앞뒤로 둘러보고 예견할 수 있다면, 그러면 세상을 잘못 사는 일이 없지 않을까?" 이렇게 생각한 사람도 있었을 것이다.

더위 때문에 하고 싶은 일을 미룰 수밖에 없었던 앞의 사람은 이 삽상한 가을 저녁을 책상 앞에 앉아서 보낼 것이다. 그리고 책 속에서 발견할 것이다. 이 세상은 우리가 명쾌하게 설명해 낼 수 없는 불가사의不可思議가 너무나 많다는 것. 또 억울하고 분통 터지고 한스러운 것이 많다는 것. 생각하기에 따라서는 지구의 종말과 같은 말세 현상들이 끊이지 않고 연이어 왔었는데 용케도 20세기의 마지막 10년을 보내는 시점에까지 이른 것은 기적과도 같다는 것 등을 발견할 것이다.

그러므로 이 기적의 순간에 이 세상에 살아 있다는 것, 그리고 온전한 생각을 할 수 있다는 것이 너무도 기쁘고 감사하여 그 느낌을 문자화하려고 컴퓨터의 자판을 두드리는지도 모른다.

한편 더위를 이겨낸 것처럼, 혼돈과 불의와 고난의 시대도 떳떳하고 아름답게 살아가는 비결이 있지 않을까 하고 생각한 사람은 어쩌면 일제 시대에 변절한 사람들의 애석한 인생 편력을 또다시 점검할 것이다. 그리고 후세 사람들에게 존경과 사랑을 받는다는 것이 무엇인가를 더욱 깊이 검토하기 위해 역시 책장에 꽂아 두었던, 언젠가는 읽으리라 하고 사둔 채 여러 달이 흘러간 책을 뽑아 들었을 것이다.

그렇다. 우리는 이 늦가을에 책을 읽는다. 책 속에 파묻혀 있는 동안, 우리는 적어도 시간과 공간을 초월하는 너무도 자유롭고 가벼운 한 마리 새가 된다. 이 새는 형체도 없고 무게도 없다. 우주 공간의 어느 곳인들 못 가는 곳이 없고, 과거와 현재와 미래의 어느 시간인들 찾아가 머물시 않은 때가 없다.

밥 먹기도 잊고 밤잠도 아껴가며 이 가을에 읽은 책이 책상 위에 수북이 쌓여 있다. 그런 어느 날, 우리는 문득 생각해 낸다.

"저, 책들을 통하여, 나에게 찾아온 변화는 무엇인가?"

그것은 눈이 밝아지고 귀가 트인 것이다. 시력은 약해졌을지 모르나 보는 눈은 더 멀리 깊이 꿰뚫어 보게 되었다.

자동차의 소음은 분별할 수 없을는지 모르겠으나 귀 기울여 듣는 것은 옛날 희랍의 어느 철학자처럼 지구가 밤낮을 만들며 자전自轉하는 소리, 사계절을 꾸미며 공전公轉하는 소리, 르완다의 어린이가 죽어 가는 소리, 페스트로 숨져 가는 인도 어린이의 소리들이다.

생각해 보니 책을 읽어 얻은 것은 결국 보고도 못 보는 것을 놓치지 않고 볼 수 있게 된 것, 듣고도 못 듣던 것을 바로 알아들을 수 있게 된 것이다.

그러나 우리는 아직 자만하지 말아야 한다. 옛날 석가모니는 연꽃 한 송이를 들어 보여도 하실 말씀을 다 알아듣는 제자를 두셨다는데 우리가 지금 그 제자의 발끝에나 와 있는가? 요즈음 세상을 어지럽히는 사건들— 그렇지 작년에는 철도, 비행기, 여객선에 탄 사람들이 교통사고로 떼죽음을 당했었지, 그렇지 금년에는 사람 죽이는 걸 연습한 사람들의 이야기가 있었지, 그렇지 세금을 거두어들이는 사람들이 세금을 받아서 자기 집으로 가지고 갔다는 얘기도 있었지— 이 모든 사건들이 말하는 소리가 무엇인지 정말로 우리는 바로 알아들을 수 있는가? 그것을 우리 모두 '내 탓'이라 생각하며 가슴 쥐어뜯는 통회痛悔를 했는가, 아니 했는가?

우리는 모두 아기를 키우는 엄마가 되어야 한다. 아기 엄마는 아기의 울음소리만 들어도 아기가 원하는 것이 무엇인지를 알아낸다. 그래서 기저귀도 갈아 주고 젖도 물린다. 업어 주기도 하고 자장가를 불러 잠을 재우기도 한다.

우리는 모두 도를 닦는 수도자가 되어야 한다. 삼라만상 대자연의 말씀을 인간의 언어보다도 더 잘 알아들었다는 얘기는 옛날 스님들의 이야기로 끝나서는 안 된다. 새들과도 정다운 대화를 나누고 꽃들과도 이야기를 주고받았다는 사건이 하나의 사건으로 중세기의 프란체스코 성인 한 사람에게만 국한되어서는 아니 된다. 우리는 누구나 마음만 먹으면 프란체스코 성인이 될 수 있고, 도통한 스님이 될 수 있다.

그렇지만 우리가 쉽게 도통한 스님이나 프란체스코 성인 같은 분이 되지 못 하는 것은 아주 간단한 이유 때문이다. 아기를 키우는 아기 엄마가 아기를 사랑하듯이 우리가 세상을 사랑하지 않기 때문이다.

1백 권의 책을 읽고, 2천 권의 책을 읽으면 무엇하는가?

르완다 어린이가 굶주림으로 죽어 가는 것을 남의 집 일이라고

만 생각한다. 자동차에 사람이 치어 쓰러져 있는데도 쓰러진 사람의 가방이 열리면서 흩어지는 돈을 집어가지느라고 사람을 친 자동차가 도망가는 것도, 쓰러진 사람이 숨을 거두는 것도 모른다. 이런 사람들에게 이웃 사랑이 곧 자기 사랑이라는 것을 어떻게 일깨울 수 있을 것인가?

쉬는 날이면 등산을 하고 낚시질을 하는 사람들이 산꼭대기에서, 또 물가에서 무엇을 보고 돌아오는지 묻고 싶다. 우리는 이 세상 사람들이 모두 성인군자가 되기를 바랄 수는 없다. 그러나 꼭 한 가지. 나의 생명, 나의 건강, 나의 가족, 나의 재산, 나의 명예는 남의 생명, 남의 건강, 남의 가족, 남의 재산, 남의 명예가 지켜질 때에만 지켜질 수 있다는 것. 그러므로 '나'는 반드시 '너'와 함께 있을 때에만 그 가치가 인정된다는 것을 알았으면 좋겠다. 그러면 등산로 여기저기에 아무렇게나 내던진 쓰레기가 없어질는지도 모르겠다.

10년 뒤, 1백 년 뒤에 어느 낚시터에서 낚시질을 즐길 우리 후손들이 "내가 지금 여기서 이렇게 낚시질을 즐길 수 있는 것은 지금까지 이곳에서 낚시질을 즐긴 우리 조상들이 여기를 이렇게 정결하게 보전했기 때문이지." 하면서 조상들을 찬양하며 고마움을 표현하는 말소리도 전혀 귀설지 않았으면 좋겠다.

다시 기도하는 마음으로 책을 펴든다. 갑자기 책의 저자가 우리에게 묻는다.

"반갑습니다. 지금까지 책을 읽은 분들이 모두 책 속의 이야기에만 빠져들었지, 책을 쓴 저자는 무시했는데 당신은 책 속에서 나를 발견하시고 나하고도 말씀을 하시겠다고 하니 정말 반갑습니다."

책을 읽는 사람이 저자의 이와 같은 인사말을 듣게 된다면 그는 석가모니의 꽃송이를 보고 웃는 제자가 되는 것이 아닐까? 아가의 울음소리를 듣고 젖을 물리는 사랑의 엄마가 되는 것이 아닐까?

새로운 기분으로 책장을 펼친다. 거기엔 처음 읽을 때에 범상하게 보았던 조약돌이 금빛으로 번쩍번쩍 빛나는 것을 발견한다. 활자의 숨소리, 활자의 웃음이 가슴속으로 파고든다.

"아, 내가 왜 이 글을 놓쳤었지. 내가 왜 이 구절을 못 알아들었을까?"

그제서야 우리는 어째서 공자님이 "배우고, 기회 있을 때마다 그것을 다시 익힌다."고 말씀하셨는지를 어렴풋이 알게 된다. 참으로 놀라운 경험이요, 신선한 기쁨이다. 그리고 또 우리는 공자님이 나이 예순에 가서야 비로소 다른 사람의 이야기를 제대로 알아들으셨다고 고백하였는지를 짐작할 수 있겠다는 느낌이 든다.

그동안 우리가 알았다고 자만하고, 읽었다고 까불고, 들었다고 거들먹거린 것은 얼마나 치졸하고 경망한 행동이었던가? 실로 부끄럽기 그지없다.

그러므로 이제 우리가 해야 할 것은 분명해졌다. 책을 읽되 행간行間에 감추어진 이야기에 더 귀를 기울여야 하고 글을 지은 저자가 어디에서 어떤 모습으로 그 글을 집필하였는가를 꿰뚫어 보아야 한다. 그리고 우리는 또 이렇게 말해야 한다.

"조금만 더 버티며 세월을 견뎌야겠구나. 사랑과 신뢰를 심으며 살아야 하는 이 세상에서 내가 할 일이 무엇인가를 깨달았으니 이 가을이 다 가기 전에 그 실천 방안도 확립해야 할 것이 아닌가?"

(한국인. 1994년 11월호)

슬기를 터득하는 방법

맑은 하늘과 삽상한 날씨가 우리들의 기분을 상쾌하게 하는 가을이 되었습니다. 친구와 이웃을 만나면 기쁨의 인사를 나눕니다. 지난여름의 그 지겨운 더위를 이겨내고 살아남았다는 사실이 놀라운 축복이라고 서로서로 치하의 말까지 합니다. 어려움을 극복하였다는 것은 누구에게나 자랑스런 일이기 때문입니다.

이렇게 삶의 기쁨을 이야기하는 계절에 우리는 하나의 서글픈 뉴스를 접하게 되었습니다. 신문과 텔레비전에 근심스럽게 여러 번 보도된 것인데, 그것은 책 읽기에 관한 우리나라 사람들의 성향을 밝힌 보고입니다. 그 보고에 따르면, 우리나라 청장년층 회사원들이 한 달 평균 지출하는 술값은 14만 원 남짓하고, 책을 사기 위해서는 겨우 1만 2, 3천 원 정도를 쓴다는 것이었습니다. 책값의 열 배 이상을 술값으로 쓴다는 이야기가 됩니다.

지출되는 돈의 액수대로라면, 나라를 이끌어가는 우리나라의 중심인물들이 책 읽는 시간의 열 배 이상을 술 마시는데 보내고 있다고 보아야 합니다. 물론 술값과 책값이 비율이 그대로 술 마시는 시간과 책 읽는 시간의 비율을 나타내지는 않겠지만 적어도 술 마시는 시간이 책 읽는 시간보다 많으리라는 것은 분명합니다. 어쩌면 열 배의 비율을 훨씬 넘어설는지도 모릅니다.

예부터 가을은 책을 가까이하는 계절이라고 일러 왔습니다. 섭씨 40도를 넘나드는 찜통더위에 시달리며 하루하루 건강을 유지하며 지낼 수 있었던 지난여름에 왜 책을 읽지 않았느냐고 말할 사람은 없습니다. 그러나 하늘이 맑고 높아갈 뿐 아니라 더 많은 별들이 보이기 시작하는 이 가을밤에, 지나온 생애의 굽이굽이를 돌이켜 본다는 것은, 배고플 때에 밥을 생각하는 행위처럼 자연스러운 것입니다. 과거의 삶을 점검하고 미래의 삶을 설계하려고 할 때에 우리가 취하는 행동의 하나가 곧 책 읽기입니다.

옛사람들은 책 읽기를 대단히 공리적인 관점에서 권장하였습니다. 책 속에는 옥같이 어여쁜 아가씨가 있다느니 높은 벼슬자리가 숨겨져 있다느니 하는 말로 책 읽기를 강조하였습니다. 이런 것도 책 읽기의 중요성을 높일 수는 있겠지만 반드시 옳은 것이라고는 할 수 없겠습니다. 옥같이 예쁜 여인을 아내로 맞이하고, 높은 벼슬자리에 나갈 필요가 없는 사람, 또는 그런 것을 바라볼 수도 없는 사람들은 책을 읽을 필요가 없을 것이기 때문입니다.

그러면 책을 읽는다는 것은 무엇입니까? 그것은 오늘날에 와서는 산다는 것의 일부입니다. 살아간다는 것은 육체적으로 정신적으로 건강하게 나이 들어가는 것을 뜻합니다. 이때에 재미있는 두 가지 현상이 발생합니다. 하나는 소멸하는 방향이고, 다른 하나는 생성하는 방향입니다. 육체적 나이 듦은 분명 노쇠의 길을 걸어 사그라져 없어지는 길입니다. 그러나 정신적인 나이 듦은 세상의 이치를 더욱 명쾌하게 깨닫게 되어 도통한 경지로 나아가는 희생의 길입니다. 그런데 이 도통한 경지, 즉 정신적 나이 듦은 책 읽기가 동반되었을 때 더욱 완벽한 것이 됩니다. 고결하게 살아오신 노인네들에게서 풍기는 우아한 기품은 바로 이와 같은 정신적 나이 듦의 무르익음에서 나오는 것입니다. 일찍이 공자님도 "일흔 살이 되었을 때에는 마음먹은 대로 행동하여도 그 행동이 법도에 어그러지는 일이 없이 매사가 자연스러웠다."고 고백하였습니다. 이것은 공자님이 평생토록 책을 읽었기 때문에 가능하였던 것입니다.

책 읽기에는 반드시 새로운 지식을 얻는 기쁨과 삶의 슬기를 터득하는 깨달음이 함께합니다. 옛날 성현이나 오늘날의 지성인들이 이 세상을 살아가면서 겪었던 고뇌가 어떻게 극복되었는가를 증언하고 있기 때문입니다. 그분들의 그러한 증언이 없었다면 오늘날과 같은 인류사회의 발전은 결코 이루어지지 않았을 것입니다. 그런데 문제가 생겼습니다.

현대문명이 인류의 미래를 밝은 쪽으로 보장해주지는 않는다는 것입니다. 지금까지 이 세상은 과거보다는 나은 방향으로 발전하는 것이라고 생각하여 왔습니다. 그러나 21세기를 몇 년 남기지 않은 오늘에 와서는 인류의 미래가 반드시 밝은 것만은 아니라는 위기감을 느끼게 된 것입니다. 거기에는 두 가지 이유가 있습니다. 하나는 핵폭탄과 같은 가공할 파괴물질로 인류가 삽시간에 멸망할 수도 있다는 것이고, 또 하나는 지구라고 하는 인류의 생존공간이 제한된 것이어서, 일류가 늘어가고 자원이 고갈되며 환경이 오염되면 결국 지구는 인류가 살 수 없는 쓰레기더미가 될 터인즉 이제부터는 서서히 멸망하는 길밖에 없다는 것입니다.

이런 때야말로 과거 어느 때보다도 우리가 고민하면서 책 읽기에 전념하여야 할 때입니다. 이제는 책 속에 예쁜 여인이나 높은 벼슬자리를 찾기 위해서가 아니라, 인류가 영원토록 지구상에서 번영하기 위한 방도가 있는지 없는지를 알아내기 위해서 책을 읽는 것입니다.

지구의 미래, 인류의 미래가 우리들 남해화학 식구들과는 아무 관계가 없습니까? 더구나 지금 우리는 다른 나라 사람들과는 또 다른 절박한 일거리 하나를 더 가지고 있습니다. '민족의 통일' 과업입니다. 이념대결의 시대가 끝난 오늘날, 그 이념대결의 잔재로 민족이 갈려 있는 곳은 우리나라뿐입니다. 이것을 해결하지 못하면 우리는 조상께도 죄인이요, 후손에게도 죄인이 됩니다. 우리는 죄인이 되지 않기 위해서 남북통일을 기필코 우리 시대에 완성해야 되겠는데, 이 좋은 가을에 고요히 마음을 가다듬어 책 읽기에 시간을 쓰지 않는다면 통일을 성취하기 위한 슬기를 어디에서 얻겠습니까? 우리 민족의 미래가 우리들 한 사람 한 사람과는 정녕 아무 관계가 없습니까?

(南海化學. 1994년 10월호)

'테레사 수녀님'의 가르침

지난 9월 5일 밤 9시, 살아있는 성녀聖女로 존경받던 캘커타의 테레사 수녀가 별세했다. 이 소식이 지구촌 곳곳에 전파되면서 세상은 사랑의 실천이 얼마나 위대하고 고귀한 것인가를 새삼스럽게 깨닫는 것처럼 보인다.

세상을 움직이는 여러 나라의 정치 지도자들, 각종 사회단체를 이끄는 이들, 그리고 종교지도자들이 애도의 뜻을 표하고 세계적 상실감을 앞다투어 표현하였다. 그리고 그분의 생전 업적을 찬양하였다.

이제 우리도 '테레사 엄마' (이것이 한국적 정서에 맞는 표현일 듯)가 살다간 삶의 자취를 살펴보면서 그분의 삶이 현재와 미래의 세계에 무슨 말씀을 하고 있는지 생각해 보아야 할 것이다.

이 세상 어디에도 평화와 안식은 찾을 수 없고 크고 작은 전쟁, 유혈과 폭동, 테러와 파괴가 하루도 쉴 날 없이 지구촌 곳곳을 피

눈물로 얼룩지게 하고 있다.

우리의 눈을 나라 안으로 돌려보자.

물가는 치솟고, 경기가 호전될 전망은 보이지 않는데 매일같이 크고 작은 기업체가 쓰러지고 있다. 이러다가 나라가 파산하는 것이나 아닌지 하는 두려움이 없지 않다.

사회의 질서도 말이 아니다. 입에 올리기에도 끔찍한 살인과 유괴사건이 '밤사이 안녕'을 실감시키고 있다. 이와 같은 총체적 도덕의 붕괴는 우리나라 교육 현실에도 어두운 그림자를 짙게 드리우고 있다. 암담한 하루하루가 아슬아슬하게 넘어가고 있다.

이러한 때에 테레사 수녀의 죽음에 접했다. 우리는 그가 걸어온 87년의 인생행로, 그 가운데에서도 18세 이후 70년에 걸친 수도생활— 사랑과 봉사와 헌신의 생애에서 행동으로 말씀하신 것을 귀 기울여 들어야 한다.

첫째로, 테레사 수녀는 민족이니, 국가니 하는 것으로 사람을 구분하는 일을 철저히 초월하였다. 알바니아 태생이었으나 아일랜드 수도회에 입회하였고 1929년 이래 인도의 캘커타에 정착하면서 인도 사람으로 살았다. 일하며 사는 곳이 곧 고향이라고 하는 인류 보편주의 정신을 몸으로 실천한 분이었다.

둘째로, 그분은 부귀빈천富貴貧賤, 건강한 사람과 아픈 사람의 경계를 철저히 초월하였다. 그분 스스로는 걸치고 있는 사리 한 벌이 가진 것의 전부였으며 말년에는 심장병으로 고통을 겪었으나 이 세상의 어느 부자보다도 풍요를 누렸고 어느 귀빈보다도 귀히 여김을 받았으며 스스로 정신의 건강이 얼마나 아름다운지를 입증했다. 인간의 원초적 평등을 삶으로 증거한 분이었다.

셋째로, 테레사 수녀는 스스로를 낮추고 낮춤으로써 인간이 구현할 수 있는 겸손의 실체가 무엇인지를 분명하게 보여주었다. 자신을 하느님이 쓰시는 몽당연필에 비유하는 그 빈 마음, 하늘나라에는 빈민굴이 없으니 아직 더 살아서 일해야겠다고 담담하게 말하는 그 대범한 겸손, 테레사 수녀야말로 인간이 어떻게 스스로를 낮추고 겸손해야 하는지를 제대로 가르쳐 준 인류의 스승이다.

우리는 테레사 수녀가 삶을 통하여 우리에게 가르친 바를 얼마든지 더 손꼽을 수 있다. 그러나 인류의 보편성과 평등성, 그리고 끝없는 겸손, 그것만을 배워 익히기에도 우리는 힘들고 벅참을 느낄 것이다.

우리가 무엇보다도 경계해야 할 것은, 우리가 그분을 칭송하면서 그분은 우리와 분명하게 다른 사람이었다고 구분함으로써 그분의 업적을 우리와는 무관한 하나의 종교적 예술품으로 고착시키는 일이다.

말하자면, 그것은 '테레사 엄마' 같은 분이나 할 수 있는 일이므로 우리는 그저 그분을 칭송하고 애도하면 그만이라는 구경꾼의 자세에 머무르는 것을 뜻한다. 과연 이것이 테레사 수녀를 배우고 그분의 뜻을 올바로 기리는 태도일까.

우리의 대답은 너무도 명백하다. 진흙탕 속에서 싸우는 우리

나라 정치 지도자들, 도덕적 붕괴에 책임을 져야 하는 우리 사회의 지도자들, 우리들 한 사람 한 사람이 작은 테레사 수녀가 되는 일. 그것이 테레사 수녀의 뜻을 기리는 참다운 사람의 길이다.

다만, 한 시간 만이라도 테레사 엄마처럼 살자. 한 시간이 하루가 되고, 하루가 한 달 되고, 한 달이 1년 된다면 나라의 미래, 세상의 미래가 밝아올 것이 아닌가.

(문화일보. 1997년 9월 8일)

논술고사를 준비하는 수험생에게
─논술고사 준비생들에게 Ⅰ─

나는 이 글을 논술고사를 준비하는 수험생을 위하여 쓴다. 왜 논술고사를 치게 되었으며, 논술고사 답안지에 나타난 수험생의 의식 구조는 어떠한가? 이러한 문제들을 서울대학교의 논술고사 답안지를 중심으로 검토하고 논술고사에 대비하는 기본자세를 생각해 보고자 한다.

대학 본고사가 부활되면서 서울대학교는 "국어(논술)"란 제목의 시험이 2년째 실시되고 있다. 이 시험은 크게 두 가지 분야로 나뉜다. 하나는 '문학의 이해와 감상'이라는 문학 감상 분야이고, 또 하나는 '요약과 논술'의 두 가지로 되어 있는 작문 분야이다. 그러나 감상 분야이건 작문 분야이건 모두 주관식 글짓기의 형식을 가진다는 점에서 공통된다.

오랫동안 대학입학예비고사, 대학입학학력고사, 또 최근에 도

입된 대학입학수학능력시험 등 일련의 국가고사가 사지선답 아니면 오지선답의 객관식 문제이기 때문에 좀 더 깊이 있고 주관적인 사고력과 분석 및 응용 능력을 평가할 필요성이 있다는 인식이 높아지면서 본고사의 논술시험이 이러한 글짓기의 형식을 취하게 되었다는 사실은 이미 누구나 다 잘 알고 있는 일이다. 이와 같은 사정은 입학시험을 통하여 고등학교의 교육을 조정하고 개선하려는 현재의 형편으로서는 어쩔 수 없는 방편이란 점도 누구나 다 잘 알고 있다.

그렇지만 당장 점수를 높여야 하는 수험생들은 시험 형식에 대비한 응급책에 급급한다. 논술시험을 잘 치기 위해서는 이러저러한 전략이 필요하고, 이러저러한 문구를 외우고 있다가 적절한 자리에 적당히 끼워 맞추는 기술을 익혀야 한다는 것 등이 그러한 응급책의 좋은 예가 될 것이다. 이것은 감기에 걸렸을 때 감기약을 사 먹는 이치와 같은 것이다. 그러나 여기서 감기약과 같은 응급의 처방을 말하지는 않겠다.

감기에 걸리지 않는 기본적인 체력 증진책이 감기약보다 좋은 방법이라는 것을 말하고자 한다.

논술시험이 지향하고 있는 궁극적인 목표는 글을 통하여 "사람"을 알자는 것이다. 예부터 글은 곧 사람이라고 말하여 왔다. 말씨를 통하여 인품이 드러나듯, 글과 글씨에는 인격이 배어 나온다.

나라의 앞길을 헤쳐 나갈 바람직한 인재를 고르고자 할 때, 그 사람됨을 먼저 살피고자 하는 것이 논술고사의 참된 의도라고 말한다면 아마도 어떤 이는 요즈음의 도덕교육 내지 인성교육 불비의 책임을 주관식 작문시험 한가지로 그렇게 쉽게 회복할 수 있는 것이냐고 의문을 던질 수도 있을 것이다. 물론 글짓기를 잘 함으로써 그것이 곧바로 인성 교육이나 도덕교육의 성과로 이어지는 것은 아니다. 그렇지만 예쁜 화장을 하고 고운 옷을 입은 사람이 조심스런 행동을 하고 몸을 사리는 것처럼 아름다운 글을 쓰는 사람은 아름다운 마음을 가꾸고자 한다는 최소한의 효과는 인정할 수 있을 것이기 때문에 반듯한 글을 쓰는 사람을 기른다는 것이 반듯한 사람을 키우는 하나의 자그마한 방편이 될 수 있다는 논리만은 세울 수 있을 것이다.

이러한 심정으로, 적어도, 나는 이번 서울대학교 논술고사 답안 채점에 임하였다. 내가 담당한 분야는 문학 감상 부분이었다. 다섯 문항이 각기 길고 짧음에 차이가 있었으나 모두 규정된 답안지에 짧으면 20-30자, 길어야 200자 안팎으로 해결할 수 있는 짧은 글을 쓰는 것이다. 그러나 나의 "인간 발견의 기대"는 첫 번째 답안지 묶음을 받아든 순간부터 무너져 내렸다. 혹시나 하는 마음으로 다음번 묶음, 그 다음번 묶음을 들추어 보았으나 무너져 내린 실망은 끝내 회복되지 않았다.

무엇보다 먼저 지적되어야 할 사항은 답안지에 적힌 글씨이다. 우리는 결코 달필이거나 명필을 요구하지 않는다. 정성스럽게 또박또박 쓴 글씨이기를 바라는 것이다. 그런데 대부분의 답안지가 올바른 마음가짐으로 적었는지 의심스러울 만큼 함부로 휘갈긴 것이었고, 또한 난잡한 글씨였다. 좋은 인상을 주기 위한 노력은 전혀 보이지 않았다.

도대체 이것이 무슨 일인가? 답안지를 작성한 수험생이 이 답안을 작성하면서 자기가 지금 무엇을 하고 있다고 생각하였을까?

요즈음 젊은이들에게서 부족하다고 느꼈던 성실성과 진지성의 결핍을 답안지에서 그대로 발견하면서 나는 잠시 이것이 시간이 모자랐기 때문이 아닐까 하고 생각해 보았다. 그러나 그것도 아니라는 것이 즉시 증명되었다. 100자 안팎으로 적어야 할 답안지에 깨알같이 작은 글씨로 200자도 넘는 글을 적어 넣었고, 그것도 부족하여 뒷면에 계속된다는 표시를 하고 400~500자도 넘는 긴 글을 중언부언하고 있었기 때문이다.

답안지에 배정한 빈칸은 적당한 글씨로 그 칸 안에 정답을 완결하라는 의미를 지닌다. 글자 수를 제한하지 않았다고 해서 작은 글씨로 칸을 넘치게 써도 괜찮을 것이라는 발상은 어디에서 온 것일까? 두 장에 한 장꼴로 뒷면에 적힌 답안을 보면서 나는 끓어오르는 울분을 참을 수가 없었다. 잘못하여 지운 것도 너무나 성의가 없어 보였다. 동그라미를 여러 번 쳐서 까맣게 뭉개고, 또 두 줄로 그은 다음, 끼워 넣기(V), 바꿔 읽기(∽) 등의 기호가 섞여 있어서 마치 초고 원고지에 장난을 친 것 같은 답안지가 서너 장에 한 장꼴이었다. 나는 하루에도 몇 번씩 '채점을 포기한다고 말해 버릴까? 모두 영점처리를 하겠다고 선언을 할까?' 를 고민했었다.

그러면 이제 다시금 원점에 돌아와 생각해 보기로 하자. '논술' 이라는 글짓기 시험을 통하여 우리가 얻고자 했던 당초의 목표가 잘못된 것인가? 논리적 사고력이나 분석적 비판력과 응용력을 통하여 반듯한 사람됨을 찾고자 하였다가 무절제와 무책임, 불성실과 방종의 젊은이를 발견하는 데 그쳤다면, 그러면 그런 시험은 계속해서 무엇하는가? 그러나 우리는 그렇기 때문에 더욱더 논술시험의 중요성이 강조되어야 하겠다는 쪽으로 생각을 모으게 된다. "글이 곧 사람"이라는 평범한 진리를 거듭 확인하기로 하자. 이제 이태 밖에 되지 않았으니 좀 더 시간을 두고 기다리면 고쳐질 것이 아닌가? 이렇게 우리 채점자들은 서로서로 위로하면서 그 답안들을 읽어 나갔다.

거듭 밝히거니와 논술고사의 취지는 올바른 생각을 정리된 표현으로 절도 있게 전개하는 능력을 측정함으로써 그 사람됨이 앞으로 민족, 국가를 이끌어갈 지도자의 자질이 있는가를 살피려는 것이다. 이것을 바꾸어 말하면 다음과 같은 세 가지 항목으로 나누어 볼 수 있을 것이다.

첫째는 바로 살기요,
둘째는 홀로서기요,
셋째는 바꿔보기이다.

(1) 바로 살기

바로 살기는 어떻게 사는 것이 올바른 인생인가를 끊임없이 반성하는 삶이다. 옛날의 성현처럼 하루에 세 번씩 반성하면서 자신의 잘못을 준엄하게 채찍질할 수 있는 도덕적 자각을 전제로 한다. 바로 살기를 추구하는 사람은 답안지의 글씨에 정성을 담는다.

(2) 홀로서기

홀로서기는 스스로의 힘, 스스로의 판단으로 세상을 개척하겠다는 삶의 자세이다. 다른 사람과는 구별되는 자기만의 개성이 요구되는 것도 홀로서기의 자세에서 나오는 것이요, 아무도 꿈꾸지 못했던 독창적인 발상이 싹트는 곳도 홀로서기에 자신이 있는 사람의 두뇌 속이다. 홀로서기에 충실한 사람은 언제나 개성 있는 글, 창의적인 글을 쓸 수 있다.

(3) 바꿔보기

바꿔보기는 항상 새로운 것을 추구하는 사람이 흐르는 물처럼 신선하고도 역동적으로 살아가는 삶의 자세이다. 개혁과 개선의 정신이야말로 세상을 바른길로 이끌어 나아가는 원동력이다. 바꿔볼 줄 모르는 사람은 사고의 폭이 좁을 수밖에 없고, 비판과 분석의 능력도 키울 수 없다.

그러므로, '논술' 시험의 글쓰기를 통하여 좋은 점수를 얻고자 하는 사람은 당장의 점수 올리기를 즉각 포기하여야 한다. 그리고 스스로에게 물어야 한다.

첫째, "나는 이 세상을 바로 살고 있는가? 바로 살고자 하는가? 부끄러운 과거는 청산되었는가? 청산할 결의가 있는가?"

둘째, "나는 앞으로 모든 면에서 홀로 서고, 취미도 홀로 서기로 작정하는가?"

셋째, "나는 세상 사물을 바라봄에 있어서 기성의 틀을 과감하게 벗어날 수 있는가? 어떻게 보는 것이 사물을 바라보는 것인가? 나는 바꿔보기에 익숙해져 있는가?"

이 세 가지 요소를 어느 정도 충족시켰다고 생각되었을 때 문제에 접근하여야 한다. 그러면 의외로 정답이 선명하게 떠오를 것이다. 태산에 오르면 천하가 작아 보인다는 진리를 다시 한번 음미하면서 말이다.

(논술 컨설팅. 1995년 5월)

논술은 재주가 아니다
-논술고사 준비생들에게 II-

논술고사를 대비하는 대학입시 준비생들에게 또 한 번 논술에 임하는 자세를 말하기 위하여 붓을 들었다. 천만번 강조하여도 부족한 말 — "논술은 재주로 되는 것이 아니다. 논술은 수양修養의 결실結實이요, 인격의 얼굴이다."— 라는 말을 다시 한번 분명히 하기 위하여 붓을 들었다.

아주 쉬운 문제부터 이야기를 풀어나가는 것이 순서이겠다. 우선 "글을 짓는다."는 말의 참된 의미는 무엇인가를 생각해 보기로 하자. 누구나 다 알고 있는 사실이겠지만, "글을 잘 짓는다."는 것은 "글만을 아름답게 꾸민다."는 것을 뜻하지는 않는다. 이 말을 바꾸어 말하면, 좋은 글을 짓기 위해서는 올바른 생각과 올바른 생활을 해나가는 사람이 전제가 된다는 것을 뜻한다. 생각과 행동이 밑받침되지 않는 글은 다른 사람의 가슴속으로 파고들 수가 없으니, 결국 세상을 시끄럽게 하는 헛된 잡음으로 끝날 수밖에 없기 때문이다.

그래서 옛날 우리 조상들은 말을 잘하는 것도, 글을 잘 짓는 것도 중요하지만, 그런 것에 앞서서 행실을 바르게 갖는 것이 우선하여야 함을 강조하였다. 참된 삶의 길은 행실에 있는 것이지, 말 잘하고, 글만 번드르르하게 늘어놓는 것은 결단코 아니기 때문이었다. 아마도 그것은 동양사상의 가장 핵심적인 요소인지도 모른다. 공자님은 논어論語에서 "뜻이 굳세고 마음 씀이 의젓하며, 행실이 소박하고 말은 좀 더듬는 듯한 사람이 어진 사람에 가깝다고 말할 수 있을 것이다.〈강의목눌 근어인剛毅木訥 近於仁〉" 하여 말을 아끼고 또 줄이는 행위[訥]가 어진 사람의 속성임을 강조하셨고, 또 "재치 있는 말씨와 꾸미는 낯빛으로 사람들 앞에 나서기를 좋아하는 사람치고 어진 사람이 있겠느냐?〈교언영색 선의인 巧言令色 鮮矣人〉"고 말씀하시면서, 말재주 부리는 일은 결코 어진 사람의 할 일이 아니라고 엄중한 경고의 말씀을 하셨다.

그렇다면 한번 곰곰 생각해 보자. 논술고사는 다만 말재주와 글재주의 훌륭함만을 드러내기 위한 재주 겨루기의 시험인가 아닌가. 이것은 두 번 물어볼 필요조차 없다. 논술고사는 결단코 글재주를 알아보려는 시험이 아니다. 그것은 앞으로 이 젊은이, 이 수험생이 대학생이 되어 공부를 마치고 세상에 나아갔을 때 21세기의 한국, 더 나아가 21세기의 세계를 책임질 수 있는 소양이 있는가, 없는가를 알아보려는 시험이다. 글은 얄팍한 재주로 만들어지지 않는다. 글은 그럴듯한 말을 늘어놓는 것이 아니다. 글에는 사람이 스며들어 있어야 하며, 사람의 살아 있는 입김이 배어 나와야 한다. 글이 곧 사람이라고 하는 말이 거짓이 아님을 알아야 한다. 그러므로 세상살이의 어려움과 고달픔을 깊이 통찰하고, 그 어려움을 어떻게 하면 슬기롭게 이겨낼 것인가를 궁리하며, 그 방법을 찾고자 노력하는 성실한 자세가 뒤따를 때에만 한 줄 글이 나올 수 있음을 우리는 알아야 한다.

여기에 이르러 우리 수험생들은 고민에 빠질 것이다. 훌륭한 글이 풍부한 경험과 원숙한 경륜을 바탕으로 했을 때 가능한 것이라면, 이제 겨우 스무 살 안짝에 있는 약관의 어린 청년들은 처음부터 글쓰기를 포기해야 하는 것이 아닌가 하고 좌절과 회의에 빠질 수도 있을 것이다. 그러나 조금만 더 냉정하게 생각해 보자. 대학이 요구하는 논술고사는 바로 그 스무 살 안짝의 젊은이들이 경험하고 고민하고 생각한 바를 묻는 것이고, 그 대답을 글로 표현하라는 것이지, 인생을 거의 다 살아온 사람의 도통道通한 말씀을 얻고자 하는 것이 아니라는 사실도 분명히 알아야 한다. 어쩌면 논술고사는 젊은이들의 고뇌하는 모습, 갈등에 시달리는 마음, 좌절을 딛고 일어서려는 안간힘 같은 것들을 있는 그대로 펼쳐 보이라는 대화對話, 또는 고백告白의 장소라고 생각하는 것이 좋을 듯싶다.

이러한 경우에 우리들에게 하나의 모범이 되는 것은 역시 우리의 고전古典인 격몽요결擊蒙要訣이다. 이 책은 다 아는 바와 같이 율곡栗谷 이이李珥 선생이 지으신 책으로 일상생활에서 바른 행실, 바른 마음을 버릇들이고자 할 때에 지켜야 할 행동 지침을 열 가지 항목으로 나누어 밝히고 있다. 군이 별명을 붙인다면, 율곡 선생의 십계명十誡命이라고 부를 수도 있겠다. 이 십계명은 다음과 같은 서문으로 말문을 연다.

"사람이 이 세상에 태어나서 배우지 아니하고는 사람다울 수 없다. 배운다는 것은 별다른 것이 아니라, 아비가 되어서는 사랑해야 하고, 아들이 되어서는 효도해야 하고, 신하가 되어서는 충성해야 하고, 부부가 되어서는 본분을 지켜야 하고, 형제가 되어서는 우애가 있어야 하고, 젊은이는 어른을 공경해야 하고, 친구 노릇 하려면 믿음이 있어야 하는 것이다. 모두가 일상생활을 하는 가운데, 경우에 맞추어 올바름을 찾을 뿐이지 현묘玄妙한 데에 마음을 쏟으며 기특한 효과를 바라는 것이 아니다."

이와 같이 율곡 선생은 세상살이의 사람 노릇이 거창하고 신비한 데에 있는 것이 아니라, 지극히 평범하고 상식적인 데에 있음을 강조하신다. "어리석음을 깨뜨리고 진리의 길로 들어가는 지름길"이 지금 당장 이 자리에서 시작되었음을 일깨우시는 것이다. 이 서문에 이어 풀이된 열 가지 항목은 다음과 같다.

1. 입지立志 : 뜻을 세움
2. 혁구습革舊習 : 나쁜 버릇을 고침
3. 지신持身 : 바른 몸가짐

4. 독서讀書 : 책을 읽음

5. 사친事親 : 부모를 섬김

6. 상제喪制 : 장례를 치름

7. 제례祭禮 : 제사를 지냄

8. 거가居家 : 집안 생활

9. 처세處世 : 사회활동

10. 접인接人 : 인간관계

이제 이 열 가지 항목 가운데서, 오늘 우리는 "입지(立志, 뜻을 세움)" 하나만을 생각해 보기로 하자. 열 가지 가운데 어느 것 하나인들 중요하지 않은 것이 있을까마는, 절차를 생각할 때, 뜻을 세우는 문제가 무엇보다 앞서는 것이니, 그것을 검토하는 것이 순리順理일 것 같다.

흔히, 젊은이는 웅지雄志가 있어야 한다고도 하고 야망野望을 가지라고도 말한다. 이런 말들이 모두 "입지立志"를 가리키는 말이다. 일찍이 공자님은 "내 나이 열이요, 다섯에 학문의 길에 뜻을 세웠다.〈오십유오이지우학吾十有五而志于學〉"고 하셨으니 공자님의 입지立志는 열다섯 살에 이루어졌다고 보아야 하겠다. 따라서 공자님의 기준에 따른다면 열여덟 살의 젊은이가 처음으로 "내가 어느 대학에 갈 것인가?" "나는 어떤 직업을 택하여 세상을 살아갈 것인가?" "나는 세상 사람들에게 어떤 사람으로 기억되기를 바라는가?" 같은 문제를 생각하였다면, 그는 적어도 공자님보다는 삼 년쯤 낙제를 한 사람이라고 할 수 있을 것이다. 다시 말하여 "입지"라는 것은 자신의 인생을 설계하는 것이다.

집 한 채를 짓는 데에도 치밀한 설계도가 있어야 하거늘, 팔십 년의 인생살이를 이끌어 나아가는 데에 설계도가 없을 수 없다. 그러나 이 인생 설계도는 건축설계와는 많은 점에서 차이가 있다. 인생설계는 예견할 수 없는 미래의 시간과 환경을 바탕으로 하고, 오로지 자신의 의지와 노력을 자재資材로 하여 꾸미는 한 편의 드라마이다. 스스로 연출하고, 스스로 감독하고, 또 스스로 관객이 되어 감상하는 한 사람의 일대기一代記를 집필하는 극작가가 거울 속의 자신을 응시하고 있는 모습을 상상해 보자. 그 불확정적인 미래를 얼마만큼 꿰뚫어 볼 수 있는가는 자신의 의지와 노력이 얼마만큼 생산적이고 건설적인가에 달려 있는 것이다.

참으로 어려운 설계가 아닐 수 없다. 그러나 세상을 살다간 이름 있는 옛 어른들은 모두가 인생설계, 젊은 날의 "입지"가 분명하고 확고했던 분들이었다. 그들은 젊은 시절의 설계도에 나이를 먹으면서 점점 더 세밀한 부분 설계를 보충하였고, 또 어떤 이들은 과감한 부분 수정을 하면서도 젊은 시절에 작성한 기본설계를 바꾸려고 하지 않았다. 그런 사람만이 인생에서 감히 "성공"이란 낱말로 그 인생을 수식할 수 있었다. 그러면 이제 우리는 어떻게 할 것인가? 가장 손쉬운 한 가지 방법을 택해 보자. 백지 한 장을 앞에 놓고 자신의 연보年譜를 작성해 보는 일이다. 한 살에서 열일곱 살 또는 열여덟 살까지는 과거의 일이므로 있는 대로 기록하면 될 것이다. 그리고 그다음은 그야말로 의지적 희망 사항을 적는다. 이때에 우리는 느껴야 한다. 미래를 주관하시는 천지신명天地神明께서 우리를 보호하고 이끌어주실 것을 겸허하게 기도하는 마음, 황송하고 두려운 마음이 우리의 자세를 더욱 경건하고도 굳세게 한다는 것을.

(논술 컨설팅 18호. 1995년 7월 12일)

그때부터 시작된 이민
─ 캐나다 교민들에게 Ⅰ ─

95년 봄 학기 석 달 동안 나는 캐나다 토론토대학에 머물러 있었다. 학회에서 논문을 발표하는 일, 한글학교 교사를 위한 연수 강연을 하는 일, 그리고 한국어학 강좌의 마지막 3주간 강의를 하는 일이 공식적인 업무였는데, 그러한 업무가 한 달 남짓하여 모두 끝났으므로, 나는 나머지 시간을 그곳에 이민 가서 살고 있는 교포들과 어울려 세상 사는 이야기를 하며 캐나다의 풍물을 익혔다. 좀 더 정확하게 말하자면 캐나다 교포들의 애환을 배웠다고 말해야 옳을 듯싶다. 토론토 지역에만 우리 교포의 인구가 4만이 넘는다 하는데 길게는 2, 30년에서 짧게는 1, 2년의 이민생활을 하는 분들이 낯선 땅에서 뿌리를 내리며 열심히 살고 있었다.

그런데 해외교포들이 사는 곳이면 언제 어디서나 느끼는 일이었지만 토론토에 사는 교포들도 자신들이 모국을 떠나 남의 나라에 살게 된 어쩔 수 없는 사연을 마음속으로는 불행한 일, 그리고 무언가 잘못된 것이라고 생각한다는 느낌을 받았다. 오랜 농경생활의 전통 속에서 고향을 떠난다는 사실이 어떤 이유로도 용서받을 수 없는 잘못이라고 하는 잠재의식이 그분들의 마음을 억압하는 듯하였다. 내가 보기에도 그곳 사회에서 당당한 지위를 누리고 사시는 분들이었고 경제적으로도 안정을 얻은 분들이었다. 그러나 그분들은 20년을 넘게 살아온 거리를 운전하다가 문득 "내가 왜 여기 있지?" 이렇게 스스로에게 물음을 던지며 허탈해진다는 것이었다. 자녀들이 결혼하여 새살림을 차리고 손자들을 본, 나이 지긋한 분들의 망향심은 더욱 처절한 것이었다. 그래서 어떤 분은 이미 북한에는 가까운 친척이 없는데도, 캐나다 시민의 자격으로 북한을 방문하였노라고 말씀하셨다.

나는 그분들의 "실향失鄕의 아픔"에 동참하고 싶었다. 또한 그분들이 어떤 이유에서건 조국을 벗어나 해외에서 새로운 삶의 둥지를 튼 사실이 자랑스럽고 정당한 일이었음을 일깨워 드리고 싶었다. 세상은 점점 지구촌이라 하는 하나의 마을이 되어 가고 나라와 민족 간의 교류도 더욱 빈번해지는 터요, 더구나 우리나라는 인구밀도가 높아서 한반도 밖으로 나아가 사는 일은 더욱 권장되어야 할 판인데 이미 해외에 있는 분들이 자신들의 이런 행위에 죄책감 같은 것을 느낀다면 그것이야말로 잘못이라고 생각되었다.

나는 며칠 동안 책상에 "아닙니다. 당신의 행동이 옳았습니다." 이렇게 한 마디를 적어 놓고 그분들을 격려하고 위로하는 다음과 같은 글을 적어나갔다. 그리고 토론토를 떠나는 전날까지 그분들의 모임에서 이 글을 읽었다.

그것은 역사가 출발하는 길목이었고, 역사가 나아간 지표이기도 하였다. 누가 그것을 '내쫓김'이라 하였는가? 그것은 차라리 '뛰쳐나옴'이라 하여야 옳은 표현이다. 새로운 삶을 개척하기 위하여 스스로 바깥세상을 찾은 일이 어찌하여 내쫓김인가. 그것은 당당한 '뛰쳐나옴'이다. 그것은 인간이 신분상승을 위하여 취할 수 있었던 첫 번째 몸짓이었다. 물론 성서에는 하느님께서 기쁘게 받아들이지 않아서 내쫓긴 것으로 묘사하고 있지만 사실은 그와는 다를 것이다.

"여호와 하느님이 가라사대 '보라. 이 사람이 선악을 아는 일에 우리 중 하나같이 되었으니 그가 그 손을 들어 생명나무 실과를 따먹고 영생할까 하노라.' 하시고, 여호와 하느님이 에덴동산에서 그 사람을 내보내어 그의 근본 된 토지를 갈게 하시니라. 이같이 하느님이 그 사람을 쫓아내시고, 에덴동산 동편에 그룹들과 두루 도는 화염검을 두어 생명나무의 길을 지키게 하시니라.(창세기 3:22~24)"

이 성서 구절에서 우리는 다음과 같은 장면을 찾아낸다.

"하느님이 말씀하셨다. '인간들아, 정말로 너희가 나처럼 슬기롭고 싶으냐? 그렇지만 그 슬기는 사랑이니라. 그 사랑이 그렇게 쉬운 것인지 아느냐? 바깥세상에서 끝없는 고초를 겪어야 한단다.' 아담과 이브는 결연한 표정으로 하느님을 우러르며 말씀을 드렸다. '하느님, 아무리 힘들더라도 우리도 사랑이 되고 싶습니다. 에덴을 떠나게 해주십시오.' 그리하여 하느님은 드디어 두 사람 머리 위에 손을 얹어 축복하시고 그들의 떠남을 가여운 듯 지켜보셨다."

이렇게 하여 인류 역사가 시작되는 첫 번째 길목, 에덴동산 입구에서 아담과 이브는 괴나리 봇짐을 쌌던 것이다. 그러므로 인류 역사의 종착점은 하느님이 사랑이시라는 것을 증명해내어야 한다. 그것은 또한 인간들 스스로가 사랑임을 선언하고 증명함으로써 완결되는 것일 터인데, 그것이 어디 그리 쉬운 일이겠는가? 그래서 사람들은 끝도 없이 아담과 이브의 '뛰쳐나옴'을 반복하여 왔다.

이 세상에는 수많은 종족과 나라가 나타났다가는 사라지고 또 나타났다가는 사라졌지만, 좀처럼 사람들이 사랑이라는 것을 드러내는 종족도 없었고 나라도 없었다. 오히려 사람들의 나라에는 언제나처럼 하늘같은 임금이 계셨고, 높은 분이 계셨고, 강아지처럼 천한 백성과 그보다 더 천한 종들이 있었다. 이런 곳에서는 사랑이 싹틀 수가 없었다. 그래서 그들 가운데 사람이 기필코 사랑이 되어야 한다는 것을 깨달은 이들이 또 괴나리봇짐을 싸 방랑의 길을 나섰다. 그러므로 정든 고향을 등지고 방랑의 길에 나서는 이들은, 그들이 스스로 의식하든 의식하지 못하든 간에, 인류역사의 종착점이 '사랑'임을 증거하기 위한 대장정大長征의 용사들이다. 그 용사들을 일컬어 이민자移民者라 한다.

이삼백 년 전 옛날, 우리나라에는 나라 안에서 자리를 옮기는 이민이 있었다. 그들은 신분상승을 꾀하는 상민常民들로서 한 고장에서 부지런히 돈을 벌어 부자가 된 뒤에, 그들의 신원을 추적할 수 없는 다른 고을로 옮겨가서 양반 행세를 하였다. 이 사람들은 신분상승을 통하여 평등사회가 실현될 수 있다는 한 가지 사실을 알았으나, 그것이 '사랑'이라는 종착점을 향하여야 한다는 멀고도 힘든 역사의식은 미처 깨닫지 못한 사람들이었다.

그런데 이삼십 년 전부터 우리나라는 또다시 새로운 이민을 내놓았다. 이번에는 나라 밖으로 뻗어 나가는 이민이었다. 하느님이 두 번째로, 아니 어쩌면 마지막으로 에덴동산 입구에서 축복을 보내셨을 터인데, 그래서 그런지 이 이민자들은 신분 상승쯤 괘념하지 않았다. 회장, 사장을 하신 분들이 구멍가게 주인이 되었고 대학을 졸업한 아낙이 공장의 직공을 마다하지 않았다. 왜 그랬는가? 어떻게 그럴 수 있었는가? 그 이유를 묻는다면 그들은 말없이 빙긋이 웃고만 있을 것이다. 그렇지만 나는 그들의 웃음속에서 다음과 같은 음성을 찾아낸다.

'하느님은 세상 모든 민족에게 한 번씩 세상일을 맡기시거든요. 그래서 이번에는 우리 민족에게 기대를 거시는 거예요. 그런데 사람이 사랑이라는 거 우리 민족이 증명해내지 못할까요?'

나는 이 글의 제목을 '그때부터 시작된 이민移民'이라고 붙이면 어떨까 하고 생각 중이다.

(엔지니어. 1995년 7, 8월호 혁신호)

바벨탑의 가르침
―캐나다 교민들에게 II―

우리는 입을 모아 성서의 말씀을 사랑한다고 말한다. 왜 그렇게 말하는가? 성서의 말씀이 만고의 진리를 담고 있는 예언預言의 책이기 때문이다.

그러면 우리가 성서를 읽을 때마다 성서가 말씀하고 있는 그 만고의 진리를 올바르게 알아듣는가? 이 질문에 이르러 우리는 잠시 머뭇거린다. 성서의 말씀이 하나도 틀린 것이 없으리라는 확고한 믿음은 있지만 그 말씀이 정말로 우리의 현재 삶에 어떻게 살아서 일하시는지를 깨달으며 산다고는 자신할 수 없기 때문이다.

진실로 성서의 말씀은 참되고 아름다우나 우리는 그 말씀의 맛을 온전히 맛볼 수가 없다. 어떤 것은 2천 년 전, 혹은 3천 년 전에 씌어진 것이며, 또 어떤 것은 그보다 더 오래전에 씌어진 것일 뿐 아니라 중동이라 하는 아시아 대륙 끝쪽 이스라엘 땅을 중심으로 씌어진 것이기 때문이다.

하느님 사랑의 실천적 의지가 담겨있는 성서의 말씀은 시간과 공간을 초월하는 것인데, 성서의 이야기는 시간과 공간의 제약 속에 묶여서 특정한 시대와 지방과 사람들이 생각하고 겪은 사건에서 벗어나지 않는다.

그래서 우리는 그 이야기를 읽으며 그것을 현재 우리가 처한 상황에 재조명하는 작업을 해야 한다. 성서의 말씀은 언제나 지금의 나에게 주시는 무한한 사랑의 눈빛이요, 음성이 아닌가!

오늘 아침 나는 북미주 교포사회에서 모국어 교육이 제대로 이루어지지 않는다는 데 생각이 미치자 서둘러 창세기 11장을 펼쳤다. 그리고 조용히 눈을 감고 그 말씀에 귀를 기울였다.

"온 세상이 한 가지 말을 쓰고 있었다. …(중략)… 당장 땅에 내려가서 사람들이 쓰는 말을 뒤섞어 놓아 서로 알아듣지 못하게 해야겠다. 야훼께서는 사람들을 거기에서 온 땅으로 흩으셨다. 그리하여 사람들은 도시를 세우던 일을 그만두었다. 야훼께서 온 세상의 말을 거기에서 뒤섞어 놓아 사람들을 온 땅에 흩으셨다고 해서 그 도시의 이름을 바벨이라고 불렀다.(창세기 11:1~9)"

아마도 이 글을 적은 분은 이 세상에 다양한 민족과 잡다한 언어가 존재하는 사실을 하느님의 뜻에 맞추려면 이렇게 적어야만 한다고 생각하였을 것이다. 과연 우리 인류는 수십 가지 인종과 수백 가지 종족으로 나뉘어 살면서 수천 가지 말을 하게 되었다.

그러면 이제 우리는 이 말씀으로부터 하느님의 메시지를 찾아야 한다. 그것은 무엇인가? 나는 우선 두 개의 명제를 고른다.

첫째, 너희는 세상 끝까지 흩어져 살라.
둘째, 너희는 적어도 두 개 이상의 말을 배우며 살라.

첫 번째 명제는 분명하게 드러났으나 두 번째 명제는 감추어진 말씀이다. 그래서 어떤 이는 나의 풀이를 힐난할 수도 있으리라. 그러나 나는 나의 해석이 틀렸다고 충고하는 이가 있어도 나의 생각을 바꾸고 싶지 않다. 성서는 언제나 지금 당장 우리에게 필요한 말씀을 전하는 영원한 복음의 창고, 곧 예언預言임을 믿기 때문이다.

그러므로 나의 생각은 또 달음질친다. 캐나다를 비롯해서 북미주 여러 곳에 이민을 오신 우리 교포들은 흩어져 살면서 삶의 터전을 넓히라는 말씀은 실천했지만 혼잡한 언어를 극복하기 위해 두 개 이상의 말을 배우라는 가르침은 깜빡 잊으시지나 않았나 하는 것까지.

돌이켜보면 이 세상이 발전해 온 것은 서로 다른 언어를 쓰는 사람들이 그들의 말을 서로 알아들으며 일을 해낼 때에 이룩한 결과였다. 다시 말해 이 세상은 두 가지 말, 세 가지 말을 하는 사람의 힘을 빌어 발전을 거듭한 것이었다.

그런데 우리 교포들은 어떠한가? 한국에 살 때에는 영어를 배우지 못해 그토록 노심초사하더니 이제 영어를 쓰는 나라에 왔으니 2세들이 저절로 영어를 쓰게 되었음만 다행이라고 여기고 있는 것은 아닌가? 2개 이상의 말을 배워야 한다는 성서의 교훈을 듣지 못하는 것이 아닌가? 21세기에는 한국이 분명코 세계의 살림을 앞서서 이끌어 나갈 터인데, 그때 한국인의 핏줄을 타고 나서 한국말을 못한다면 이 무슨 꼴이란 말인가. 이런 분들을 위해 일찍이 우리 조상이 마련했던 재미있는 속담이 하나 있다.

"멧돼지 잡으러 갔다가 집돼지 잃느니라."

2세들에게 모국어 교육을 제대로 시키지 않는 분들. 이런 분들은 멧돼지라 할 영어 하나는 얻었는지 모르지만 더 귀중한 집돼지 한국말은 잃어버리고 있는 것이다.

(한국일보 토론토판. 1995년 6월 1일)

한시漢詩를 지금도 즐기는 이유

우리나라에서 한시漢詩는 어떤 의미가 있는 것일까? 이 문제는 시대에 따라 다를 것이다. 한문학漢文學이 중점적인 문학 활동으로 자리 잡고 있었던 개화기 이전과 20세기가 다르고, 또 고려시대와 조선왕조시대도 한글문학이 존재하기 때문에 구분하여 생각하여야 할 것이다. 그러나 20세기도 마지막 몇 년을 남겨놓고 있는 현재의 시점에서 현대의 젊은이들에게 한시가 어떤 의미를 갖는가 하는 것이 우리의 관심사다.

한시는 분명히 낡은 문학 장르에 속한다. 지금도 한시를 짓는 사람이 없지 않으나 그것은 지극히 제한된 범위의 사람들이며 또한 그들은 한시를 자신의 중심 문학 활동으로 여기기보다는 옛날 선비들의 멋을 지금도 누리고 있다는 지적知的 충족감充足感을 지니는 한계 내에서 한시를 짓는 것이라고 생각된다. 다시 말하여 현재에도 한시는 창작되고 있으나, 그것은 문학의 중심활동에서 벗어난 지극히 지엽적인 지적활동知的活動에 머무르고 있다.

그럼에도 불구하고 우리는 한시를 이야기하고자 한다. 이미 지난 시대의 문학유산文學遺産이기는 하지만 그것을 오늘의 문학자산文學資産으로 삼으려는 까닭은 지난날 우리 조상祖上들의 한시가 그만큼 비중이 컸기 때문이다. 단순히 비중이 컸었다고 말하는 것으로는 충분하지 않다. 지난날의 문학활동은 한시가 전부였다고 말해도 지나치지 않을는지도 모른다. 물론 지난날 한시를 지은 분들은 특정한 부류의 지식인들이었다. 초기에는 양반관료兩班官僚에 국한하는 듯하였으나, 조선왕조 후기로 내려오면서 중인계층中人階層의 지식인知識人이 늘게 되어 이른바 "선비"의 범위가 확대되었다. 이렇게 형성된 지식층에는 양반 가문의 여성들, 예컨대 허난설헌許蘭雪軒이나 신사임당申師任堂 같은 분들과 글 잘하는 기녀妓女들까지 가세하였다. 이들 지식인은 모두 한시를 짓고 즐기는 시인詩人이었다. 그들은 예외 없이 글을 배우는 과정에서 시詩짓는 법을 배웠고, 벼슬길에 나아가는 사람들도 시짓기를 계속했었다. 말하자면, 옛날의 지식인들은 시인詩人이 되는 것과 지식인으로 산다는 것을 구분하여 생각하지 않았다. 그들에게 있어서 시는 일상적인 생활이었다. 따라서 매우 자주 일상적인 의사전달의 수단으로서도 한시가 이용되었다. 우리들이 오늘날 우리 조상들의 한시에 깊은 관심을 가져야 하는 이유가 여기에 있다.

만일에 우리가 현대를 살아가는 지식인이라고 자부하고 싶다면 옛날 우리 조상들이 한시를 어떻게 일상의 생활 속에서 활용하고 즐겨왔는가를 이해하고 그들의 삶의 방식과 향훈香薰 속에 젖어볼 수 있어야 할 것이다. 부모님들의 마음을 헤아릴 줄 아는 사람이 그 집안의 효자孝子, 효녀孝女이듯이, 조상들의 문화활동을 이해하고 즐길 줄 아는 사람만이 그 민족의 문화를 계승하고 발전시킬 수 있는 당당한 후예後裔일 것이다.

우리가 우리 조상의 한시를 외우고 즐기는 것은 지금도 한시를 지으며, 옛날 선비의 멋을 누려보자는 고답적高踏的 선민의식選民意識과는 다른 것이다. 우리는 세월 지난 유행 옷을 입은 촌뜨기가 되려는 것이 아니라 조상 대대로 내려오는 유품遺品을 고이고 아끼고 보존하는 겸손한 유산遺産의 상속자相續者가 되려는 것이다. 박물관에 진열된 옛날 물건을 보면서 그것이 조상의 손때가 묻고 조상의 영혼이 서려 있는, 그래서 지금도 살아있는 정신적 자산이라고 생각할 수 있는 사람이 문화를 계승, 발전시킬 수 있는 자격이 있는 후손이라면, 그와 같은 차원에서 적어도 몇 십수(아니, 적어도 몇 수만이라도) 한시를 외우며 그 시 세계의 분위기를 감각적으로 느낄 수 있는 사람만이 현대의 문학도 얘기할 수 있는 자격을 갖추었다 할 수 있지 않겠는가? 그래서 우리는 한시를 외우며 읊고자 하는 것이다.

한시의 감상은 또 다른 차원에서 우리에게 유익하다. 시의 구조가 기起·승承·전轉·결結이라는 사단四段으로 되어 있고 그것들은 대구對句라 하는 대립적 구조를 이루고 있어서 아무리 짧은 오언절구五言絶句라 하여도 거기에 균제均齊와 조화調和와 논리論理가 있어서 우리들에게 진실로 반듯한 표현이 무엇을 가리키는 것인지를 가르쳐 주기 때문이다. 옛날에는 특별히 수사학修辭學이나 논리학論理學을 가르치지 않았다. 시 한 수를 외우면 거기에서 수사 기교와 논리적 전개의 합리성을 동시에 배울 수 있었기 때문이다.

다음은 율곡栗谷 이이李珥 선생이 여덟 살 때 지었다고 하는 화석정花石亭이라는 제목의 시이다. 요즈음 여덟 살짜리 어린이가 어떤 글짓기를 하고, 어떤 생각을 하는가를 생각하면서 이 시를 읽어 보자. 가슴에 서리는 감회는 저절로 한숨을 뿜어낼 것이다.

> 林亭秋已晚(임정추이만)
> 騷客意無窮(소객의무궁)
> 遠水連天碧(원수연천벽)
> 霜楓向日紅(상풍향일홍)
> 山吐孤輪月(산토고륜월)
> 江含萬里風(강함만리풍)
> 塞鴻何處去(새홍하처거)
> 聲斷暮雲中(성단모운중)

> 수풀 속 정자에는 가을이 이미 깊었고
> 외로운 나그네는 끝 모르는 생각일세.
> 멀리 흐르는 물은 하늘에 닿은 듯 푸르고

서리 맞은 단풍은 해를 받아 붉었네,
산 너머 떠오르는 둥근달이 외롭고
강물에 실려 오는 만 리 밖의 바람이여!
변방의 기러기는 또 어디로 가는가.
울음소리 석양의 구름 속에 끊기네.

우리는 이제 더 이상 옛사람들이 조숙하고 의젓했음을 부러워만 해서는 아니 된다. 21세기에는 이 세상의 주인 노릇을 해 보겠다는 야망과 포부를 지니고 있으면서 무엇 때문에 한탄만 하며 주저하겠는가? 기회 있을 때마다 다만 한두 줄의 한시라도 뜯어 읽으며 옛날 우리 조상들이 어떻게 사셨는가를 헤아려 볼 일이다.

그분들의 시에는 삶의 애환哀歡, 굳은 의지意志, 끝없는 자아성찰自我省察과 이상理想의 추구追究가 들어있다. 거기에는 죽음에 대면하여 그것을 극복하려는 처절한 정신적 방황과 고뇌가 있으며, 또한 자연과 인간이 만나는 대화와 교감의 마당이 있다. 자연은 삶의 원천이면서 또한 현실과 대결하는 마당이기도 하였다. 한마디로 줄여 말한다면, 우리 선조들의 한시에는 그들이 꿈꾸었던 세상과 숨 쉬었던 세상이 그분들의 인생과 어울려 벌이는 한 판의 파노라마가 있다. 한시를 모르면 조상도 모르고 조상들의 문화도 역사도 모른다고 말하여야 하지 않을까?

그래서 우리는 조상들의 한시 앞에서 한없이 겸허하고 한없이 조용하게 되는 것이다. 앞에서 율곡의 어린 시절 시를 읽었으니 이번에는 퇴계退溪 이황李滉 선생의 만년晚年의 시 한 수를 감상하기로 하자. 나이 오십에 이르러 퇴계, 서쪽에 거처를 정하고 한서암寒栖庵이라는 초막을 지어 거기에서 글을 읽으며 소일하던 때의 모습을 노래한 것이다.

身退安愚分(신퇴안우분)
學退憂暮境(학퇴우모경)
溪上始定居(계상시정거)
臨流日有省(임류일유성)

벼슬길 벗어나니 내 분수에 편안하고
학문이 뒤처지니 늙어감이 걱정일세.
시냇물 언덕 위에 초당 하나 지어놓고
물가에 나와 앉아 매일같이 반성하네.

얼마나 경건하고 정갈한 삶이었던가. 삼가 옷깃을 여미지 않을 수 없다.

우리 이제 부지런히 우리 조상들의 영혼을 닮자. 그분들의 한시를 사랑하며 그분들의 향기를 맡아 보기로 하자.

죄는 지은 대로, 덕은 닦은 대로

우리 한국 사람들은 언제부터인가 인류가 추구하는 최고의 덕목德目이 있으며 그것은 또한 변하지 않는 진리라 하는 사실을 믿어온 것 같다.

우리 조상들은 "사필귀정事必歸正"이란 말을 참으로 즐겨 사용하였다. 무슨 일이건 반드시 정당한 결과에 도달한다는 말을 한자로 표현한 말이었다. 또한 "적선지가積善之家 필유여경必有餘慶"이라는 문구도 자주 입에 올려 말씀하셨다. 착한 일을 많이 한 집안은 언제나 경사스러운 일이 넘쳐난다는 뜻을 담고 있는 가르침이었다.

이러한 한문 투의 표현이 적당하지 않다고 판단하셨을 때, 우리 조상들은 어떤 말씀을 하셨을까? 그때에는 '속담'을 활용하셨다.

'죄罪는 지은 대로, 가고 덕德은 닦은 대로 가느니….'

어쩌면 말끝을 흐리실 때도 있었고 음성은 약간 떨리는 듯 장중하셨다. 그러면 아랫사람들은 송구한 듯 고개를 숙이고 그 말씀을 귀 기울여 받아들였다.

죄를 지으면 벌을 받는 것은 당연한 일이요, 덕을 닦으면 세상 사람의 칭송을 받으며 때로는 높은 벼슬자리에 나아간다는 사실을 염두에 두었던 것은 말할 것도 없는 일이다.

죄와 덕의 귀결점을 직접적으로 언급할 필요가 없다고 느끼셨을 때, 우리 조상들은 다른 말씀으로 대신하셨다.

'드는 돌이 무거우면 낯이 붉어진단다.' 하시거나, '드는 돌이 무거워야 낯이 붉지.' 하시거나, 때에 따라 표현을 조금씩 바꾸기는 하셨지만 노력에 비하여 성과가 생긴다는 움직일 수 없는 법칙, 곧 철칙鐵則이 있음을 가르치고자 하셨다.

우리 한국 사람들은 모두 이렇게 한두 마디로 폐부를 찌르는 가르침, 그 함축적인 언어 미학의 분위기 속에서 성장하였다. 그 한두 마디의 속담은 그대로 우리 자손들의 피와 살이었다고 말하면 그것이 과장된 표현일까?

'죄는 지은 대로 가고, 덕은 닦은 대로 가느니라.'

이렇게 말씀하시면서 우리 조상들이 믿고 있었던 움직일 수 없는 법칙이 또 하나 있었다. 다시 말하여 죄의 귀결점이 벌이라는 결과요, 덕의 귀결점이 칭송과 복락이라는 원칙을 지배하는 더 큰 원칙을 믿고 있었다.

아마도 그것은 불교에서 가르치는 인과론因果論이 아니었을까 싶다. 원인과 결과가 끊임없이 맞물려 돌아간다는 인연설因緣說에 근거하여 착한 일을 쌓으면 좋은 보람을 얻는다는 믿음을 굳힌 것이다.

우리 조상들은 자손들을 훈육하는데 늘 너그럽고 여유가 있으셨다. 과외공부를 시키고 성적을 올리기 위해서 조급해하는 요즘의 부모들처럼 쫓기는 듯한 모습은 전혀 보이지 않으셨다.

"그렇게 누워서 음식을 먹으면 이다음에 죽어서 소가 된단다."

빙긋이 웃으시며 이렇게 변죽을 치면 우리 자손들은 벌떡 일어나 앉으며 옷깃을 여미곤 하였다. 우리들은 너무도 소박한 나머지 정말로 내세에는 소가 되어 환생하면 어쩌나 하고 걱정하는 표정을 짓곤 하였다. 정겹고 그리운 광경이 아닐 수 없었다. 바로 이러한 현상을 지배했던 법칙이 다름 아닌 불교의 인과론이었다고 생각된다.

'죄는 지은 대로 가고, 덕은 닦은 대로 가는 거 알지? 어릴 때 담배 피우면 뼈가 녹는다 했거니….' 이렇게 말씀하시던 할아버지는 부싯돌을 쳐서 곰방대에 담뱃불을 붙이셨다.

그러면 우리 손자들은 할아버지에게만 허용된 담배가 당연한 것으로 받아들였다. 그 무렵 우리 자손들은 어른의 말씀이라면 그것은 곧 법이요 진리였던 것이다.

이러한 분위기 속에서 '죄는 지은 대로 가고, 덕은 닦은 대로 간다.'는 속담은 더욱더 왕성한 생명력을 지니고 우리 민족의 기본 신념으로 정착하였다.

그래서 우리 한국 사람들은 착하게 살고자 애쓰며 사람다움의 정체正體가 덕德을 닦음에 있음을 믿어 의심치 않았다.

그런데 언제부터인가. 이 속담 '죄는 지은 대로 가고, 덕은 닦은 대로 간다.' 는 말씀이 빛을 잃기 시작하였다.

요즘의 세태를 보면 죄를 짓고도 큰소리 치고 덕을 닦고도 쪼들리는 모습을 볼 때가 있다.

그러나 조금만 더 기다려 보자.

분명코 죄는 지은 대로 가고, 덕은 닦은 대로 간다는 사실을 옛날처럼 당당히 말할 세상이 오리란 것을 우리 한국 사람들은 믿고 또 믿는다.

(한국인. 1998년 2월호 속담풀이)

8. 공부하던 시절

나의 중·고등시절
(6년 동안 6학교를 다닌 이야기)

나의 대학원 시절
(군 복무와 석사학위)

나의 중·고등시절
(6년 동안 6학교를 다닌 이야기)

　나는 6·25 전쟁이 일어나던 1950년에 초등학교(그때는 국민학교)를 졸업하고 중학교에 들어갔다. 초등 졸업은 5월이었고 중학 입학은 6월이었다. 어째서 6월 입학이었는가?

　(이것은 우리나라의 슬픈 현대사와 관계가 깊다. 1945년 8·15일에 우리나라가 일제의 손아귀에서 풀려나면서 즉시 미군정 체제로 들어가게 되었다. 그 당시 미국 군인들은 한국의 모든 제도를 자기 나라 제도에 맞추려고 했던 것 같다. 미국은 지금도 그렇지만 9월에 새 학년이 시작되는 제도를 시행하고 있었다. 그래서 8·15 광복 이후에 미군정청美軍政廳은 한국의 새 학년 새 학기를 9월로 정하여 미국의 제도에 맞추었다. 그런데 그것은 조만간 한국의 오랜 전통과 정서에 맞지 않는다는 것을 알게 되었다. 그렇지만 그것을 또다시 하루아침에 고칠 수는 없는 노릇이었다.

그래서 1948년 대한민국 정부가 수립된 후에 옛날처럼 3월 새 학년 시작으로 환원還元하려는 정책을 세우게 되었다. 그러나 한꺼번에 6개월을 앞당길 수는 없으니까 1950년을 과도기간으로 잡아 3개월만 앞당겨 6월 새 학년을 거치면서 그다음 해부터는 다시 3월 새 학년 제도가 정착될 예정이었다. 1950년은 바로 그 과도기 시행연도였던 것이다. 그래서 우리는 그 해에 중학교 입학식을 6월에 가지게 되었었다.)

그때 우리 집은 형편없이 가난하였다. 아버지는 광복되던 다음 해에 우리가 살고 있는 초가집 한 채만을 유산으로 남기고 돌아가셨고, 그동안 어머니는 삯바느질로 우리 삼 남매를 키우셨다. 내가 중학교에 들어가던 해에, 어머니는 겨우 나이 마흔을 넘기셨고 내가 13살, 내 밑으로 11살 누이와 8살 아우가 있었다. 이렇게 네 식구가 순전히 어머니의 삯바느질로 생계를 이어갔다.

초등학교야 그럭저럭 다녔거니와 나의 중학교 진학은 어머니의 삯바느질로는 해결이 불가능하였다. 그러나 나는 중학교에 가고 싶었다. 공부를 못하는 것도 아니고, 몸도 허약한 편이라 공부밖에 다른 길은 없겠다고 막연히 생각하고 있었던 나로서는 참으로 속이 상했다.

우리 집 뒤뜰에는 두어 평 남짓한 채마밭이 있었다. 어느 날 나는 그 뒤뜰에(우리는 뒤꼍이라고 불렀다) 나갔다가, 울적한 심정이 북받치자 나도 모르게(아니 심술이 나서) 채마밭에 심어져 있는 파, 배추, 호박, 피마자 등을 하나씩 하나씩 모조리 뽑아버렸다. 어머니가 나와 보시고 말없이 눈물을 닦으며 돌아서셨다. 결국 그 채마밭 파괴는 내가 꼭 중학교엘 가고 싶다는 무언의 실력 행사였던 셈이다.

어머니는 그날 하루 종일 바느질만 하시며 밥을 굶으셨다. 나도 하루 종일 파헤친 채마밭을 한없이 헤집으며 밥을 굶었다.

그 다음날, 어머니는 아침 일찍 밖으로 나가셨다가 저녁 늦게 들어오셨다. 나도 신경질적인 화풀이에 지치고, 한편 죄송한 마음이 들기도 해서 어머니의 눈치만 살피고 있었다. 저녁 밥상머리에서 어머니가 말씀을 꺼내셨다.

"큰애야, 난들 왜 너를 중학교에 보내고 싶지 않겠니? 지금 내 힘으로는 어쩔 수가 없어서 그러는 것, 너도 알지?"

"낮에 어느 회사나 사무실에 사환使喚같은 것 할 수 없을까요? 그리고 야간이라도 다니죠 뭘."

이러한 두 사람의 대화가 집 앞에 있는 인천상업중학교 야간부에 입학을 가능케하였다. 어머니는 부지런히 사환 자리를 알아보러 아는 사람마다 찾아다니셨다. 지금도 그렇거니와 열세 살짜리 어린애를 심부름꾼으로 선뜻 써 줄 사람이 어디에 있겠는가? 더구나 나는 구멍가게 심부름꾼보다는 어딘가 사무원 냄새가 풍기는 회사의 급사 같은 것을 꿈꾸고 있었다. 입학금을 어찌어찌 분납으로 해결하고 막 학교를 다닌 지 한 주일쯤 지났을까? 6·25가 터졌다.

우리 마을 사람들은 인천의 시가지 밖을 벗어나 어디건 한적한 시골을 찾아 피난을 떠났다. 나도 어머니와 함께 동생들을 거느리고 인천 읍내 쪽으로 피난길을 잡았다. 그러나 읍내의 어느 집 헛간에서 며칠을 지냈는데 인민군 부대가 지나가는 것을 보게 되었다. 인민군을 피한다는 것이 그들을 맞이한 꼴이 되었다. 우리 식구는 다시 집으로 들어왔다. 또 며칠이 지났다. 한마을에 사는 중학교 선배가 찾아와서 야간생이나 주간생이나 구별 없이 오전에 학교로 나오라는 것이었다.

학교에 나갔더니 북한 군가를 가르쳤다. 학과 공부는 하나도 하지 않고 어떤 선생이 인민군의 진격을 홍보하며 앞으로 좋은 세상이 올 거라는 얘기를 하였다. 그러나 그것을 듣는 우리 학생들은 어쩐지 놀란 토끼처럼 불안한 표정이었다. 나는 이틀을 나가다가 그만두었다. 어머니와 함께 시장에 나가 해볼 수 있는 장사가 없나 알아보았다. 그렇지만 내가 할 만한 것은 아무것도 없었다. 그렇게 두 달 남짓 보낸 뒤에 9·15 인천상륙작전을 맞게 되었다. 9월 하순경에는 인천이 완전히 옛날 세상으로 돌아왔던 것 같다.

바로 그 무렵, 다시 학교에 나오라는 통보를 받았다. 그리고 학교에 나갔더니 이게 웬일인가, 인천상업중학교의 주간과 야간이 모두 합쳐 항도중학교로 이름을 바꾸고 언덕 너머에 있는 다른 학교 건물에서 수업을 받게 되었다는 것이다. 거기에는 본래 해성중학교라는 학교 자리였다. 인천상업중학교 야간부 1학년이 항도중학교 주간부 1학년으로 신분상승이 되었다. 나는 어차피 취직보다는 학교 다니기가 소원이었던 터라 가벼운 마음으로 언덕 너머로 항도중학교를 다녔다.

  나중에 알게 된 것이지만, 이러한 변화가 일어난 배경은 또다시 우리나라 학제 변경과 관계가 있다. 그때까지 우리나라는 6년제 중학교만 있었다. 〈물론 그전에는 5년제 중학교가 6년제로 바뀐 것이라고 한다.〉 인천에는 3개의 6년제 중학교가 있었다. 하나는 순수 인문계의 6년제 인천중학교, 또 하나는 상업계의 6년제 인천상업중학교, 그리고 또 다른 하나는 공업계의 6년제 인천공업중학교였다. 그런데 다음 해부터 그 6년제가 둘로 나뉘어 3년제 중학교와 3년제 고등학교로 바뀌게 되어 있었다. 그래서 모든 6년제 중학교가 일단 3년제 중학과정과 3년제 고등과정으로 나뉘어 학사 운영을 하게 되었는데, 문제는 어느 중학교가 고등학교로 안착하느냐 하는 것이었다.
  그때에 인천 교육계에는 하나의 이변이 발생하였다. 당연히 인천중학교가 신제新制 인천고등학교로 인가認可되어야 하는데 엉뚱하게 내가 입학했던 인천상업중학교가 인천의 신제 고등학교로 인가가 났다는 것이다. 그래서 이 새 고등학교는 과거의 전통을 일부 이어받아 상과商科를 놔두고 별도의 문과를 증설하는 것으로 낙착을 보았다. 결국 고등학교 인가라는 큰 목표를 두고 인천상업중학교와 인천중학교가 경합을 하여 인천상업중학교가 승리한 셈이었다. 그다음에 또 해결해야 할 문제는 중학 1, 2, 3학년생과 미래 고등생이 될 중학 4, 5, 6학년 학생을 어떻게 처리하느냐 하는 것이었다.

〈지금은 모두 한 학교 안에 중학교와 고등학교를 모두 거느리고 있지만 학제 변경을 처음 시작한 1950년과 1951년은 중학교면 중학교만, 고등학교면 고등학교만 운영하도록 되어 있었던 모양이다.〉

또 나중에 들은 얘기지만 그때에 인천상업중학교가 고등학교로 내정될 승산이 있으니까 중등부 1, 2학년을 항도중학교를 만들어 분리작업을 해놓은 것이었다고 한다. 3학년은 졸업을 하게 되니까 자동으로 제외되었을 것이다.

그리하여 나는 1950년 10월에 항도중학교 학생이 되어 그 다음 해 1951년 8월에 1학년 과정을 마쳤다. 그런데 또 이변이 일어났다. 그 항도중학교는 인천상업중학교 주간부·야간부의 통합으로 생긴 임시학교였던 모양이다. 1951년 9월에 항도중학교는 인천중학교와 다시 통합을 한다는 것이었다. 나는 졸지에 인천중학교 2학년생이 되었다.(1951년 9월 새 학년 신학기에 인중仁中과 인상仁商의 이합집산離合集散의 모습을 도표로 그리면 다음과 같을 것이다. 〈3학년과 6학년은 모두 졸업생으로 제외됨〉

6년제 인천중학교 1, 2, (3)학년생 → 3년제 인천중학교
6년제 인천상업중학교(항도중학교)1, 2, (3)학년생 → 3년

제 인천중학교

　6년제 인천중학교 4, 5, (6)학년생 → 3년제 인천고등학교
문과

　6년제 인천상업중학교 4, 5, (6)학년생 → 3년제 인천고등
학교 상과

4년이 지난 뒤에 인천중학교는 제물포고등학교를 병설(?)하고
인천고등학교는 상인천중학교를 병설하여 오늘날과 같이 3·3제
중·고등한 집안 학교가 되었다.)

　1951년 초에 대하여는 덧붙일 다른 이야기가 있다. 즉 승승장
구로 북진하던 국군과 UN군이 중공군의 개입으로 다시 남쪽으
로 밀리게 되었다. 서울을 사수하며 버티던 아군이 1월 4일에 후
퇴를 결정하니, 이것이 이른바 역사상 1·4후퇴로 기억되는 사건
이다. 그 후퇴는 37도선인 평택지역까지 내려갔다가 2월 중으로
다시 반격하고 북상하여 38도선을 중심으로 대치하였었다. 그
대치상황에서 일진일퇴一進一退를 거듭하며 때로는 소강상태를
유지하면서 휴전회담이 시작되었었던 것 같다.
　그래서 3월 새 학년 새 학기를 시작하려던 애초의 계획은 몇
달이 또 늦춰져서 9월에야 새 학년 새 학기를 시작하게 되었다.
아마도 한 해 더 학년 진급을 위한 마지막 조정기간을 가졌던 것
으로 기억된다. 그러나 계산해 보면 1950년도의 수업일수는 9월
수복收復 후 10월, 11월, 12월 그리고 다음 해 8월이니까 수업일

수는 맞춘 것 같으나 그때의 기억을 더듬으면 모든 교과목이 처음 몇 과, 2~30쪽까지의 진도가 나가고 끝났던 것 같다.

어쨌거나 나는 인천중학교 2학년이 되어 '인중仁中' 이란 글씨도 선명한 교표를 붙인 모자를 쓰고 인중을 다녔다. 그때 인중은 신흥동에 있는 신흥국민학교의 교실을 빌리어 쓰고 있었다. 전동에 있는 인천중학교 건물은 UN군이 자기네 군부대 막사로 차출差出하였기 때문이었다. 그 신흥초등학교 강당은 전쟁통에 폭격으로 부서져서 벽채만 엉성한 빈 공간으로 남아 있었다. 우리 인중학생들은 학년별로 그 강당 자리 공터에서 조회를 하였다. 그때에 오른팔을 번쩍 치켜들고 학생들의 주목을 집중시킨 다음 카랑카랑한 목소리로 '고생을 이겨내자' 는 훈화訓話를 하셨던 길영희吉瑛羲 교장선생님의 모습이 지금도 눈앞에 삼삼하다. 그리고 그 음성도 귓가에 맴돈다.

서너 달의 수업을 받고 학년만 올라간 학생들의 학력이 오죽했을까? 그러니까 그때의 모든 학교, 모든 학생들의 학력은 정상적인 교육을 받았을 때를 상상한다면 참으로 형편없는 수준이었을 것이다. 그래서 그때의 선생님들은 학생들의 학력을 높이기 위해 별의별 방법을 두루 모색하였다. 우리들 인중仁中 2학년도 학력을 높이기 위한 특단의 조치가 이루어졌다. 전체가 다섯 개 반으로 편성되었는데 그 전체 학생들의 첫 학기 중간시험 성적을 산출하여 영어와 수학 두 과목의 합계가 일정 수준 이상인 학생들로 한 반을 꾸미고, 나머지 학생들은 골고루 분산하여 네 반을 다시 편성하는 일이 벌어졌다.

그러니까 한 반만 우수반을 만들고 나머지 네 반은 보통반으로 만들었던 것이다. 그 우수반은 2학년 3반이었다. 어쩐 일인지 나도 3반에 편성되었다. 얼떨결에 인중 학생이 되기는 했으나 나는 힘들게 밥벌이를 하시는 어머니를 도와야겠다는 마음뿐, 우리 집안은 여전히 어려움이 지속되었다. 원래 어머니의 삯바느질은 그 고객들이 서비스업에 종사하는 여성들(그냥 쉽게 말하면 술집에 나가는 여인들)인데 전쟁이 터지고 사회가 불안해지자 그 여성들의 숫자도 줄고 그러한 직업의 양상도 많이 변하여 어머니의 주 전공인 한복(주로 저고리) 짓기는 현격하게 줄어들고 말았다.

점차 일거리가 없어서 어머니는 쉬시는 때가 생겼다. 그때 어머니는 보통 하루에 저고리를 5벌까지 지으셨다. 모두 손으로 빨아 다림질하고 그것을 한 땀 한 땀 꿰매어 저고리를 짓는 일은 사실 한 사람이 하루에 1벌, 잘해야 2벌 짓는 것이 고작이었다. 그러나 그것으로 우리 네 식구 생계를 이을 수는 없는 노릇이었다. 어머니는 그때 얼마나 부지런하셨고 또 손놀림도 빠르셨는지 모른다. 매일같이 5벌을 지을 수는 없고 사흘이나 나흘에 한 번씩 그렇게 속도를 내어 저고리를 지으셨는데, 그렇게 해야 4식구의 식비食費가 마련되는 정도였다.

그래도 나는 그러한 어머니 손끝에 의지하여 분에 넘치는 인중 2학년을, 그것도 운 좋게 우수반에 편입되어 학교를 다녔다. 율목동 우리 집에서 경동을 지나 긴담 모퉁이라는 신흥동 사잇길을 지나면 바로 신흥국민학교가 되기 때문에 집에서 학교까지는 20분이 채 걸리지 않는 거리였다. 나는 방과 후에 어머니가 지은 저고리의 주인을 찾아 배달하는 일도 했고, 집에 빨래용 물을 길어오는 일도 하면서 어머니를 도왔다. (물론 우리 집에는 수도가 없어서 동네에 있는 우물물을 길어다 썼다.) 그러나 우리 집 형편은 점점 나빠졌다. 바느질감이 현저히 줄어들었기 때문이다. 저고리, 치마를 갖추어 입는 술집 아가씨들이 점차 저고리 대신에 양장을 하는 풍조가 생기고 있었기 때문이다. 그럴 때 어머니는 용감하게 직업전환을 모색하여야 하는 것인데 어머니는 그런 분은 아니셨다.

　바느질감이 없을 때 어머니는 용기를 내어 시장바닥에 떡장사를 나가신 적이 있었다. 시루떡을 쪄서 그것을 머리에 이고 나가, 장터 한 모퉁이에서 한 조각씩 떼어 파는 일이었는데, 한 시루를 다 팔아도 번번이 원가에도 못 미치는 밑지는 장사를 하셨다. 요즈음 같으면야 일정량을 포장하여 가격을 정해 놓았기 때문에 그것을 모두 팔면 생산가와 판매가 사이의 이익이 얼마가 생기는지 분명하지만, 그 시절에는 떡장수가 시루 속의 떡을 적당히 썰어주는 것이었다. 그때 옆으로 비스듬히 얇게 썰면서도 넓적하게 커 보이도록 썰어 주어야 이문이 생기는 것이었지만, 나의 어머니는 그 얇게 써는 기술이 없으셔서 다 팔고 나면 결국 본전을 찾지 못하셨다. 어머니는 그 떡장수 노릇을 세 번도 못하시고 때려치우고 말았다. 고생은 고생대로 했으나 그것이 어머니의 활로는 아니었다.

 이렇게 근근이 중학교 2학년이 끝나갔다. 그런데 참으로 놀라운 일이 벌어졌다. 1952년 종업식이었다. 중학교 2학년의 성적표를 받아보니 놀랍게도 석차가 1등으로 기재되어 있는 것이 아닌가? 성적표를 나누어주시던 젠틀맨 별명의 담임 임명진林明鎭 선생님은 빙긋이 웃으시며 "열심히 했구나, 3학년 올라가서도 그래야 돼!" 이렇게 격려해 주셨다. 이 1등은 우수반의 1등이니까 결국 전체 학년에서 1등을 했다는 뜻이었다. 나는 지금도 그렇게 생각하지만, 그때에 내가 공부를 잘한 것이 아니라 다른 친구들이 공부에 열심히하지 않았기 때문이라고 생각한다. 다른 친구들은 어수선한 시대 분위기에서 피난생활에 쫓기며 공부는 학교에 나가는 것으로 다행이다 싶은 심정으로 다녔기 때문이었을 것이다.

 어쨌거나 나는 2학년 전체의 1등으로 1952년 4월, 3학년에 진급하였다. 집에서는 어머니가 어찌어찌 세끼 밥은 끓여 주셨지만, 이미 어머니는 삯바느질에 한계를 느끼시고 정말 아주 재주 없는 몸으로 노동판으로 진출(?)하셨다. 그 노동판은 때로는 미군부대의 다리미질 꾼이었고, 때로는 부두에서 이미 하역荷役이 된 군용 휘발유 드럼통을 한 곳에서 다른 곳으로 굴려 옮기는 일 같은 것이었다. 다리미질이야 여자들이 항용恒用하는 일이었지만 드럼통 굴리는 일은 중노동 중에도 중노동일 터인데 그런 일까지도 마다하지 않으셨다.

 그나마도 그 일은 새벽에 나가 일용직으로 뽑혀야 일을 하는 날품팔이 작업이었다. 여자의 몸으로 어머니는 이러한 노동판에 한계를 느끼지 않으실 수 없었다.

이와 같은 가정형편에도 나는 중학교 3학년에 올라간 것이 한없이 고맙고 신기하였다. 선생님이나 친구들이 아무개는 공부 잘하는 아이로 인정해 주는 것이 한편 놀랍고, 한편 고마운 일이라고 여겼기 때문이었다. 3학년에서는 2반이 우수반으로 편성되었다. 그런데 교장선생님은 우수반을 편성하는 것으로 그치지 않으셨다.

3학년 2반 중에서도 또 20명의 학생을 선발하여 교장선생님 댁에 자그마한 교실을 꾸미고 방과 후에는 그 특별반에서 과외공부를 시키셨다. 나도 물론 그 20명의 한 사람으로 교장 선생님댁의 과외공부에 참여하였다. 당연히 과외비 같은 것을 내는 일은 없었다. 거기에 수업을 맡은 선생님들도 별도의 수당을 받으신 것 같지는 않았다.

그 수업에 들어오신 선생님들은 한결같이, 교장선생님의 뜻을 잘 받들어 여러분들은 우리나라의 훌륭한 일꾼이 되어야 한다고, 참으로 침통하고 진지하게 충고하고 격려하셨다. 그런 분들이 과외 수당을 별도로 받으셨다고는 생각되지 않는다. 아마도 교장선생님의 열정에 감복하여 별도의 봉사를 하셨으리라고 나는 지금도 그렇게 믿고 있다.

그 3학년 1학기 과외반에서 우리는 수학의 미적분을 배웠던 것으로 기억된다. 중3에서 미적분이라니, 이것은 학생들의 능력이 미치는 한, 문교부가 정한 보통의 교과과정은 무시해도 좋다는 교장선생님의 뜻을 수학 선생님들이 충실히 협조하셨기 때문이었을 것이다.

이렇게 3학년 1학기가 끝나갈 무렵이었다. 어머니의 노동판 행각은 한계가 있었다. 몸살을 앓아누우시고 말았다. 그런 형편에 내가 계속해서 학교를 다닐 수는 없었다. 마침 이웃에 사시는 아저씨 한 분이 어머니와 나에게 조심스런 제안을 해오셨다. 그분은 연백에서 피난을 온 피난민으로, 그 연백 지구 피난민들이 모여 형성된 국민학교의 교사이셨다. (정 씨 아저씨였는데 이름은 잊었다.) 그 연백 지구 피난 국민학교는 인천 시공관市公館(시립 공회당을 그렇게 불렀다.) 뒤편에 있는 부속건물을 개조하여 신흥국민학교의 분교 형식으로 운영되는 학교였다. 정씨 아저씨는 그 연백국민학교에 급사 한 사람이 필요한데 마침 우리 집 형편을 이해하고 나를 그 학교 급사로 취직을 하게 하면 어떠냐고 권하셨다. 그 학교 직원이 되면 배급 쌀도 받을 수 있고 무엇보다 거기에 야간부 중·고등이 있으니까 밤에는 그 야간 중학엘 다닐 수 있다는 것이었다. 어머니와 나로서는 저절로 굴러온 행운이 아닐 수 없었다.

나는 그 신흥국민학교 연백 지구 분교에 급사가 되기로 하였다. 그런데 그때가 1학기 말 시험이 며칠 남지 않은 때였다. 아마 7월 초순쯤이었을 것이다. 나는 학기 말 시험이나 치고 학교를 중단하는 것이 낫겠다 싶어 그 사정을 말하였더니 분교의 교감

(교장은 신흥국민학교 교장이 맡고 있었다.) 선생님이 충분히 이해한다면서 시험을 잘 치고 오라고 격려까지 해 주셨다. 그때 3학년 담임은 기하幾何를 담당하셨던 함완식咸完植 선생님이셨다. 함 선생님은 내 이야기를 들으시더니 눈만 끔벅끔벅하시며 내 손을 잡으실 뿐, 아무 말씀도 하지 않으셨다. 나는 그럭저럭 1학기 말 시험을 보았다. 그리고 그 다음날부터 시공간 뒤에 있는 신흥학교 분교로 출근하는 급사 생활을 시작하였다. 2학년에서 전학년 1등을 했던 내가 3학년 한 학기를 겨우 끝내고 학교를 중퇴한 것이었다. 그러고 보니 2년 반 동안에 나는 세 학교를 전전한 셈이었다. 처음엔 인천상업중학교 야간부, 그리고 항도중학교 1학년 수료, 그 다음 해 인천중학교로 자동 편입되어 2학년과 3학년 1학기까지 1년 반을 인천중학교 학생으로 살았다.

나는 율목동 우리 집에서 시공관까지 30분 정도의 길을 출퇴근하면서 끈질기게 인중仁中 교모校帽를 쓰고 다녔다. 비록 저녁 시간에 야간부 중학반에 앉아 있기는 했으나 내가 인중의 학생이었다는 사실(아니, 지금도 인중의 학생이어야 한다는 집념)은 내 의식에서 지울 수가 없었다. 그렇게 인중 학생의 정신으로 급사 생활을 하면서 그 해를 넘겼다.

그리고 그 다음 해 1953년 3월 어느 날이었을 것이다. 직장에서 돌아와 우리 집 대문 앞에 이르렀을 때 놀랍게도 거기에 인중 3학년의 담임이신 함완식 선생님이 서 계신 것이 아닌가?

"너를 기다리고 있었다."

선생님은 내가 무어라 말씀드릴 틈도 주지 않고 이렇게 인사 겸 말문을 여셨다. 나는 그때 처음으로 어떻게 몸가짐을 하며 손·발을 놀리고, 어떻게 입을 열어 말을 해야 할지 전혀 방도가 없이 쩔쩔매는 자세를, 정말 처음으로 경험하였다.

"선생님……."

그저 이 말밖에 다른 말은 할 수가 없었다. 그때에 선생님은 내게 둥그렇고 갸름한 통 하나를 내밀며 말씀하셨다.

"이거 네 졸업장이여, 교장선생님이 ○군에게 중학교 졸업장은 주어야 한다고 하셔서 이 졸업장을 만들 수 있었다. 수업일수도 모자라지만 전쟁 중에는 모두 특별한 경우가 많으니까 교장의 특권으로 결정하신 일이다. 그 통 속에 성적표도 들어 있다."

이렇게 말씀하시며 내 등을 두드리시더니 그냥 우리 집 대문 밖에서 휘적휘적 골목을 돌아 나가시는 것이었다.

그때의 내 표정이 어떠했을까? 선생님께는 미안하고 황송한 마음, 그리고 한편으로 무언가 당황스럽고 고마운 마음, 이런 착잡한 느낌이 가슴을 묵직하게 누르고 있었을 것이다. 나는 중학교 3학년 1학기 중퇴자라고만 생각하며 인중 모자를 죽어라 하고 쓰고 다녔는데, 이제 합법적으로 인중 졸업생이라니, 기쁨인지 무언지 알 수 없는 감정이 북받쳐 입술을 깨물었는데 그때 입안으로 피가 고였다.

그 다음날에도 나는 평소와 다름없이 인중 모자를 쓰고 직장으로 출근하였다. 내가 직장에서 하는 일은 아주 쉬운 일들이었다.

시간에 맞추어 수업의 시작종과 마침 종을 치는 일, 그리고 선생님들의 잔심부름을 하는 일, 또 가끔은 학생들에게 나누어 줄 프린트물이 있을 때, 원지原紙를 철판(그때는 '가리방'이라는 일본말을 사용했다.)에 놓고 그 안내문을 쓰는 일. 사실 이 철판에 글을 쓰는 것은 겨우 중학졸업생인 내 처지로서는 좀 과분한 업무였을 것이다. 그런데 선생님들은 내 글씨가 예쁘다고 하시며 그런 일을 시키셨다. (정말로 나보다 글씨를 못 쓰시는 여 선생님도 계셨다.) 그리고 점심시간에 맞추어 교감선생님댁으로 가서 찐빵을 날라오는 일이었다. 점심을 못 먹는 학생들에게 급식용으로 나누어주는 빵을 교감선생님댁에서 매일매일 찌면 그것을 학교로 가져오는 일이 나의 가장 중요한 업무였다.

그리고 업무가 아닌 봉사가 하나 있었다. 우리 집엔 언제부턴가 머리 깎는 바리캉이 하나 있었는데 그것을 가지고 학교에 가서 쉬는 시간에 그 초등학교 학생 중에 머리가 긴 학생의 머리를 깎아 주는 일이었다. 이발소에 갈 돈이 아쉬운 어린이들이 즐겨 나에게 와서 머리를 깎았다.

그리고 일과가 끝나면 이제는 야간학교 고등부에서 수업을 들었다. 물론 나는 돈을 내지 않는 특수 신분의 급사였으므로 정식 학생은 아니었다. 아마 청강생 신분이 아니었을까? 그래도 그 고등부 반에서 나는 다른 학생들보다 아는 것도 많고 실력이 낫다는 것이 자꾸만 드러났다. 그곳은 지금 생각해보니 무인가 야간 중고등부가 아니었나 싶다. 그리고 학생들도 대부분 나보다 서너

살은 더 나이 많은 연백 피난민 형님들이었다. 그 형님들 가운데 한 분과의 인연이 또 나의 운명을 바꾸게 할 줄이야.

1953년의 봄이 가고 여름이 되었다. 야간 고등부에서는 늘 내 옆에 앉아 내 노트도 보고, 베끼고, 자기가 못 알아들은 것을 나에게 묻기도 하는 형님이 있었다. 나이는 나보다 족히 너댓살은 더 들어 보였고, 몸집도 뚱뚱한 편의 형님이었다. 이름을 강우영이라 하였다. 이 형님은 배다리 시장 입구에서 라이터, 만년필 같은 것을 수선하는 좌판 노점을 운영하고 있었다. 수업이 끝난 뒤에 나는 교실 정리를 끝내고 사무실도 열쇠로 잠근 다음 교실 건물을 한 바퀴 둘러보고 막 집으로 돌아가려던 참이었다. 어디선가 불쑥 강우영 형이 나오더니 "이제 끝냈어? 같이 갈까 하고 기다렸지." 하면서 집으로 가는 길을 잡고 앞서 걸어갔다.

그날 귀갓길에 강 형은 아주 아주 조심스럽게 나에게 엄청난 제안을 하였다.

지난 반년간 야간 고등부를 다니면서 너를 지켜보았다. 그렇게 명민明敏하고 똑똑한 아이가 이 피난민 초등학교의 급사給仕 생활이나 하는 것이 너무도 안타까워 보였다. 이런 재주 있는 아이가 편하게 공부를 계속할 수 있으면 얼마나 좋을까. 그런 생각을 많이 하였다. 그리고 내가 힘이 없지만 무슨 방법이 없을까 생각하다가 내가 버는 돈에서 조금씩 떼어내어 저금을 해왔다. 물론 내 생활비를 아낀 것은 아니다. 나는 어머니 한 분을 모시고 있을 뿐 다른 가족이 없으니 두 식구 밥 먹는 것은 내 좌판 가게로도 문제없다. 오히려 조금 저축이 가능하기 때문에 그 저축의 일부를 너를 위해 따로 저금을 해왔다. 그런데 어제 우연히 시장 한쪽 벽에 학생 모집 광고를 보게 되었다. 꼭 너를 오라고 부르는 광고였다. 그 광고는 인천공업고등학교에서 편입생을 모집하는 것이었다. 내가 그 입학금은 모았으니 우선 그 돈을 믿고 편입시험을 보아라, 당연히 합격이 되겠지만 합격이 되면 네가 지금 급사생활로 버는 수입이 없어서 걱정이 되겠지? 그 문제도 해결이 될 것이다. 지금 서울신문사 인천지사에서 신문배달원이 한 사람 꼭 필요하다고 한다. 한 달 후면 그만두는 사람이 있어서 그 뒷자리를 내가 너를 추진하기로 하고 꼭 잡아두라고 부탁하여 놓았다. 그러니 아무 걱정 말고, 이 급사생활을 청산하고 신문배달하면서 고등학교를 다녀라. 나는 앞으로도 큰돈은 못돼도 네 학비는 보태줄 수 있다. 너 같은 아이가 공부를 못하면 이 세상이 어찌 되겠니?

이것이 그날 밤에 집으로 오면서 강 형이 나에게 들려준 말이었다. 당연히 나는 거절하였다. 그러나 그 다음날도 또 그 다음날도 퇴근시간에 어디에 숨어 있었는지 불쑥 나타나 집으로 가는 밤길에서 내 마음을 돌리라고 강요하였다. 나는 어머니와 상의하고 그런 은인의 뜻을 거역하는 것도 세상 사는 일이 아닐 수도 있다는 결론을 얻었다.

"우영이 형, 형의 말을 들을게요. 그런데 신문배달 자리는 확실한 것인지 그게 걱정이네요."

드디어 내가 이렇게 후속대책을 근심하는 말을 하게 되었다.

"걱정 말고 편입시험이나 잘 치도록 하라구."

이것이 우영이 형의 대답이었다.

7월 더운 어느 날, 나는 주안朱安에 있는 공업고등학교로 가서 편입시험을 보았다. 예정했던 것처럼 한 주일 뒤에 합격통지를 받았다. 우영이 형이 마련해준 입학등록금을 들고 학교를 찾아가니 또 놀라운 일이 기다리고 있었다. 편입시험 성적이 우수하기 때문에 입학금을 면제해 준다는 것이었다. 나는 준비했던 돈을 우영이 형에게 가져다주었다. 우영이 형은 펄펄 뛰며 "그 돈은 이미 네가 써야 할 것이었으니 당연히 너의 살림에 보태야 할 것 아니냐. 하늘이 네게 보태 주신 것인데, 그걸 왜 내가 다시 받느냐." 하면서 야단도 치고 또 정말 신나는 일이라고 기뻐해 주었다. 그 사건으로 어머니와 우영이 형 어머니가 만나 우리 어미들도 의형제처럼 지내자고 인사를 나누던 장면도 또렷하게 떠오른다.

계산해 보면 정확하게 1년의 공백이 있었다. 물론 무인가 야간부에 무등록 청강생 노릇을 하기는 했으나, 3학년 1학기를 마치고 학교를 중퇴했고, 고등학교 1학년 1학기를 전혀 다니지 않았는데, 고등학교 1학년 2학기에 정식 학생이 되었으니 어찌 보면 1년을 월반한 셈이었다. 어쨌거나 나는 인천공업고등학교 건축과 1학년 학생이 되어 율목동 집에서 주안의 학교까지 시오리(6km 쯤) 길을 걸어 다니며 저녁이면 신문배달을 하였다. 공고까지의 시오리 길은 꼭 1시간이 걸렸다. 때로 뛰다시피 속력을 내어 걸으면 40분쯤 걸리기도 하였다. 그렇게 학교를 다니는 것이야 학생이면 누구나 하는 일이지만 나는 저녁의 신문배달 업무가 하나 더 있었다.

그때 내가 배달한 신문은 그 당시 석간으로 발행되던 「서울신문」이었다. 학교를 마치고 부지런히 서울신문사 인천지사로 가면 5시 전후였는데, 그 시간이 서울에서 기차편으로 신문이 내려오는 시간과 맞아 떨어졌다. 내가 담당한 부수는 120부였다.(중간에 늘기도 하고 줄기도 했지만 평균은 120부였다.) 인현동, 내동, 전동, 중앙동 등이 내 구역이었는데 그 구역에 120부를 배달하는 시간은 대략 2시간이었다. 한 집 배달에 평균 1분이 걸린 셈이다. 이렇게 매일같이 아침저녁으로 뛰고 걸으니 신발이 아주 쉽게 닳았다. 그때는 새 운동화 한 켤레를 평균 한 달 신으면 구멍이 뚫리곤 하였다.

(그 당시의 신문은 보통 4면 발행이었다. 특집을 발행하는 날이라도 8면이 고작이었다. 요즈음은 32면을 발행하는 세상이 되었으니 참으로 격세지감隔世之感이 있다. 그러니까 그때의 120부 신문의 분량은 지금 32면짜리 15부에 불과한 분량이었다. 옆구리에 끼고 충분히 뛰어다닐 수 있었다.)

학교 공부는 독일어를 제외하면 힘든 것이 별로 없었다. 학교 공부를 시작한 2학기 초가 나로서는 고등학교 1학년의 시작인데 제2외국어 과목인 독일어는 이미 1학기가 끝난 뒤여서 나로서는 기초 공부의 기회가 없이 15과인가 16과부터 들었으니 난감한 일이 아닐 수 없었다. 신문 배달을 하면서 정관사定冠詞 변화와 자인(sein) 동사변화를 중얼거리며 외웠다. 억지로 진도를 따라가기는 했으나 이 독일어만큼은 흥미를 느끼지 못했다. 그러나 정말 기적 같은 일이 또 발생하였다. 2학기 중간시험 성적이 전 학년에서 1등이었다. 편입하여 두 달 공부한 놈이 다시 학년 전체에서 가장 우수하다니, 참 어이가 없었다.

그렇게 학교의 주목을 받으며 왕복 2시간의 학교 다니는 시간과 신문배달 2시간을 합치면 하루 4시간을 매일같이 걷고 뛰고 하였으니 신체단련은 저절로 되었을 것이다. 그 덕분인가 평생 걷기에는 자신이 있고, 또 잰 걸음걸이를 유지하였다. 가난한 고학생에 부수적으로 따라붙는 이로움이 이러한 신체단련이 아닐까 싶다.

11월이 되니 해도 많이 짧아지고 날씨도 꽤 선선해진 가을이 되었다. 역시 정확한 날짜는 기억할 수 없다. 학교 공부를 끝내고 서둘러 교실을 나오는데 담임선생님(선생님 성함은 잊었다.)이 교무실에서 찾는다는 연락을 받았다. 방금 종례를 끝낼 때까지 별말씀이 없었는데 교무실로 따로 부르는 것은 무언가 심상치 않은 일일 것이었다.

교무실로 들어가 선생님을 뵈었더니 앉으라고 의자를 권하셨다. 불안하기 그지없었다. 무엇보다 신문배달시간이 늦으면 안되기 때문이었다.

"그래, 네 사정이 조급한 거 다 안다. 바로 그 문제로 의논할 일이 있어서 잠시 오라고 하였다."

이렇게 운을 떼신 선생님은 정말로 난감한 문제를 꺼내셨다. 그것은 내가 '도내 중고등부 학년별 학술경시대회'에 고등학교 1학년 대표로 뽑혀 나가게 되었는데 그 날짜가 12월 초 이틀간 수원에서 개최하게 되어 있으니 내가 신문배달을 이틀만 대신할 사람을 구해 놓아야 한다는 말씀이었다.

잠시 '학술경시대회'가 무엇인지 설명을 해야 하겠다. 이것은 1953년도의 우리나라 학생들의 학업 성적을 높이기 위한 그 당시 문교부의 교육정책의 하나였다고 생각된다. 아마 1952년도 말에도 있었을 것이나, 나는 그때 중3을 중퇴하고 급사생활을 할 때였으니 그 해에 학술경시대회가 있었는지도 모른 체 지나간 일이었고, 고등 1년의 끝인 1953년 말은 내가 다시 정식 고등학생이 되었으니까 이런 시험이 있는 것을 알게 된 것이었다.

전쟁 통에 피난을 다니느라고 공부는 제대로 하지 않고 학년만 올라가는 분위기에서 차분하게 학력을 기르기 위한 특별 조치로 이런 대회가 나타나게 되었을 것이다. 그것은 각 학교에서 성적이 우수한 학생 한 명 또는 두 명씩을 선발하여 그 학생들에게 시험을 치게 하고, 그 성적으로 그 학교의 학업 성취도를 평가하는 제도였다. 공부 잘하는 선수가 모여서 시험 성적으로 그 학생 및

학교의 명예를 판가름하는 공부 시합이 곧 학술경시대회였다. 내가 고 2학년 말에는 그런 얘기를 듣지 못했으니 아마 1953년에 시행되는 것으로 그 행사는 더 이상 지속되지는 않은 것 같다.

아무튼 나는 공부 잘하는 학교 선수로 뽑혀서 수원으로 가서 하룻밤을 자며 이틀간 시험을 보게 되었다. 그 시점이야 잘 치건 못 치건 대표로 뽑혔으니 최선을 다하여 시험을 보면 그뿐이지만 문제는 선생님이 걱정하시는 것처럼 내가 매일 저녁 신문배달을 하는 학생이니 그 일을 대신할 사람이 큰 걱정이었다. 담임선생님은 동업자 고학생 중에 그 일을 맡을 사람이 없는지 그것을 미리 준비하라고 나를 부른 것이었다. 나는 난감하기 그지없었다. 경시대회 일자가 한 열흘 남기는 했으나, 아무리 그래도 갑작스럽게 그것도 이틀만 하면 끝나는 일을 대신할 사람을 구한다는 것이 가능이나 한 일인가? 나는 신문사에 가서 그 사정을 얘기했고 어머니하고도 상의했으나 묘안이 나오지 않았다. 그렇게 이삼일을 보내고 초조한 심정으로 신문배달을 마치고 들어온 저녁에 어머니는 근심 어린 표정으로 말씀을 건네셨다.

"누구, 좋은 사람 구했니?"

"그랬으면 얼마나 좋겠어요. 하늘에서 천사가 나타나면 모를까?"

이런 대화를 나누는데 정말 천사의 음성이 들렸다.

"형! 내가 해보면 안 될까?"

그동안 어머니와 내가 걱정하는 소리를 듣던 동생이 이렇게 말

참견처럼 제안을 하였다. 어머니와 나는 동시에 깜짝 놀라 내 동생을 바라보았다. 그때 내 아우는 초등학교 5학년이었다. 초등학교 5학년 자기 반에서 반장을 하고 있는 똑똑한 아우이기는 했으나 이제 겨우 11살의 나이였다. 어머니와 나는 마주 쳐다보면서 '그래, 너라면 할 수 있을 거야.' 이런 눈빛을 주고받았다.

그 다음날 저녁부터 나는 동생을 데리고 다니며 신문 배달을 같이하였다. 1번 집에서 120번 집까지 골목을 휘젓고 언덕을 오르내리며 큰길을 가로지르기를 몇 번씩 하면서 그 집을 순서대로 기억하는 것은 글쎄 11살 어린이에게 쉬운 일이었을까? 어려운 일이었을까? 그러나 내 아우는 사흘 만에 자기가 앞서고 내가 뒤따르게 하면서 훌륭하게 120집의 신문을 제대로 배달하였다. 나는 아우의 도움으로 수원에서의 학술경시대회를 무사히 마치고 돌아왔다. 시험 친 과목은 국어, 영어, 수학은 분명하고 그 외의 과목은 무엇이었는지 기억이 불분명하다.(이 글을 쓰면서 나는 내 아우 심재용沈在龍 교수가 그리워 목이 메인다. 이렇게 같이 고생하며 공부하여 서울대학교에서 나란히 형제 교수라는 소리를 듣던 내 아우는 정년을 몇 해 남기고 2004년 가을에 이 세상을 하직하였다.)

겨울이 다가오면서 해가 점점 짧아졌다. 밝은 저녁에 신문배달을 시작했지만, 배달을 다 마치고 나면 어두운 밤이 되었다. 어머니는 나의 귀가 시간에 맞추어 더운 밥을 지어 주셨다. 그리고 매번 "얼마나 힘들었느냐. 부모 잘못 만나 고생이 많구나." 이런 말씀으로 나를 위로하셨다. 그때마다 내가 드렸던 말씀은 한결같았다. "건강한 몸을 주시고 공부 열심히 할 수 있는 머리를 주신 것을 감사합니다. 더 바랄 것이 없습니다. 초년 고생은 돈을 주고도 못 산다는데 아무 걱정 마십시오. 이번에 막내가 신문 배달한 것 좀 보십시오. 우리 형제들이 정신 차리고 살면 좋은 날이 오겠지요."

이렇듯 식구들이 서로 위로하고 격려하면서 고등학교 1학년을 거의 마쳐가는 1953년 12월 어느 날이었다. 학술경시대회 성적도 좋게 나왔다고 선생님들이 무척 흡족해하셨다. 고등부는 인문계와 실업계가 나뉘어 채점을 했는데 나는 공업 고등 건축과 학생이니까 실업계 고등학교 학생으로 분류되었고, 전체 1등을 인문계가 차지했지만 실업계에서는 내가 1등을 했다는 것이다. 그렇게 1학년을 마무리하는 12월 어느 날, 신문배달을 같이하는 친구 중에 인천고등학교 상과에 다니는 친구가 있었다. 그 친구가 불쑥 나에게 이런 제안을 하였다.

"너 우리 학교로 전학 오지 않을래?"

"이제 모처럼 편입해서 몇 달 다니지도 않았고 또 학술경시대회에 학교 대표로 나가 성적도 좋다고 칭찬을 하는데 어떻게 학교를 옮기냐?"

우리 두 사람이 이런 대화를 나누게 된 데는 또 그럴만한 사연이 있었다. 인천고등학교는 바로 내가 처음 들어갔던 인천상업중학교가 학제 개편으로 고등학교가 된 학교이고, 우리 집에서는 코앞에 있다고 해도 좋을 만큼 가까운 거리였다. 우리 집에서 학교 뒷문까지는 직선거리가 1km가 채 안 되었다. 어떤 때 학교에서 수업을 시작하는 종이 울리면 그 소리가 우리 집 대문 밖 몇 걸음 안에서 들릴 때도 있었다. 그래서 나는 그 친구에게,

"너는 참 좋겠다. 너의 집은 학교 담을 사이에 두고 바로 길 건너에 있으니 나처럼 학교 다니느라 아침저녁 1시간씩 두 시간을 소모하지 않는구나. 나도 너희 학교에 다닌다면 참 좋겠다."

이렇게 가능하지 않은 희망 사항을, 신문사 사무실에서 신문이 도착하기를 기다리며 이야기를 나눈 적이 있었기 때문이다.

"내가 우리 반 담임선생님께 네 이야기를 했더니 한번 나에게 데려오라고 했어!"

"글쎄 네 말은 고맙다만, 너의 담임선생님을 어떻게 뵙겠니?"

우리 둘은 이 비슷한 대화를 그 후에도 한두 번 더 진행시켰고 결국 나는 그 선생님(윤기선 선생님)을 만나 뵈었다. 그 선생님 말씀은 이미 교장선생님께 말씀을 드렸고 본인의 결정만 있다면 받아 주겠다는 언약을 받으셨다는 것이었다.

나는 사실 공업고등학교보다는 인천고등학교가 더 좋은 학교라는 것보다 아침, 저녁 통학시간 두 시간이 통째로 절약된다는 것이 더 매력이었다. 어머니는 저녁 귀가 시간이 늦으면 아예 대문 밖이 아니라 골목 어귀에 나와 서 계셨다. 나는 고민스러웠다. 그러나 학교를 옮기고 싶은 마음은 굴뚝같았다. 성탄절이 가까운

때였던 것으로 기억된다. 내일모레면 겨울 방학이 시작될 참이었다. 결국 공고의 담임선생님을 교무실로 찾아뵈었다.

"왜? 무슨 일이야?"

선생님은 밝은 표정으로 나를 맞으셨다. 학교의 대표 학생이니 반겨하지 않을 수가 있었으랴. 나는 참으로 어려운 말씀을 더듬거리며 아뢰었다.

"인천고등학교는 저희 집에서 1, 2분도 안 걸리는 코앞에 있습니다. 신문배달은 시간이 생명인데 학교를 파하고 부지런을 피워도 요즈음엔 신문사에 도착하는 시간이 늦어서 배달에 어려움을 느낄 때가 많습니다. 마침 신문배달을 같이 하고 있는 인천고등 친구가 자기 학교로 나를 전학시키는 것이 가능한지 자기 학교 선생님에게 알아보았다고 합니다. 그랬더니 공고에서 허락하고 본인이 원하기만 하면 가능한 일이라고 하였습니다. 그래서 선생님을 뵙게 되었습니다."

이렇게 힘들고 어려운 말씀을 겨우겨우 더듬거리며 아뢰었다. 선생님은 눈을 감고 한참을 있으시더니 천천히 입을 떼셨다.

"네 개인 사정은 충분히 이해한다. 그런데 보통 학생이면 무슨 문제가 있겠니? 너는 우리 공고의 대표 학생 아니냐? 그것이 문제로구나. 또 한 가지 네가 아직 어린 나이에 실리를 쫓아 행동을 가볍게 하는 것에 재미가 붙으면, 그것은 인생살이에 결코 좋은 일은 아니지. 그것이 또 하나의 걱정이다. 내가 허락하고 우리 교장선생님이 허락해도 너의 행동 결단에는 가까운 이익을 찾아 가볍게 움직이는 사람이라는 딱지가 붙을 수 있다. 그러나 어쩌겠니. 네가 우리 공고에서 마음이 떠나 있으니…. 너의 일생에서 이런 일이 두 번 다시 일어나지 않도록 하여라. … 내일 교장선생님께 전학 인사드리도록 하자. 그래 가 보아라. 신문배달시간 늦겠다."

그때 공고 담임선생님(아, 어째서 선생님 성함이 생각나지 않는가)의 이 말씀은 평생토록 내 삶의 지표 같은 것이 되었다. 당장은 손해가 되어도 신의를 지키는 것이 더 중요하다는 것을. 그렇지만 나는 그 후에도 이 가르침에 어긋나는 행동을 전혀 하지 않은 것은 아니었다.

아무튼 나는 공고 건축과 1학년에서 인고仁高 상과 1학년 학생으로 변신하였다. 인고에서는 별일 없이 학교 수업을 받을 수 있을 것으로 생각하고 즐거운 마음으로 학교를 나갔다. 그런데 교장실에서 부른다는 것이다. 불안한 마음으로 교장선생님을 찾아뵈었다.

"거기 앉아라."

교장선생님은 이 말씀을 하시더니 한참을 뜸을 들이고 다음 말씀이 없으셨다. 나는 교장 선생님의 다음 말씀을 기다렸다.

"참. 난감한 일이 생겼다. 인천지구 교장회의에서 내가 우수학생을 빼오는 부덕한 교장이라고 지탄을 받았구나. 공고의 교장선생님이 네 전학 건을 가지고 나에게 불만을 토로하셨다. 그분 말씀은 온건했지만 우리 교장들끼리 그것은 멱살잡이 싸움이나 같은 일이었거든. 그래서 말인데 내가 너를 학교로 부를 때까지 집에서 당분간 쉬고 있어라. 그 기간이 길지는 않을 것이다."

아주 한참 뒤에 알게 된 일이지만, 이렇게 내가 일시 정학 처분을, 그것도 전학하여 며칠이 지나지도 않아서 일어나게 된 것은, 그 당시 학술경시대회로 학교 간의 학력 경쟁이 생기고(아마도 그 결과에 따라 문교부에서 별도의 혜택도 있었다고 한다.) 학교의 등급이 암암리에 세상에 공표되니까 일부 학교에서는 은밀히 공부 잘하는 학생을 스카우트하는 일이 있었다고 한다. 나의 전학이 바로 그런 케이스의 하나로 지목되어 교장회의에서까지 논의가 되고 인고 교장은 그 책임을 뒤집어쓸 수밖에 없이 되었던 것이다.

나는 할 일 없이 저녁에 신문배달만 하면서 학교에서 소식이 오기만 기다렸다. 1953년은 넘어가고 1954년도 1월, 2월이 거의 다 지나갔다. 그러나 그 기간은 겨울방학 기간이니까 정학 기간이라고 해도 수업을 참석하지 못하는 것은 아니었다. 내일모레가 개학인데 그 개학 날짜에 맞추어 등교하라는 통지가 왔다. 학교에 가니, 나는 상과 2학년 1반에 반편성이 되어 있었다. 이렇게 나는 고등학교 1학년을 무인가 야간 고등부에서 인천공업고등학교 건축부 1학년을 거쳐 1학년 마지막을 인천고등학교 상과 1학년으로 적籍을 옮겼다가 두 달간 정학 처분을 받아 쉬고 2학년이 되면서 인고仁高 상과商科학생으로 안착한 것이다. 1년 사이에 역시 세 학교를 숨 가쁘게 옮겨 다녔다.

1954년 4월에서 1956년 3월까지 인고仁高 상과 2학년과 3학년은 나의 고등학교 생활에 별다른 변화 없이 순탄하였다. 3학년 1학기까지는 부지런히 신문배달을 하였고, 2학기에는 그래도 이젠 대학을 가야 하지 않겠는가 하는 욕심이 생기는 때였는데, 우연치 않게 신문배달의 수입보다 두 배나 많은 보수를 약속하는 가정교사 자리가 생겼다. 그래서 그 집에서 중 3짜리 학생(김경중)을 가르치며 신문배달을 졸업할 수 있었다.

나의 대학원 시절
(군 복무와 석사학위)

나는 1960년 3월 대학원 석사과정에 입학하고 1964년 2월에 석사학위를 받았다. 만 4년이 걸렸다. 2년에 걸려 이수학점을 모두 취득하고 논문을 써서 학위를 받는데 또 2년이 걸린 셈이다. 그런데 그 기간은 우리나라 현대사에서 숨 가쁜 소용돌이를 겪은 때가 아니던가! 그 파노라마의 흐름 속에 나의 석사과정이 중첩되어 있다.

1960년 2월에 학부를 졸업한 나는 계속 공부하는 것이 나의 인생행로라는 생각으로 대학원 진학을 결심하였다. 시험을 치고 합격이 되자 나에게는 또 더 큰 근심이 다가왔다. 공부만 할 처지가 아니었기 때문이다. 어느 시절인들 다를까마는 그때도 학부를 졸업하고 바로 취직이 된다는 것은 하늘의 별 따기 같은 세월이었다.

그때 내 아우가 서울고등학교 3학년에 재학 중이었는데, 어느 날 지나가는 말처럼 "형! 우리 학교에 국어선생님 자리가 하나 있대." 하는 것이었다. 나는 그 정보를 가지고 일석一石 이희승李熙昇 선생님과 심악心岳 이숭녕李崇寧 선생님을 찾아뵈었다. 그 무렵엔 선생님들이 제자의 취직을 위해 그야말로 발분망식하시던 시절이었다. 또 선생님의 명성과 권위가 어느 정도 통하던 시절이기도 하였다.

나의 두 분 선생님도 시간을 내시어 그 당시 서울 중·고등학교 교장이시던 조재호 선생님을 만나셨다. 나중에 들은 얘기지만 일석·심악 두 분 선생님은 나를 추천하시면서 그해 졸업생 가운데서 가장 우수한 학생이라고 허풍(?) 선전을 하셨다고 한다. 그런데 조 교장선생님의 반응이 참으로 기묘하였다. 즉 나를 꼭 채용하고 싶기는 한데, 그때 마침 자리 빈 것을 알고 문교부에서 압력을 넣으며 천거하는 사람이 있어서 그 문제가 근심스럽다고 말씀하였다는 내용이었다.

그렇다면 채용을 하시겠다는 것인가? 거절하는 핑계의 말씀인가? 나는 두 분 선생님께 고생만 하시게 하고, 심려를 끼쳐드려 죄송하다는 말씀을 어눌하게 표현했던 것 같다.

"이 사람! 그런 말 하지 마! 문교부 쪽 인사가 마음에 안 들어 그렇게 말한 것이니까 좀 기다려 보자구!" 이것은 심악 선생님의 말씀이었고, "조 교장의 태도로는 채용할 뜻이 분명히 있는 것 같았는데, 어쩌겠나 좀 기다려 볼 수밖에," 이것은 일석 선생님의 말씀이었다.

나는 대학원 강의를 듣는 일 이외에 아무것도 못 하고 세월을 보내고 있었나. 그렇게 달포가 지났을까? 우리나라에 천지가 바뀌는 대사건이 터진 것이었다. 4·19학생 민주화 혁명이었다. 그때는 이승만 대통령의 자유당 정권이 집권연장을 위해 정·부통령 선거를 3월 15일로 앞당겨 실시하면서 여러 가지 부정을 저질러서, 선거가 끝난 3월 15일 저녁부터 마산에서부터 부정선거를 규탄하는 시위가 전국으로 확산되어 정국이 매우 뒤숭숭하였었다. 그런데 시위 중 실종되었던 김주열이란 학생의 시신이 마산 앞바다에서 발견되자 시위는 더욱 격렬해지고 서울에서는 경무대(지금의 청와대)로 향해 돌진하는 학생들 여럿이 사망하는 사태가 일어났었다.

그 소용돌이 속에서 4월 26일에는 이승만 대통령이 하야 성명을 발표하였다. 바로 그 무렵, 서울고등학교에서 나를 채용하기로 결정되었다는 통보를 받았다. 세상이 바뀌어 문교부의 압력이 사라졌으므로 조 교장선생님은 마음 놓고 적임자를 선택한 것이었다. 이렇게 하여 대한민국 민주화 과정의 현대사가 내 첫 번째 취직을 가능하게 해 주었다.

나는 애송이 교사 노릇과 대학원 수강이라는 두 가지 일을 열심히 하였다. 그때의 대학원 강의는 시간에 쫓기는 것은 아니었다. 일석 선생님은 일정한 요일과 시간에 철저하셨지만 심악 선생님은 우리들이 사정이 있어 한 주일 쉬자고 하면 못 이기는 체

넘어가 주시기도 하였다. 일석 선생님은 주로 영어 원서 강독을 하셨고, 심악 선생님은 학부 때와 마찬가지로 서구 언어학의 음운론 이론을 소개하셨는데 학부 때보다 심화된 내용을 다루셨다. 그리고 그 시절엔 국어학 전공의 학생에게도 국문학 분야의 과목을 필수로 듣게 되어 있었다. 가람 이병기李秉岐 선생님의 강의와 고려대 구자균具滋均 선생님의 강의도 필수에 포함되어 있었다. 이 두 분 선생님의 강의는 학교의 강의실로 출석하는 것이 아니라 선생님 댁을 방문하는 것이었다. 가람 선생님 댁은 재동에 있었고 구 선생님 댁은 고려대 정문 건넛마을에 있었다. 두 분 모두 약주를 좋아하시기로 소문난 분들이어서 댁을 방문할 때에는 가끔 약주 병을 들고 가기도 하였다. 가람 선생님은 그 무렵에 건강이 많이 안 좋으시어 찾아뵈면 "내가 뭐 할 말이 있는가? 난초나 구경하고 가시게." 하시는 것이었고, 구 선생님은 작취미성일 때가 잦아서 수강 카드에 도장만 찍고 어물어물 도망쳐 나오고는 하였다. 이렇게 문학강좌도 건성으로 학점만 취득하는 세월을 보냈지만, 지금 돌이켜보면 그때 들은 풍월이 어학에서 느끼는 치열한 논리적 탐구에 덧보태어 멀리 보며 여유를 갖는 풍치를 곁들이게 해주었다고 생각된다.

1960년, 대학원의 1년이 꿈결같이 지나갔다. 해가 바뀌고 1961년 봄이 되었다. 서울고등학교에서는 중학교 2학년을 담임하고 학과목은 중2의 국문법과 고2의 한문을 맡았다. 지난해에 햇병아리 선생으로 열성을 내다가 한 주일 만에 목이 쉬어 쩔쩔맸던 일을 추억으로 떠올리며 제법 수업에 느긋한 자신감이 붙어 갔었다. 공립학교이어서인지 학과 주임과 교무 주임이 눈감아주면 어느 하루 오후 한나절은 슬쩍 학교를 빠져나가는 외출이 가능하였다. 그 외출은 대학원 강의를 듣기 위한 것이었다. 특히 일석 선생님은 그때 대학원장을 하고 계셔서 대학원장실로 찾아뵙고 강의를 들었다.

이렇게 대학원 3학기가 한참 진행되던 5월이었다. 그 5월 달 16일이 되었다. 그날은 어떤 날이었는가? 5·16 군사 쿠데타가 일어난 날이 아니던가? 5월 17일 이후 학교의 분위기는 어수선하기 그지없었다. 그리고 그 5월 달이 다 가기도 전에 나에게는 청천벽력 같은 소식이 들려왔다.

사실 나는 그때까지 군 복무를 뒤로 미루며 입영을 연기하고 있었는데 새로 들어선 군사정부는 공직에 있는 사람으로 병역미필자는 이유 여하를 불문하고 그 공직에서 해임시키라는 명령을 내렸다. 나처럼 입영을 연기하고 있던 젊은 선생들 몇 명은 망연자실하여 서로 얼굴만 쳐다보며 돌아가는 형편을 기다리고 있었다. 학교에서는 군사 쿠데타가 일어난 지 정확하게 1달이 지난 6월 16일에 나에게 해임을 통지하였다. 이렇게 하여 우리나라 현대사의 또 하나 분수령인 5·16사태는 나를 서울고등학교 교사직에서 면직시켰다.

나는 병역을 연기해 온 사실을 후회하며 대책을 강구할 수밖에 없었다. 그 대책은 하루라도 빨리 군에 입대하여 병역의무를 마치는 일이었다. 부랴부랴 자원입대를 신청하였다. 그런데 입영통지를 기다리며 한 가지 고민에 빠지게 되었다. 그 무렵 나는 결혼을 생각하며 서로 왕래하는 여자 친구가 있었다.(지금의 내 아내이다.) 그 여인을 생각하고 또 내 앞날을 생각해보니 이제 군복무 3년을 마치고 또 몇 년을 보내며 결혼준비를 한다는 것은 무한정 결혼을 늦추어야 하는 것으로 느껴졌다. 아주 난감한 일은 그 여자 친구가 경기도 평택 옆 마을 서정리에 있는 효명고등학교의 교사로 복무 중이었는데 그 시골 동네에 결혼도 하지 않은 육군 졸병이 찾아가게 될 일이 문제였다. 나는 특단의 결정을 할 수밖에 없었다. 결혼하지 않은 육군 졸병이 여선생 집을 방문하는 것이 아니라 결혼한 육군 졸병이 여선생 집을 찾는 것이 오히려 떳떳한 일이 될 것이라고 생각하였다.

그래서 입영일자가 8월 1일로 통보되자 그 엿새 전인 7월 26일에 결혼식을 올리기로 결정을 하였다. 그리고 일정대로 결혼식을 올리고 입대하였다. 그때가 대학원 3학기를 마치는 것과 같은 때였다. 석사과정에 필요한 이수 학점은 3학기까지 모두 마쳤으나 등록은 4학기까지 해야 하므로 일석 선생님 강좌 하나만 여분으로 신청하고 그 과목 평가는 리포트로 대신해 달라는 청을 선생님께 드렸다. 선생님이 내 사정을 이해하시고 허락하셨기 때문에 나는 대학원의 네 번째 학기와 군 복무 처음 기간을 겹쳐 보낼 수 있었다.

8월 1일에 논산훈련소에 입소하여 6주간의 기초 군사훈련을 받은 나는 9월 하순에 경기도 포천 북단에 있는 한 포병부대로 배속이 되었다. 햇볕이 쨍글쨍글하게 내려쪼이는 가을날, 우리 신병들은 들로 산으로 막사를 지을 건축자재를 모으러 돌아다녔다. 돌도 가져오고 싸리나무도 해오고 흙을 져 나르기도 하였다. 그 자재를 가지고 부대에서 내 준 목재를 덧보태어 우리 신병들은 일주일 만에 20여 명이 잠 잘 수 있는 막사 하나를 거뜬히 지어냈다. 그런 다음에야 우리 신병들은 부대 내에서 각각 부서를 배당받아 자기 고유의 임무를 갖게 되었다. 나는 본부중대의 통신과로 배정이 되었다. 나의 주특기가 통신병으로 분류되어 있었기 때문이었다. 이렇게 정상적인 군 복무에 들어가 한 달쯤 흘러갔을 때, 건축자재 사역을 나갔다가 몰래 일반우편으로 부친 편지를 받고 아내가 부대를 찾아 나를 면회하러 온 것이었다.

어느 날 개울에서 빨래를 하고 있는데 우리 통신과의 선임하사가 나를 찾기에 급히 달려갔더니 "심 이병! C.P(대대장실 지휘소)에서 너를 찾고 있으니 빨리 가 봐!" 하는 것이었다. 나는 언덕 위에 있는 C.P로 뛰어 올라갔다. 거기에는 대대장(중령)과 아내가 마주 앉아 있다가 웃으며 나를 반기는 것이 아닌가! "신병 심재기는 대대장실로 호출 명령을 받고 왔습니다."

이렇게 큰소리로 외치며 거수경례를 하고 나서야 거기에 아내가 앉아 있는 것을 알아보았다. 아내는 10월 9일 한글날 공휴일을 이용하여 면회를 왔다고 하였다.

C.P에서 신병이 어떻게 아내를 만날 수 있었는가? 여기에는

또 그럴만한 사연이 있었다. 나는 아내에게 편지를 보낼 때 부대를 잘 찾을 수 있게 아주 자세한 설명을 해 두었었다.

〈도평리 버스 종점에서 하차하여 양 갈래 길에서 왼쪽 서북쪽 방향의 길을 따라가면 왼쪽으로 KMAG(주한 미국 군사고문단) 부대를 끼고 형제 고개라는 고개를 넘게 됩니다. 낙타의 등 두 개가 있는 것처럼 등성이 두 개가 나란히 있어서 형제 고개라고 합니다. 그 형제 고개의 두 번째 등성이를 넘어 1km쯤 걸으면 또 왼쪽으로 자동차가 다니는 작전도로가 나타납니다. 그리로 꺾어 걸어오시면 됩니다. 그 길은 부대 정문과 맞닿아 있는 약간 오르막의 외길입니다. 그 길도 약 1km쯤 될 터인데 거기에는 중간쯤 오른쪽에 오두막 한 채의 민가가 있습니다. 그 민가를 지나 조금 더 걸으면 부대 정문이 됩니다. 거기에 가서 면회 신청을 하세요.〉

그런데 아내가 두 번째 형제 고개를 넘어 타박타박 걸으며 왼쪽으로 난 부대 방향의 외길로 접어들었을 때 뒤에서 지프차의 경적소리가 들렸다고 한다.

그리고 중령 표지의 모자를 쓰신 분이 차에서 내리더니 "젊은 여인이 이 길로 들어선 것을 보니, 누구 면회를 오신 것 같군요." 이렇게 먼저 말을 부쳤다는 것이다. 그래서 아내는 "결혼한 지 엿새 만에 입대한 남편이 ○○부대에 배속되었는데, '도평리'에 내려서 부대를 찾으면 올 수 있다고 하여 물어물어 찾아오는 길입니다." 편지로 위치정보를 알았다는 말은 조심스러워 숨겼다고 하였다.

"그러시군요, 그러면 내 차를 타세요. 부대 정문 위병소에서 수속을 하려면 복잡합니다. 이 차로 나와 함께 들어가서 내 사무실 C.P에서 남편을 만나시지요." 사실, 이것도 엄격하게 따지면 절차를 무시한 것이지만 대대장님은 그 정도의 아량과 여유를 가지고 있는 분이셨다. 그날 저녁부터 그 다음날 일과 시간이 끝나는 시간까지, 그러니까 꼬박 24시간을 나는 특별 휴가를 얻어 부대 밖에 있는 민가에서 아내와 오붓한 시간을 가질 수 있었다. 이것은 말하자면 나의 신혼여행인 셈이었다. 대대장님의 특별한 배려였다. 아내가 집으로 돌아가고 나는 부대로 들어가 선임하사, 통신과 과장, 본부 중대장과 대대장들에게 차례로 감사의 신고를 하였다. 그리고 며칠 뒤에 나에게 문서 연락병의 직함이 하달되었다. 우리 부대에서 문서 연락병의 임무는 부대의 '보고서'를 1군사령부에 접수시키고 오는 일이었다. 우리 포병부대는 사단이나 연대에 소속되지 않고 독립된 부대여서 모든 군사 행동과 명령체계는 1군사령부와 직접 연락을 취하는 부대였기 때문이다. 그래서 문서 연락병 몇 명은 교대로 1군사령부가 있는 원주에 문서를 가지고 가는 인편 발송을 하는 제도가 운영되고 있었다.

내가 포천에 있는 부대에서 출발하여 서울에서 1박 하고, 다음날 원주에 있는 1군 사령부로 가서 문서를 전달하고 그 날로 서울로 돌아와 또 1박을 한 다음, 그 다음날 부대로 들어가는 것, 이것이 부대에서 1군사령부까지 왕복하는 한 번 행보의 일정이었다. 출발에서 귀대까지 꼭 2박 3일이 걸리는 일이었다. 가령 월요

일 문서를 가지고 부대를 출발하여 그날 밤 서울에서 하룻밤을 자고 화요일 하루에 원주를 다녀와 그 밤을 또 서울에서 지낸 뒤에 수요일 중으로 귀대하면 되는 일이었다. 이처럼 문서 연락병이라는 직책은 군대에 있으면서 부대 밖을 나다니며 서울에서 이틀 밤을 잘 수 있는 특권이 있었다. 군대에 간지 석 달 만에 일주일에 한 번꼴로 서울 집에서 이틀 밤을 잘 수 있는 군대생활이라니, 이것은 정말 특별한 사례가 아닐 수 없었다.

나는 이것을 하늘이 나에게 선물한 큰 기회요 은혜라고 생각했다. 서울 체재기간을 이용하면 대학원 과정을 계속할 수 있지 않은가! 4번째 학기는 리포트 하나만 쓰면 끝나니까 문제는 석사논문 집필인데, 이것이 얼마간 가능하리라는 희망을 갖게 되었다. 참으로 놀라운 기회가 아닐 수 없었다.

그런데 한두 번 1군 사령부(원주) 행보를 하면서 나는 또 하나의 가능성을 검토하게 되었다. 그것은 평택에서 교사생활을 하는 아내를, 시간을 쪼개어 만날 수 있겠다는 것이었다. 처음엔 아내를 서울 집으로 오게 하여 만날까 생각하다가 일정을 조절하는 묘안이 생각되었다. 그것은 첫째 날 부대(포천)에서 출발하여 서울에서 1박을 하지 않고 그날 밤으로 원주 1군사령부로 가서 거기 여관에서 1박을 하고, 둘째 날 사령부에 들어가 문서접수를 완료한 다음 부지런히 서울로 돌아왔다가 그날 저녁까지 평택으로 아내를 찾아갈 수 있겠다는 계획이었다. 그러니까 서울의 2박을 원주 1박과 평택 아내의 집에서의 1박으로 조정하면 서울 집은 옷이나 갈아입고 곧바로 귀대가 가능할 것이었다.(물론 나중에는 서울 1박과 평택 1박의 일정으로 조정되어 거의 제대 때까지 그러한 일징이 지속되었다.)

세 번째 원주 행보를 그렇게 새 일정에 따라 하기로 작정한 11월 초순 어느 날, 저녁 늦게 나는 아내의 집 대문을 두드릴 수 있었다. 아마 11시쯤 되었을 것이었다. 아내는 대문을 열어 주며 입가에 묘한 웃음을 띠고 있었다. 〈부대로 면회를 다녀온 지 한 달 만에 또 신랑을 만난다는 기쁨의 표정이려니〉라고만 나는 생각하였었다. 그러나 그 웃음의 의미는 실로 엉뚱하고 놀라운 것이었다.

"그 대대장님이 약속을 지키셨네요."

방에 들어가 좌정을 한 뒤에 아내가 꺼낸 첫마디였다.

"그게 무슨 소리요?"

"내가 면회 간 날 C.P에서 우리를 면회시켜 준 사연은 당신이 다 알고 있는 것이구요." 이렇게 운을 뗀 아내는 그 C.P에서 대대장과 아내가 내가 들어가기 전까지 나눈 대화를 그제서야 공개하였다.

다음은 대대장과 아내가 나누었다는 대화의 요지였다.

"저희는 7월 26일 결혼식을 올리고 엿새 만에 남편이 입대하였습니다. 대한민국 남자로 군 복무를 해야 하는 것은 신성한 의무요 영광스러운 일입니다. 입대를 그동안 미루었던 것을 남편은 많이 후회하였습니다. 그러나 이제 군 복무를 시작하였고 제대하기까지 건강하고 무고하기만 빌겠습니다. 그런데 제 남편은 현재 서울대학교 대학원 국문과에 재학 중입니다. 이번 학기로 학점이수는 끝나지만, 이제 막 학위 논문을 준비해야 하는데 입대하게 된 것입니다.

대대장님! 남편이 군대에 복무하면서도 공부할 시간을 얻을 수는 없을까요? 군 복무로 젊은 인재가 학업이 중단되는 것은 참 안타까운 일이 아닙니까? 무슨 방법이 없는지 대대장님의 선처가 있으면 감사하겠습니다."

"신병 심이병의 주특기가 통신으로 되어 있군요. 통신병이 시간을 내어 서울로 출장도 가는, 외출이 가능한 방법이 있습니다. 1군 사령부로 문서 연락병이 되어 출장을 다니면 가능합니다. 현재 군사령부 담당 문서 연락병 한 사람이 곧 제대를 하게 되어 그러지 않아도 적당한 후보자를 물색 중이었는데 심 이병이 그 문서 연락병 선발 시험에 합격하면 됩니다."

내가 문서 연락병이 된 것은 부대 내에서 일상적인 절차에 따라 선발된 것인 줄 알았는데 그 이면에는 아내가 면회 왔을 때에 대대장님과의 모종의 밀약(?)이 있었다는 것을 그제야 알게 된 것이었다.

문서 연락병은 무엇보다도 기차고, 버스고 공공교통기관을 완전히 무료로 무임승차하는 특권이 부여되어 있었다.(지금도 그럴 것이다.) 왼쪽 팔뚝에 〈문서연락〉이라는 완장을 차고 어깨에는 문서가방을 둘러메면 대한민국 온 천지에 갈 수 없는 곳이 없었다.

물론 나는 '포천 – 서울(1박) – 원주 – 서울(1박) – 포천' 이라는 고정된 루드만을 무임승차할 수 있는 것이지만 내 나름대로의 수정 노선인 '포천 – 서울(1박) – 원주 – 서울 – 평택(1박) – 서울 – 포천' 으로 둘째 날 서울 1박을 평택 1박으로 조정하면서 서울 – 평택 간의 기차나 버스를 무임승차한 것이 규정 위반이라면 위반이랄 수 있는 것이나, 내 나름대로 이것은 신혼 생활 속에 군대생활이 끼어든 것을 하느님이 보상해 주시는 것이라고 합리화하였었다.

이렇게 1961년이 저물어 갔다. 그 겨울부터 나는 군 복무와 신혼생활과 학위논문 준비의 삼중생활로 숨 가쁘게 뛰어다녔다.

나는 대학원에 진학하기 전부터 의미론에 관심이 많았다. 대학원에 진학한 뒤에는 내 전공을 막연하게 의미론 쪽에 두고 있었다. 그 무렵 의미론에 관한 지식은 울만(Ullmann 1957)의 의미론원론(Principle of Semantics)에 집약되어 있었다고 할 수 있다. 내가 이 책을 구입한 것은 대학원에 진학하고 얼마 지나지 않아서였다. 그러나 그것을 독파하는 것은 정말 지지부진이었다. 읽겠다는 마음만 있지 그 책을 붙들고 차분히 읽어나갈 틈이 좀처럼 나지 않았었다. 그 책을 건성건성 반쯤 훑어보았을 때, 서울고등학교에서 쫓겨나고(?) 곧바로 결혼이다 입대다 하였으니 책은 어디에 놓았는지 모를 형편이었다.

문서 연락병으로 몇 달을 지내고 어느 정도 요령이 생겨 책을 읽을 수 있겠다 싶은 1962년 어느 날 새해 인사 겸 이기문李基文 선생님을 찾아뵈었다. 부대에서 나와 서울에서 하루 이틀 묶을 수 있는데 그때 가능한 한 공부를 해보겠노라고 더듬거리며 말씀을 드렸었다. 선생님이 나의 지도교수이어서만이 아니라 나는 웬일인지 선생님이 형님 같기도 하고 삼촌 같기도 한 묘한 육친의 정을 느끼고 있었다. 선생님이 나에게뿐만 아니라 모든 학생들에게 두루 친절하고 자상하시지만 나는 선생님이 나에게 더 큰 애정을 지니고 있으시다고 믿었다.

"자네, 언제 또 나올 수 있겠나?"

"서울 나오는 것이야 거의 매주 1번꼴입니다만, 오늘처럼 시간을 내어 선생님을 찾아뵙는 것은 그때그때의 사정에 따릅니다. 한 달 안에는 뵐 수 있겠지요."

"그래? 그럼 다음번에 내가 책 하나를 빌려주겠네."

이러한 대화가 오고간 뒤에 내가 선생님 댁을 재차 방문하였을 때 나는 선생님으로부터 울만의 의미과학서설(Semantics; An Introduction to the Science of Meaning 1962)을 빌려 올 수 있었다. 이 책은 울만의 먼젓번 책, 원론(Principle)보다 훨씬 평이하게 서술된 책이었다. 나는 이 책을 부대에까지 가져가서 틈틈이 읽었다. 읽을수록 흥미가 나서 아예 번역을 해볼까 하는 생각이 들 정도였다. 그러나 이 책을 읽는 가장 가까운 목표는 석사논문을 쓰기 위한 것이 아니었던가! 나는 그 책에서 낱말의 의미변화를 조

직적으로 분석하고 해설한 부분을 감탄하며 읽다가, 드디어 이 책에 설명된 대로 우리말의 예를 찾아 정리하면 좋겠다는 결론에 이르렀디. 만일에 이것이 잘 정리된다면 그것이 나의 석사논문이 될 것이었다.

그렇게 세월이 흘러갔다. 내 계급은 이등병(신병) 신세에서 어느덧 일등병, 상병, 병장으로 진급이 되었고 부대생활, 신혼생활, 대학원 공부의 삼박자 생활이 차질 없이 진행되었다. 아내는 첫아이를 가졌다. 출산 예정일이 1963년 4월 초라고 하였다. 해가 바뀌어 1963년에 들어섰다. 그러던 어느 날 부대에서 대대장님을 만났다. 1963년 2월이었던 것으로 기억된다.

"어! 심 병장, 지금 나 좀 볼 수 있을까?"

"예. 대대장님, 저는 대대장님의 부하입니다."

이렇게 건방진 대답을 하고 C.P로 들어가 대대장님과 마주 앉았다. 1년 반쯤 전에 아내가 앉았던 그 소파, 그 자리였다. 대대장님은 매우 쑥스러운 듯 머뭇거리시더니 나에게 부탁이 하나 있다고 하였다. 사실 부탁 건이라면 이미 서울 출장길에 대대장님 댁으로 조금 사적인 심부름을 한두 번 한 적이 있는 터라 그렇게 절차에 신중할 필요는 없는 처지였다.

"말씀하시지요. 뭐 제가 할 수 있는 것 아니겠습니까?"

"물론, 할 수 있다고 생각하지. 그런데 말이야…"

이렇게 뜸을 들이시더니 당신이 부득이 결혼 주례를 하게 되었는데, 내가 국문과 출신이라 문장력이 좋을듯해서 부탁하는 것이니 결혼 주례사를 멋지게 하나 써주면 좋겠다는 것이었다. 나는 허락하지 않을 도리가 없었다. 결혼식에 참석하여 들었던 말들을 떠올리며, 해당 신랑·신부의 인적 사항에 맞추어 주례사를 써드렸다. 그런데 그 결혼 주례사가 의외의 성과를 거둔 모양이었다. 대대장님은 결혼식이 끝난 뒤에 혼주와 하객들로부터 그렇게 멋진 주례사는 처음 들었노라며 군인이 어떻게 결혼 주례까지 그렇게 잘하느냐 소나기 같은 인사를 받았다고 하였다. 사실 그것이 인연이 되어 나는 주례사 이외의 다른 글도 더러 써드리는 대대장님의 쉐도우 라이터(shadow writer) 노릇을 하였다. 이러한 평소의 사귐은 아내의 출산이 임박했을 때 특별한 포상휴가로 연결되었다. 3월 어느 날 또 C.P에서 호출 명령이 하달되었다. 나는 C.P로 올라갔다.

"어. 심 병장, 며칠 후에 중대 대항 웅변대회가 있을 거야. 본부 중대 대표로 나가서 우리 부대원들에게 사자후를 터뜨려!"

이것이 대대장님의 명령이었다. 나는 며칠 동안 끙끙거리며 무슨 말을 할까 고민에 고민을 거듭하였다. 그런데 막상 웅변대회 날이 되어 4개 중대의 대표 4사람이 연설을 하고 난 결과는 나에게 판정승으로 돌아왔다.

알파, 브라보, 촬리의 각 중대 대표들이 먼저 하고 나는 맨 나중이 되었는데 앞사람들이 중학교 학생들의 웅변처럼 책상도 두드리고 목소리도 높여 말을 했고 나는 학생들에게 강의하듯 차분히 얘기를 풀어나갔으니 전 부대원들이 나의 얘기에 경도되는 것은 당연한 일이었다. 나는 그때 "희생의 고귀함"을 "노블리스 오블리주(Noblesse Oblige)"에 결부시켜 얘기했던 것 같다.

나는 이 웅변대회 덕분에 특별 포상휴가 20일과 정기휴가 20일을 연이어 누리는 특혜를 받았다. 그 기간은 4월 1일부터 5월 10일까지였다. 대대장님은 나의 아내 출산 예정에 맞추어 나에게 휴가 기간을 두 배로 늘려 베푸신 것이었다. 우리 큰딸은 내가 휴가를 나온 지 사흘만인 4월 3일에 태어났다. 내가 아내의 산후조리를 돌볼 수는 없었지만 나는 산후조리보다 더 중요한 임무를 수행할 수 있었다. 시골 고등학교여서 출산휴가 중에 공백이 생기는 수업을 대신하는 선생을 구하기 힘든 처지였는데 내가 아내를 대신하여 한 달간 대리교사 노릇을 할 수 있었기 때문이었다. 학교에서도 대환영이었고 학생들도 좋아하였다.(나도 아내도 똑같이 국문과 출신의 국어교사였던 것이 이렇게 큰 효험을 볼 줄이야, 아내도 나도 우리 큰딸이 태어나기 전까지는 상상도 못했던 일이었다.)

그 기간 중에 나는 아내의 수업만 대신한 것이 아니었다. 그때가 아니었으면 어떻게 집중적으로 내 석사논문의 얼개를 짜놓을 수 있었을 것인가! 나는 그때부터 약 반년 동안에 내 석사논문 "국어國語 어의語義 변화變化의 구조적構造的 연구研究"를 완성할 수 있었다. 논문 제출기간에 맞추어 대학원 교무과에 갔을 때의 광경이 지금도 선명하다.

"아니, 육군 사병이시네, 군대에서 어떻게 논문을 썼지요?"

교무과 직원이 문서 연락병 차림의 내 모습을 보고 의아한 표정으로 던진 말이었다.

"대한민국 육군 아닙니까? 대한민국 군인이 못하는 게 어디 있어요?"

나는 이렇게 여유로운 농담으로 응답하였었다. 그리고 1964년 2월, 나는 첫돌이 가까운 우리 큰딸이 엄마 품에서 줄기차게 칭얼대고 우는 가운데, 석사 가운을 입고 동숭동 학교 마당에서 아내와 나란히 기념사진을 찍었다. 군의 제대는 그로부터 또 두 달 뒤였다. 그러나 그때도 또 특별 휴가 명목으로 3월 초에 동국고등학교에 취직을 하였다. 동아일보 사장으로 계시던 일석 선생님의 추천을 받은 김영훈 교장이 무조건 나를 채용했기 때문이었다.

어느새, 이 모든 일이 50년이 넘는 옛날이 되어 버렸다.

(2013년 12월)

훈장의 헛기침

초판 인쇄　2017년 6월 1일
초판 발행　2017년 6월 8일

지은이 ｜ 심재기
발행자 ｜ 김동구
디자인 ｜ 이명숙·양철민
발행처 ｜ 명문당(1923. 10. 1 창립)
주　소 ｜ 서울시 종로구 윤보선길 61(안국동)
　　　　　우체국 010579-01-000682
전　화 ｜ 02)733-3039, 734-4798(영), 733-4748(편)
팩　스 ｜ 02)734-9209
Homepage ｜ www.myungmundang.net
E-mail ｜ mmdbook1@hanmail.net
등　록 ｜ 1977. 11. 19. 제1~148호

ISBN 979-11-88020-15-7 (03810)
15,000원